U0521575

有爱的青春陪伴者

致云雀

竹枳 / 著

- 上册 -

江苏凤凰文艺出版社

图书在版编目（CIP）数据

致云雀：全2册 / 竹枳著. -- 南京 ：江苏凤凰文艺出版社，2025. 2. -- ISBN 978-7-5594-9395-8

Ⅰ. I247.5

中国国家版本馆CIP数据核字第2025YA4293号

致云雀：全2册
竹枳 著

责任编辑	王昕宁
特约编辑	狐小九
出版发行	江苏凤凰文艺出版社
	南京市中央路165号，邮编：210009
网　　址	http://www.jswenyi.com
印　　刷	天津睿和印艺科技有限公司
开　　本	880mm×1230mm 1/32
印　　张	18
字　　数	554千字
版　　次	2025年2月第1版
印　　次	2025年2月第1次印刷
书　　号	ISBN 978-7-5594-9395-8
定　　价	65.80元（全2册）

江苏凤凰文艺版图书凡印刷、装订错误，可向出版社调换，联系电话025-83280257

上册目录
ZHIYUNQUE

- 楔子 /001

- 第一章
  天上的月亮 / 013

- 第二章
  飞走 / 039

- 第三章
  勇敢的心 / 065

- 第四章
  为了自己 / 094

- 第五章
  可靠的朋友 / 116

- 第六章
  难忘的生日 / 140

- 第七章
  命运般的重逢 / 162

- 第八章
  是朋友还是恋人 / 183

- 第九章
  告白 / 205

- 第十章
  得偿所愿 / 231

- 第十一章
  满分男友 / 258

下册目录
ZHIYUNQUE

- 第十二章
  哄他 / 283

- 第十三章
  命运的捉弄 / 305

- 第十四章
  情非得已 / 325

- 第十五章
  擦肩而过 / 344

- 第十六章
  旧梦 / 367

- 第十七章
  爱如潮水 / 393

- 第十八章
  破冰 / 418

- 第十九章
  不后悔 / 444

- 第二十章
  月满 / 465

- 番外一
  领证之后 / 503

- 番外二
  喜事连连 / 530

- 番外三
  许琳达与邓哲 / 547

- 独家番外 /563

楔子

南城,夏至。一个再寻常不过的星期三。

临近傍晚,空气蒸腾着这个季节独有的湿润,乌云黑压压地笼下来,很快就要落雨。

放学前五分钟,高二(3)班的学生们神色涣散,无心听讲,像一群随时准备出笼的鸟。

祝云雀用粉笔在黑板上写下最后一笔,抬眸瞥了眼墙上的钟,之后将测验卷交给课代表,没意外地换来讲台下的阵阵抱怨。

祝云雀却不为所动,面无表情地注视着他们。

她有一张漂亮的面孔,巴掌大的脸,五官秀气精致,鬓眉眼窝间有种江南女子的柔雅清丽,不说话时,又有种空灵倔强的美。体态优雅,遗世独立地站在那儿,看似伶仃,却蕴含着不由分说的压迫,简单几个眼神便将这群学生镇得鸦雀无声。

很快,教室里安静下来。直到课代表将卷子发完,下课铃才打响。

窸窸窣窣的响动如春雨复苏,祝云雀低眸,将书本合上:"作业明天早自习收。"

留下这句,她拿起书本和水杯离开教室,身后又是一阵呜呼哀哉。

回到办公室,里面空无一人。这个时间,其他老师都下班了。

祝云雀坐在办公桌前,望着窗外鱼贯而出的人流,枯坐了好半天,直到手机振动，才将目光收回。

是她后妈的儿子叶添发来的：餐吧开业了，有空过来转转。

祝云雀睫毛微动，回复：好。

叶添：下班了？

祝云雀：嗯。

叶添输入好几秒：我妈那些话你当没听见好了，不想相亲就不相，谁都不能逼你，你又不靠她活着。

祝云雀：知道。

叶添：别不开心。

叶添：都在一个城市了，想见迟早能见，大不了去他的俱乐部找。

几句话像锋利的鱼骨刺在喉咙里，祝云雀脑中空白一瞬，鬼使神差地打出三个字"我不敢"。

看了两秒，她又一口气删掉。

祝云雀：不了。

祝云雀是今年四月回的南城。

这个季节，南城阴雨连绵，闷热潮湿，大约在北方待惯了，她刚一回来，就生了几天病。因此她错过一所很好的高中的面试，因缘际会下，来到这所私立高中任教。

面试那天，祝云雀没化妆，没什么好气色，却有种空谷幽兰的气质。

面试她的是副校长，副校长看到她的履历非常意外，不理解她为什么放弃北城那么好的工作。

祝云雀答得简单："父母在这边，离家近。"

祝云雀的履历过硬，校方很快就把她定下来，但丑话说在前头："这所私立高中不是什么名校，学生不好管教。你看着柔弱，不知道能不能适应这边的学生？"

本以为这姑娘会面露难色，哪知祝云雀淡淡地道："我在以前的学校也是从纪律最差的班级开始带的。"

她没说大话，原本上课纪律最差的高二（3）班的学生果真在她的课上乖乖做人。

有老师好奇，问班上的学生为什么会这样。有学生说别人不闹他就跟着不闹了，也有学生说因为祝老师很尊重学生，还有一部分学生说祝云雀好看得跟仙女似的，大家都喜欢她，舍不得欺负她。

这理由看似荒唐，却被一些男老师证明了。

短短一个月，祝云雀就被三个男老师示好过，上了年纪的老师知道她单身，也纷纷给她介绍对象，但都被她拒绝了。再后来，祝云雀烦了，直接丢出一句"我有喜欢的人"，便堵住所有人的嘴。

然而这理由对她的家人没用。就在周末她和叶添回家吃饭的时候，她后妈邓佳丽又苦口婆心地劝说。

"云雀啊，你是二十八岁，又不是十八岁，这样单下去总不是办法。

"再晚点好对象都被人挑走了呀。

"女孩子工作那么卖力有什么用，早晚要嫁人的。

"别告诉我，你现在还没忘了那个姓陆的。不是阿姨说话难听，咱跟他真不是一个世界的人。"

念叨那么多，就只有这一句，真往心窝里捅。

叶添瞬间变脸："妈，有完没完？"

父亲祝平安也尴尬："差不多得了。"

饭桌上一时沉默下来。

祝云雀机械地往嘴里塞了几口饭，再抬头时，眼底的情绪归于一潭死水："下周有家长会，我就不回来吃饭了。"

叶添跟着祝云雀一前一后地出了巷子。

六月里，绿柳成荫，旧城区石板路间的青苔也越发繁茂。走到马路边，叶添把遮阳伞递给她："今晚店里有节目，来啊。"

金色的阳光下，祝云雀的皮肤白得发光。她问："我可以带个人去吗？"

叶添笑："可以，谁都行，你说了算。"

祝云雀点点头，冲他比了个电话联系的手势后，转身上了出租车。

回到学校宿舍，她在微信上约许琳达。

许琳达是她高中时最好的朋友，现在是个美妆博主，和以前一样爱玩。听说有免费场，许琳达当然乐意去。

两人约好时间，在晚上八点准时到了叶添和朋友合开的音乐餐吧，地点在南城名牌大学附近的商业街。

叶添知道她俩到了，亲自到门口接，又将两人带到专门留的卡座。

太久没见祝云雀的这个弟弟，许琳达两眼放光。

叶添刚走，她就迫不及待地拉着祝云雀的胳膊晃："你弟可以啊，现在这么有男人味了，有对象吗？"

祝云雀用吸管喝着特调鸡尾酒，摇头："没。"

"不应该啊。"

许琳达眨着眼，十分不解地收回目光。

祝云雀笑："不然你试试？"

许琳达一口酒呛到嗓子眼儿里，刚要笑骂一句"少坑我"，转眼就被祝云雀的表情给闪到了。

紧致透亮的一张巴掌脸，白得像奶豆腐，笑起来眉眼浅弯，无辜又清纯，那股温软劲跟高中时比一点没变。哪里像二十八岁，说是大学生都有人信。

许琳达"啧啧"两声："你说你笑笑多好看，非得整天丧着个脸。"

祝云雀没说话，朝舞台那边看。

舞台上有乐队表演，一首歌唱完，下首刚好是王力宏的《你不知道的事》。

抒情的前奏一响，音乐餐吧瞬间沉浸在深情的氛围里。

许琳达回了几条微信，再抬头时，祝云雀侧着脸，神情专注地看着舞台，眼底溺着雾一般的情绪。

许琳达忍了好半天，到底没忍住咕哝："比陆让尘当年唱得差远了。"

这名字像飘在心头的一片积雨云，只要一提起，就泛起潮湿。

祝云雀睫毛微颤，缓缓收回目光，拿起桌上的西瓜，低眸吃了一小口。

许琳达叹息："你说南城说大不大，说小不小，这人怎么就这么难碰上。照我说，直接找老同学帮忙联系一下算了。"

祝云雀身边的人里，许琳达是第二个知道祝云雀从北城回来的真正原因的人，叶添是第一个。

祝云雀慢吞吞地咀嚼着，好一会儿才道："叶添跟你一个想法。"
"然后呢？"
祝云雀摇头，又拿起一块西瓜往嘴里塞："没然后。碰不到就算了。"
许琳达抖了下嘴角，可太佩服她这一身犟劲儿——你说她"佛"吧，她偏死心眼；说她死心眼吧，还动不动就算了。总喜欢给自己画地为牢，不知变通，把自己憋够呛，也把别人急得够呛。

不过她当年就这么犟，跟谁都犟，跟陆让尘也犟。可陆让尘次次都让着她，宠着她，把她宠得作天作地，结果回头就被她甩了。

许琳达叹气，没再聊这个人，撑着下巴，和祝云雀安静地听歌。

渐渐地，夜色更深，店里越来越热闹，祝云雀却想走了。
周一学校有英语早课，她和许琳达一商量，准备早点离开，可两人还没走成，店里出事了。

就舞台附近那桌，一个喝醉的男人指着服务员死乞白赖地嚷嚷。那姑娘也不是善茬，只说了几句话就和他对骂起来。

祝云雀和许琳达本没打算看热闹，可这边两人刚起身，就听那边"啪"的一声，是玻璃瓶砸到了头。再然后，一阵刺耳的尖叫声响起，好好的气氛瞬间荡然无存，混着桌椅、酒瓶"哗啦"倒地的声响，店里乱作一团。

许琳达吓得往祝云雀怀里靠："啥情况？"
祝云雀没吭声，转眼见叶添冲到人堆里，和几个兄弟一起拉架。
说来也奇怪，她晚上视力不算好，可就在那个瞬间，她一眼就看清那个被男人拽住胳膊狼狈不堪的女服务员是班上一个挺出名的问题学生，邓娇。

就是她用酒瓶砸了那男人的头。
警察是在二十分钟后到的。
店里的人散得差不多了，祝云雀送走许琳达，跟着邓娇一起上了警车。

本来叶添也要跟着一起，但他受了伤，店里又需要他，祝云雀就没让。
她平静地坐在警车上，清清冷冷地看着邓娇。
邓娇冲动过后也知道害怕，哭完问她："老师，我会坐牢吗？学校

005

会开除我吗？"

祝云雀微微挑眉："现在知道怕了？刚才那狠劲儿呢？"

邓娇不作声。

祝云雀耐着性子问："为什么去那儿？"

邓娇抠着手不说话。

祝云雀等了半天，没耐心了："不说是吧，等你家长来了一起说。"说完她便抱起双臂，靠在椅背上闭目养神。

邓娇登时提上一口气，睁着一双红肿的眼睛看祝云雀。

女人生得美貌，长相是清纯温柔的类型，可偏偏骨子里冷血得要命。就好像无论面对怎样多么的事，她都能保持没有感知的淡定。邓娇也不懂班上那群人为什么这么喜欢她。

邓娇咬了咬唇，不满地看向车窗外。大概也知道自己跑不掉，她后来还算老实，到了警局，在警察的威慑下老老实实地写了一个电话号码。

祝云雀怕那几个男的吓唬邓娇就没走。中途许琳达给祝云雀打了个电话，问她什么情况。

祝云雀靠在门附近，跷腿坐着："没事，等她家长到呢。"

说来也巧，她话音刚落，老旧的铝合金玻璃门就"嘎吱"一声。

开门间，微凉的夜风将来人气息席卷进来，是沉稳低调的乌木沉香，透着隐约的高冷贵气。

垂在面颊两边的发丝被风轻轻撩动，祝云雀蹙了下眉，旁边邓娇的眼睛就在这时亮了。

下一秒，那道颀长高大的身影便立于门口。男人身穿墨绿色衬衫，袖口半挽，露出肌肉紧实流畅的手臂，随意插着兜。一身难搞的气场，在光影明暗的交界处荡出生冷的压迫感。

对面那几个不准备罢休的男人循声望来，瞬间安静了。

与此同时，祝云雀的视线也落在那人身上。

起初是不经意，渐渐地，她借着暗淡的光线，终于看清那张脸。

那是个眉目英挺、长相相当惹眼的男人。轮廓清俊中透着锐气，眉眼深邃，骨相优越。是一眼就能让人心动的英俊皮囊，和记忆中一模一样，但更成熟、更吸引人。

刹那间，祝云雀猝不及防地怔住，脑中一片空白，紧跟着，心脏开始发颤、发疼。

直到邓娇哽咽着叫了声"让尘哥"，她才渐渐回神。

男人松松懒懒地应着，鹰隼般的视线在不大的派出所里扫视一圈，才不紧不慢地落到祝云雀的方向，居高临下，桀骜不驯。眼神依旧和多年前一样，不用开口，就能震慑人心。不同的是，他看她时，不再有宠溺与纵容，而是平静到近乎死寂的疏冷和淡漠。就好像她只是一个素不相识的陌生人，他从未和她纠缠过。

脑中蹦出这个念头，祝云雀鼻腔涌上一股酸意，却犟着一股劲儿，没移开目光。

男人却全无和她较劲的念头。仅短暂对视一秒，他便无波无澜地移开视线，看向她身侧的邓娇。

时隔近十年，低哑的磁性声线再次传入耳膜。

陆让尘略抬下巴，轻嗤一声："翅膀硬了是吧？还是真觉得我能惯你一辈子？"

很奇怪，明明他在对别人说话，祝云雀却倏地红了眼眶。

盛夏的夜，晚风难得清凉。

偶有车辆在马路上飞驰而过，与风摩擦出嘈杂的呼啸声。

往常这个时候因喝酒打架闹到派出所的，一时半会儿都消停不了，但这次，双方和解得却异常顺利。

几个男的应该是知道陆让尘，刚还誓不罢休，转眼便不尴不尬地答应和解了。

民警都乐了，说："看来是熟人啊。"

一旁插着兜接电话的陆让尘眼皮都不抬一下，松懒的眉宇间有股漠然的凌厉。

挨打的男人笑："我哪认识人家啊，就是单纯知道。"知道南城卉州路有这么一号人物，开网球俱乐部的，姓陆，来头不小，早年做过国家级网球运动员，后来退役了。别说南城没谁能惹得起，就是在北城，也没谁敢惹。

他也是倒霉，撞上这位爷，别说讹钱了，就连赔偿金他都没敢多要。

谈妥后，男人跟陆让尘解释："我真不是故意的，就看她好看，想逗逗，没想到逗急了。"

陆让尘懒懒地靠在墙上，拨弄着打火机，再抬眸时，半眯着眼，挺不耐烦。那劲儿跟上学那会儿一样，懒得费口舌，身上散发出来的气息却危险又阴鸷。

男人比陆让尘矮了半个头，被这么一瞧，瞬间闭了嘴。刚巧民警叫他过去签字，他立马闪身走了。

他一走，视线没了遮挡。陆让尘稍一抬眼，就看到对面长椅上坐着的祝云雀。

夏夜里，她一身无袖收腰白裙，薄薄的刘海遮挡在眉间，黑亮的长发被披在耳后柔柔垂下。清瘦窈窕的模样，像朵安然绽放的白山茶。

她比当年瘦了，更漂亮，也更有气质了，性子却一点儿没变，没什么存在感地坐在那儿，像一汪无波的泉，却又像一根刺，扎在你心坎，陷进肉里，无时无刻不刺痛你。

对视两秒，陆让尘两腮微紧，不知所想地挪开视线，低眸淡漠地回起消息。

冷傲清俊的一张脸，被时光雕刻得更有男人味，却也更难靠近。

祝云雀看了几秒，收回目光，垂眸敛睫。胸腔里仿佛有什么东西一点点钻出，带着痒意，颤颤巍巍地复苏。

刚巧邓娇在协议上签完字，回头看她："老师，还得有个见证人。"

听到这个称呼，陆让尘顿住指尖。

下一秒，就听祝云雀轻声说了句："我来。"

音色透着一点疲惫的哑，有种破碎感。

陆让尘喉头一滚，嘲讽地勾唇。

何止是性子，他想，这么多年过去，她那装腔作势的本事，才真是分毫未变。

从派出所出来，邓娇跟在陆让尘身后朝前方那辆黑色大车走去。

刚打开车门，身后就响起一道声音，和平日一样清冷，又有种别样的细腻，浸在夜色里。

邓娇以为那句"等一下"是在叫自己,回头却发现祝云雀来到了陆让尘跟前。

女人一米六七的标准身高,在普通人中高挑亮眼,但在一米八八的陆让尘面前却显得小鸟依人。两人凑到一块的画面意外养眼,邓娇下意识地呆了呆。

似乎没料到祝云雀会追上来,陆让尘的手搭在车门上停顿两秒。他斜眼看她,一副生人勿近的样子,没好气地说:"有事?"

祝云雀仰头,不卑不亢地说:"我是邓娇的老师,我需要和你聊聊她的英语成绩。"

女人声音平静,看不出任何冠冕堂皇的意味。陆让尘深眸暗含讥讽地凝视着她:"我不想聊呢?"他抬抬下巴,"你看几点了。"

他的喉结随着说话而滑动,那曾经是她最迷恋的地方。

祝云雀眸光微动,几不可察地轻吸一口气:"那就给个联系方式,有时间来学校一趟。"

话说得义正词严,仿佛真的只是为了学生煞费苦心,逮到机会就和家长沟通。

陆让尘算是彻底不懂了。他没来由地嗤笑,歪头肆意地打量她,半讥半逗:"我要是不给,你今晚追到我家来吗?"

邓娇听后直接瞪大眼,她还是第一次见陆让尘用这种流里流气的语调跟女人说话。这女人还是她的英语老师。

可偏偏祝云雀无动于衷,她倔强地看着陆让尘,眼底暗藏着无解的执拗。

邓娇弱弱地举手:"那个,老师,他不是我家长……"

祝云雀的目光终于挪到邓娇的脸上,并没有邓娇想象中的恍然大悟。

邓娇正欲开口补充什么,陆让尘忽然截去话头,气势逼人地开口:"听见了吗?我不是她家长。"低沉嗓音如大提琴音,不再是玩闹的语气,而是威慑、警告、驱离。

陆让尘压着深浓的眸,沉沉地看了祝云雀一眼,冷笑:"你犯不着要我的号码。"

话说完,他长腿一迈上了车,"啪"的一声关上车门。

热浪卷着尘土在祝云雀面前掀起一阵风,她不自觉地皱眉闭眼,发丝和裙角同时飞扬。等她再睁眼时,男人已开着那辆黑色大车朝夜色更深处行驶而去。

像一场梦。

陆让尘把邓娇送回了网球俱乐部,她和她哥邓哲都住那儿。

俱乐部里唯一的小超市就是邓哲开的,本来生意挺好,结果今天追债的过来闹事,把超市砸得一团糟。邓哲本就焦头烂额,邓娇还出了事儿,他接到电话的时候,都气乐了。陆让尘刚巧没走,见他这境况实在不怎么样,就主动帮他把邓娇的事处理了。

回来后,邓娇免不了被一顿臭骂。

她眼睛红肿,跟邓哲对嚷:"我不打工你一个人能吃得消吗?你又不是不知道爸死前在外面欠了多少钱!"

一说这个,邓哲沉默了。

突然,外面下起雨,浇灭这个夜晚的燥热。

陆让尘从冰柜里拿了一瓶喜力,颀长的身子靠在门口,看着外面的瓢泼大雨,有一搭没一搭地喝着。

没多久,卧室里的吵闹声停了。兄妹俩出来时,陆让尘的啤酒已经喝了一半。

邓娇转身上楼去洗澡。邓哲一身疲惫地从冰柜里拿了一瓶酒,像模像样地跟陆让尘碰了下,倚在门的另一边。

超市里乱七八糟,门口反而显得清静。

陆让尘淡淡地瞥了他一眼:"钱我这里有,需要吱一声。"

邓哲咧嘴笑,摇头:"暂时不用,我应付得来。"

大富大贵小半辈子了,他想试试自己到底能不能行。似乎怕陆让尘再提钱的事儿,他很快转移话题:"对了,我听我妹说,你今天遇上某人了。"

陆让尘的手一顿,瓶身里的液体晃了晃。

邓哲贼兮兮地扯着嘴角。陆让尘没什么好脸色地一抬眉:"邓娇说什么了?"

"说你今晚冲她英语老师甩脸子,还戏弄人家。她害怕老师给她穿小鞋。"邓哲"啐"了声,"我挺意外,我问她老师是谁啊,这么大魅力。她就说是学校新来的英语老师,大美女,可受欢迎了,叫祝云雀。"

陆让尘拿起酒瓶要喝不喝的,听到这个名字,动作忽然停下,眼底情绪晦暗不明。

气氛随之缄默。漫天的雨声密密匝匝交织在空气里,嘈杂、沉闷。

直到邓哲调侃:"这么多年了,还恨呢?"

回答他的是短暂的沉默。陆让尘仰头喝了口酒,气泡卷着微沙口感流入食道,他目视前方,不在乎地哼笑:"早忘了。"

邓哲顿了顿,看向他:"那还爱吗?"

雨声似乎将问题淹没,陆让尘的俊颜冷淡不羁,不发一言。这次,沉默蔓延得更长。

不知过了多久,陆让尘自嘲地扯唇,喉咙中滚出沙哑声音:"早忘了。"

大雨突如其来。祝云雀下了出租车,顶着雨回了宿舍。

隔壁住的是宿管阿姨,见她这么晚回来,还淋得像落汤鸡,顿时热心地给她送上感冒药。似乎察觉到她情绪不对,阿姨还特意敲门,问她是不是有什么心事,需不需要帮忙。

祝云雀冲对方挤出一丝笑,摇头。没什么需要帮忙的,她的心事,谁也帮不了。

阿姨离开后,祝云雀的精气神也仿佛被抽干,她用最后一丝力气,洗完澡换下衣服,关灯躺在床上。

没一会儿,手机亮了,是许琳达的微信消息。

许琳达:真的假的?陆让尘?你真碰到了?

许琳达:他居然是你学生的家长?

许琳达:你俩怎么样?他跟你打招呼了吗?叙旧了吗?

黑夜里,消息如雨后春笋般往外冒,屏幕光芒将夜色点亮。祝云雀挣扎了一会儿,扛着头痛,侧身拿起手机,慢吞吞地回复:什么都没发生。

011

许琳达：我不信，你骗我。

许琳达：当年你走后，他多颓废多疯啊，再见到他怎么可能没波动！

望着满屏的不可置信，祝云雀喉咙发涩：没骗你，他看我像看陌生人一样。

祝云雀：我找他要号码，他也没给。

许琳达：[省略号.jpg]

似乎不知道该说什么，省略号后，许琳达的消息久久没再冒出来。

祝云雀麻木地望着头顶的床板。简陋的上下铺，仿佛一口棺材将她困在其中，呼吸都闷得难受。终于，许琳达给她打来电话，将抑制的情绪撕开一道豁口。

许琳达关心她现在的状态，主动帮她分析为什么陆让尘会这样。可还没等许琳达各种假设讲完，祝云雀倏然打断："是我活该。"

许琳达茫然无措："啊？怎么就活该了？"

话音落下，空气死寂般安静。

再开口时，祝云雀的气息氤氲着水汽，她笑了笑，说："刚到国外那会儿，他求我复合过，我没答应。"眼眶热得烫人，她声音很哑、很潮，她很轻地摇头，"他不会再要我了。"

· 第一章

天上的月亮

祝云雀始终记得，她和陆让尘的故事开始于2013年，她上高二。

就在开学后的第一个月，她考了有史以来最差的一次。

那会儿是九月，暑气还很足。祝云雀忍受着生理期外加中暑的双重折磨，浑浑噩噩地考了两天试。

成绩公布后，她直接从B班稳定的前十名，掉到年级排名的C档。这意味着下学期重新分班，她很可能被分去C班，也意味着她或许与重点本科无缘。

班主任郑国雄很生气，一下课就把祝云雀叫去办公室。

十七岁的女生，穿着统一的夏季校服，神色平静而淡漠。薄薄的齐刘海和眼镜挡住清秀的眉目，弧度饱满的后脑勺扎着低马尾。皮肤是那种没什么营养的白，日光照耀下，有种奶冻般的质感。无论怎么看，都是班上最老实，也最乖的学生。

郑国雄却清楚，这孩子一身反骨。就好比这次考试，她明明可以拿更多分，却故意漏掉好几道大题，连最擅长的英语也答得稀里糊涂。

郑国雄把她各科的成绩单拿出来，数落她，口沫横飞老半天。他拿起水杯喝了一口茶，撂下水杯，又摇了摇扇子，怒其不争地看她："你这样下去肯定不行，明天让你家长亲自过来一趟。"

听到这话，祝云雀才稍稍有点反应，但也仅限于轻轻抿了下唇。末了，她点头:"好。"

从办公室出来,正好是下午大课间的休息时间。教学楼里嬉笑声、说话声、脚步声不绝于耳,到处是年轻朝气的面孔。

祝云雀刚走几步,等在走廊尽头的许琳达就冲她跑来:"怎么样,老郑骂你了没?"

祝云雀比许琳达高一点,低着眸,没什么表情地摇头:"没骂,就是要找家长。"

许琳达这辈子最怕的就是"找家长",拉长语调惨绝人寰地"啊"了一声:"你不就是生病没考好,至于吗?"

要真只是单纯没考好,确实不至于,问题就在于她最近的学习状态。用郑国雄的话来说,就是她魂儿都不知道飞哪儿去了。

面对义愤填膺的许琳达,祝云雀没吭声。她向来话少,许琳达只当她心情不好,就这么挽着她,顺着走廊往外走。

教学楼外是一片纯粹的蓝天,饱满的云朵缀在上头,棉花糖般洁白松软。难得的好天气,许琳达决定请祝云雀吃冰饮。

两人左拐去了学校后院的小超市。许琳达去冰柜那边挑冰激凌,祝云雀则盯着货架上花花绿绿的饮料,纠结该选哪个。

就是在这会儿,门口处一阵骚动,紧跟着便是女生窃窃的说笑声,带着兴高采烈和试探。有个甜甜的声音笑着说:"陆让尘,我请你呗。"

女生的声音不大,却瞬间将周遭的气氛点燃,很快便有人起哄。

祝云雀睫毛轻颤,心跳乱了几拍。她没再纠结,直接拿了两瓶青梅绿茶。

过去结账时,陆让尘正背对着她站在收银台前。少年穿着和大家一样的蓝白校服,一米八五的个子英气挺拔,楚楚不凡,轻而易举便在人群中脱颖而出。

旁边的男生正龇着牙和他开玩笑,他终于开了口,笑着说了一声:"滚。"那是不属于南城的浓浓京腔,慵懒的磁性中透着几分少年人的青涩,肆意又张扬。

捏着瓶身的手紧了紧,祝云雀无声地站在陆让尘附近排队,眼睁睁地看着他修长的脖颈微低,耐心地给所有人结账。

那年手机支付早已开始推广，他却仍旧用现金。几张崭新的红色钞票塞在黑色的钱夹里，他拿钱时，祝云雀清楚地看见他的右手腕上戴着一条镶银黑曜石手串。伞骨般的指节瘦长有力，指甲干净整洁。

她不自觉地盯了几秒，许琳达不知从哪儿窜出来，拍了她一下。

祝云雀被许琳达吓得肩膀一晃，刚要说话，许琳达就冲她使了个眼色，趴在她耳畔轻声道："看，陆让尘。"

祝云雀的视线再度回到少年身上。

付完钱的陆让尘和几个朋友一起离开超市，几个女生嬉笑着跟上去，她只匆匆瞥到一眼他的侧脸。

他鼻梁很高，下颌线锋利流畅，喉结凸起。狭长的一双眼，是深邃的窄双，眼尾如燕尾般扇开，睫毛浓且长。皮肤被阳光沐浴得瓷白清透，气质是那种再耀眼不过的清爽凌厉的少年感。

祝云雀的目光不自觉地追了好远，直到许琳达幸灾乐祸地开口："高歌惨咯，要是让她知道美术班的班花跟陆让尘这么熟，估计得气死。"

美术班的班花，就是刚刚要请陆让尘的女生。而高歌是他们班的第一名，也是和祝云雀同组的值日生，骄傲又自我。

祝云雀回过神，后知后觉地怔了瞬。

许琳达眨眨眼又说："不过就算没那班花，我觉得高歌也没戏。这陆让尘啊，忒高冷。"

大课间结束后，高二 B 班是两节自习课。刚公布了成绩，整个班级死气沉沉。

这次大家考得都不怎么样，郑国雄干脆让他们上自习好好反省，还撂下狠话，说这学期剩下的两次考试，如果他们还是这样的成绩，下学期肯定要被分去 C 班。

不像 B 班和 A 班，C 班一共有十个班。十个班的学生成绩参差不齐，老师们也各有各的个性。谁都不想去新的班级重新适应，所以这两节自习大家都铆着劲儿学习。

当然，也有例外。就比如许琳达，和这次考第一的高歌。

许琳达早就做好去 C 班的准备，反正她家里有钱，什么都不用怕，就连老师也不怎么管她。至于高歌，以她的成绩下学期稳去 A 班，自然有种无畏。

这两种人，都是祝云雀羡慕不来的，偏偏她还夹在中间。

自习课下课，前桌的高歌又来找她请假，说放学后有事，今天值日就不做了，等下次她全权负责。

坐在祝云雀右边的许琳达听到，"哟"了声："高美女，你欺负人欺负得也太过了吧！上午课间操的时候，你就让我们云雀一个人干，晚上放学还让她一个人干啊？"

高歌和许琳达一直不对付，听到这话，脸垮下来："我不是说了吗？下次值日祝云雀不用做。"

许琳达嗤笑："说得好听，谁知道你下次又有什么理由。"

高歌急了："可我晚上真有事啊。"

许琳达歪着脑袋戏谑她："什么事，堵陆让尘与他交流学习？"

祝云雀正低头刷着题，听到这个名字，笔尖蓦地一滑，将试卷戳出一个洞。

高歌跺了下脚："许琳达，你给我小声点儿！"

许琳达："你真去堵陆让尘啊？"

高歌气得直接上前捂许琳达的嘴。两人的动作太大，碰到了祝云雀的胳膊，"刺啦"一声，试卷直接被撕开一个口。

这下两人不闹了。一个搂着祝云雀的胳膊道歉，另一个尴尬地看着她："行不行，你给句话啊。"

祝云雀盯着被撕坏的试卷，没吭声。高歌不罢休地又问了一遍。祝云雀抬眸看她，清冷地开腔："不行。"

高歌目瞪口呆，许琳达意外十足。祝云雀却只淡淡地收回目光，将卷子翻了个面，接着做题。

放学后，同学们稀稀拉拉地收拾东西回家。许琳达走之前陪祝云雀去水房洗拖布，又和她八卦高歌上午课间操时给陆让尘送礼物的事。

祝云雀洗拖布的手顿了下，这才恍然高歌为什么破天荒地让她留在教室。她问："陆让尘收了吗？"

"收了啊。"许琳达理所当然，"陆让尘从不当众折女生面子，至于之后怎么样,那就不好说了。"说话间,她冲祝云雀使眼色,"我可得提醒你啊,这高美女怨气有点儿重,你小心点儿,别脏活累活全推给你一个人干。"

祝云雀被她逗笑,点点头。许琳达这才大摇大摆地走了。事实证明,许琳达的担心没错,高歌确实不爽,扫地都带着一股怨气。

祝云雀权当没看见。两人就这么默不作声地干着自己的。直到她去洗第二遍拖布,回来发现教室门被锁了。

祝云雀拧了两下门把手,心脏倏地一沉。她所有的东西都在教室里,书包、手机、公交卡,还有今晚打算重新做的试卷。现在,她恐怕连回家都要走路了。

祝云雀有些头疼,去办公室找老师,偏偏这会儿办公室里空无一人,老师们早就走了。

她拎着拖布往回走,心里正盘算要不要找门卫大叔求助时,一道倚在高二B班教室门口的高大颀长的身影,倏然闯入视线。

陆让尘换了身方便打网球的运动装,宽松白T恤的袖子挽到肩膀,露出两条劲瘦有力的手臂,运动长裤将他的腿形勾勒得修长。正面看去,那头打理过的三七分短发将他那张棱角分明的俊脸呈现得更为精致、清爽。

似是余光注意到祝云雀的身影,陆让尘在手机上打字的手顿了下,深邃的目光径直朝她望来。

祝云雀脚步蓦地放缓,心跳漏电般空了一拍,耳根以下的皮肤也渐渐烧热。

陆让尘却不肯移开目光,就这么默不作声地盯着她,直到她回到班级门口。

收起手机站直身,他插着兜站在祝云雀身侧。

好闻的乌木沉香无孔不入地侵占着周遭的空气,像一张铺天盖地的网,被困入其中的祝云雀心跳奇快。

他太高了,她甚至不敢抬头看他一眼。

好在,陆让尘终于开口,叫了她一声"同学"。

祝云雀"勉为其难"地朝陆让尘看去,见他递来一个袋子,冲她挑了下眉:"帮个忙。"

是一个粉色的购物袋,里面塞着硕大的礼盒。

陆让尘瞧着她镜片后的眼睛,说:"帮我还给高歌,谢谢。"

听到这话,祝云雀眼波微动,心情没来由地轻松几分。她轻抿了下唇,接过袋子,下意识地说:"你……"

插着兜转身要走的陆让尘停下,颇具耐心地看了她一眼:"怎么?"

祝云雀屏息凝神地注视着他,她想说"你还记得我吗",可最终,不过是一句:"能不能借我两块钱,我坐公交车回家?"

她声音清甜,有种矜持的脆弱感。似乎没想到她憋了半天说出来的是这话,陆让尘颇为意外地抬了下眉。

祝云雀别开目光:"高歌提前走了,把我锁在外面。"尾音越来越低,她狼狈地垂眸,恨不得把手里的拖布扔出去,"如果你不愿意,就——"

她话没说完,陆让尘就已经将身上所有的口袋摸遍。幸运的是,他翻到了钱,不过是一百块。

那个年头,一百块对学生来说还很多。陆让尘却不怎么当回事地将那张钞票折成一小块刚刚好的尺寸,低眸塞到她握着拖布杆的那只手的缝隙里。

祝云雀脊背一僵,抬头对上他的视线。

陆让尘居高临下地睨着她,扯了下唇:"两块没有,只有一百块。"

那一百块,祝云雀到最后也没花。她将折叠成一小点的纸币,塞在校服口袋的最深处,随即去校门口找门卫大叔借了两块钱,坐了十站路的公交车回家。

暮色四合,烟柳巷深处的旧居民楼里传出定时定点的炒菜声。

祝云雀闻着一路的烟火气,进了单元楼,敲开 102 的门。

开门的是奶奶。她本抱着不到两岁的孙子笑眯眯地哄着,给祝云雀开门后却拉下脸来:"多大人了,回家还不知道带钥匙。"

祝云雀扶着老旧的门框换鞋,低眸说:"钥匙落学校了。"

老太太眼尖,看她拎着个购物袋,嚷嚷:"又乱花钱买什么了?"她跟着祝云雀走到房间门口,"还有你的书包呢,让你吃了?"

祝云雀看了她一眼,刚要说话,后妈邓佳丽便端着两道菜上了桌。

邓佳丽算是这个家对祝云雀第二好的人,她知道老太太又挑刺,忙叫了祝云雀一声,让祝云雀洗手吃饭。

祝云雀看向那张有些掉皮的老式圆桌,菜式有些过于丰盛。她问:"我爸今天回来吗?"

"哪儿啊,明天呢。"邓佳丽说,"是你舅舅,今天第一天上班,做点儿好吃的庆祝庆祝。哦,对了,叶添今晚也回来吃饭。"

话音刚落,老太太翻着白眼嗤笑一声:"没断奶似的,这么大还赖在别人家。"说完也不管邓佳丽面子挂不挂得住,抱着孩子进了另一个屋。

邓佳丽冲祝云雀尴尬一笑:"放心,你舅舅不会住多久,找到合适的房子,我就让他搬出去。"

祝云雀没吭声,默默地将购物袋收在书桌最里头。

回来的路上,她的确萌生过看看里面装的到底是什么的想法,可斟酌半天,她还是打消了这个念头。不管里面装的是什么,都与陆让尘无关了。

不多时,邓家强和叶添一前一后回了家,不算大的三室一厅肉眼可见地拥挤起来。

吃饭时,叶添习惯性地坐在祝云雀的左手边。两人都是左撇子,一直挨在一块儿吃饭。似乎注意到她心情不好,叶添给她多夹了两块排骨,不经意间引起了邓家强的注意。

邓家强看了眼祝云雀,故意"啧"了声:"吃这么多也不长肉,这不是白吃了吗?"说着,他玩笑般试图从祝云雀碗里把排骨夹走。

祝云雀蹙了下眉,还没来得及躲,旁边的叶添就狠狠朝他打了一筷子。

筷子"啪"一下砸到碗上,吓得邓家强一激灵。老太太不满地说:"干什么?"

叶添又横又冷地盯着邓家强,邓家强讪讪地别过眼,低头扒饭。

端菜回来的邓佳丽面色一僵,在桌底下踢了邓家强一脚:"给我好好吃饭!"

祝云雀没什么情绪地撂下筷子,起身回了屋。叶添咀嚼的动作一顿,目光追着她,直到房门"啪"的一声关上。

饭后，叶添帮忙洗碗。身为舅舅的邓家强却好吃懒做地坐在沙发上，一边嗑瓜子一边看电视。

祝云雀房门紧闭，她把自己关在卧室。几平方米的小房间，放着一张单人床、一个衣柜和一张二手书桌。房间的另一边，是个小阳台，她经常在阳台上背诵课文，这儿算是她的秘密基地。只不过自邓家强来了后，秘密基地显然遭到了破坏。窗台上落了几个烟蒂，就连她书桌上也多了一个劣质打火机。

祝云雀无声地盯了几秒，面无表情地将打火机扔进垃圾桶，又起身将阳台上的烟蒂处理掉。

叶添拧开门进来。看到是他，祝云雀眉间松了松。

叶添问："怎么了？"

祝云雀欲言又止几秒，将簸箕里的垃圾递到他眼前。

少年眉毛暴躁地拧在一起，转身就要走，却被祝云雀拉住："下回我锁门就是。"

望着她平静清秀的脸，叶添沉着脸没吭声。

祝云雀扯开话题："手机借我一下。"

叶添皱着眉把手机给她："你的呢？"

"落在学校了。"祝云雀接过手机，按下密码解锁，又说，"你随便坐，我去给我爸打个电话。"

说话间，她转身回到阳台，关上玻璃门。

叶添没心思坐，去客厅找邓家强。

祝云雀在阳台看了他一眼，随即祝平安的电话就接通了。

电话那头是嘈杂的背景音，以及火车压过铁轨的"咔嚓咔嚓"声。

这会儿列车上并不忙，身为列车长的祝平安平心静气地问："喂，雀雀，怎么了？"

祝云雀抿了下唇，告诉他老师要找家长的事。

从小到大，这还是第一次有老师要找她家长，祝平安显然没反应过来："你惹事了？"

"没有。"祝云雀尽量让自己的声音听起来低落，"这次考试成绩很差。"

祝平安问:"有多差?"

夕阳的余晖是胭脂色的。

祝云雀望着窗外,说:"你明天去就知道了。"

祝平安沉默,没几秒又有人找他,他说了句"好",便匆忙挂断电话。

他总是这样,连耐心听她说话的时间都没有。不过,不重要了。

祝云雀舒了口气,回到房间。叶添已经把邓家强臭骂了一顿,邓家强气得摔门而出。动静太大,把小孩吓哭,气得老太太又出来骂。她骂完邓家强骂叶添,说他整天不务正业,跟个混混似的,也不好好上学,浪费祝平安的工资。

邓佳丽赶忙出来拉架,跟老太太说好话。叶添理都不理,去找祝云雀要手机。

祝云雀见他气势汹汹,从抽屉里抽出一根荔枝味的棒棒糖放在他手心里。

叶添接过棒棒糖,在祝云雀的床上坐下,一边拆糖纸,一边狠声说:"他若是再进来,看我不打断他的腿。"

祝云雀也吃着棒棒糖,淡淡道:"没关系,反正我也住不了多久了。"

听到这话,叶添抬头望向她纤细单薄的背影,问:"你妈同意把你接走了?"

祝云雀咬碎棒棒糖:"这次应该差不多。"

只要这次成绩下滑的事闹得够大。

闻言,叶添沉默了,好一会儿才道:"要是这次她还是不要你呢?"

祝云雀纤长卷翘的睫毛颤了颤,下定决心般说:"那我长大以后,也不要她。"

叶添在职高住校,晚上约了几个男生打篮球,没陪祝云雀待多久就走了。

托他的福,当天邓家强从外面回来后,消停许多。

邓佳丽也过来给祝云雀送了一次水果,还关心她这次的考试成绩。在得知她的成绩排名后,邓佳丽显然有些惊讶。

"怎么会下滑这么多,是题没答完吗?还是有什么事影响你了?"

邓佳丽说这话时有些不安，眼神惴惴。

做着题的祝云雀停下笔，诚恳地看她："没有，就是题太难，单纯考得差。"

邓佳丽张了张嘴，露出不敢相信的样子。

当年，南城三中这样的重点学校祝云雀都能考上，邓佳丽不信她这次考试才考这么点分。除非是因为前阵子邓家强过来住，影响到她，再结合叶添对邓家强那副厌恶的样子……邓佳丽不敢再问下去。

祝云雀也没给邓佳丽再问下去的机会，像是忽然想到什么，问邓佳丽要了一百块。

祝平安的每个月工资都交给邓佳丽，祝云雀的生活费一直是由邓佳丽给的。

在钱这方面，邓佳丽精打细算，却没怎么苛待过祝云雀，又碍于最近邓家强不老实，她很慷慨地给了祝云雀两百块。

邓佳丽一走，小房间再度安静下来。

祝云雀彻底没了做题的心思，鬼使神差地从校服口袋里摸出陆让尘借给她的折叠好的一百块。

钱很新，折痕很锋利。明明和别的钱一样，却因为是陆让尘给的，就不同。

祝云雀一点点地将纸币展开，又拿出日记本，郑重其事地将纸币夹在里头。祝云雀轻轻摩挲了下，不受控制地再次想起陆让尘那张好看到让人过目不忘的脸。

只是很可惜，陆让尘根本不记得她，也从来没有注意过。

相反的是，祝云雀在高一下学期时就知道他了。

那是一个阳光明媚的上午，许琳达挽着她的手去课间操的集合点，说 A 班最近转来一个"空降兵"，A 班学生的意见可大了，本来打算集体抗议，结果见到真人都傻了。

许琳达哈哈大笑："A 班女生见到陆让尘个个都挪不动步，隔壁班的女生也抢着去看他。"

祝云雀被阳光晃得睁不开眼，皱了皱眉："什么意思？"

许琳达用看大笨蛋的眼神看她："当然是这个陆让尘太帅了呗。"

"不仅帅,成绩也好。据说 A 班有人跟他一起参加过奥数竞赛呢,拿第一的就是他。"

"他还是咱们省网球大赛青少年组的第一名,省里的报纸都登过。"

"原本他应该是咱们上一届的,但为了打网球休学来着。"

"哦,对,他还是北城人,这两年才来的南城。"

"我听人说他和他妈是跟着他爸迁过来的,他爸是南大的教授,家里可有钱了。"

许琳达像只欢快的小喜鹊,叽叽喳喳地跟祝云雀汇报。祝云雀有一搭没一搭地听着,脑中却怎么都无法勾勒出这人的身影。

直到课间操的队形站好,站在她前排的许琳达突然扭头给她使眼色。

祝云雀双臂摆成一个"一"字,眼神有点呆。许琳达立马又冲她甩来一个眉飞色舞的眼神,压低声音道:"朝你左后方看,A 班最高最帅的那个就是他。"

祝云雀在她三番五次使眼色后,趁着做操的间隙,好奇地扭头朝左后方望。只消一眼,她就看到了陆让尘。

他个子很高,站在最后一排,没穿统一的校服,而是穿休闲的白衬衫,配上一条浅色牛仔裤、一双米色球鞋。肩宽腿长的身形,慵懒恣意,举手投足间透出一股桀骜清爽的少年气,如同一道耀眼的光,直直照进心里。

祝云雀喉咙一哽,忽然有种和电影《情书》里,女藤井树看到男藤井树在图书馆翻书时,强烈的共振感。

只是没想到,她的目光太过炙热,陆让尘似乎察觉到,突然就眯着眼朝她的方向瞥来。更要命的是,班主任不知何时走过来,忽然警告道:"看多久了,还没看够呢?"

郑国雄声音浑厚,广播体操的音乐声都盖不住,瞬间引起周遭人的注意。就差被指名道姓的祝云雀心头狠狠一颤,顿时收回视线,兵荒马乱地进行下一个肢体动作。

然而为时已晚,周遭已然响起窃笑声。像一群敲锣打鼓的小人儿,在她眼前肆无忌惮地张牙舞爪,嘲笑她刚刚的行为。

祝云雀粉唇抿成一条线,直到最后,目光都没再偏过一毫米。

那是她记忆中最羞耻的一天，太阳热辣得仿佛能要人命。直到回到教室，她脸上的绯红都没有彻底消退。

后来好长一段时间里，祝云雀都没再主动关注过陆让尘。最起码在外人眼中是这样。她依旧老实地扮演着一个乖巧听话的学生，除了学习，好像对任何闲七杂八的事都不感兴趣。就算在校内碰到陆让尘，她也仅在许琳达兴冲冲的撺掇下，平静地望上一眼，不起任何波澜，仿佛骨子里天然对这种耀眼的天之骄子不感兴趣。

但那只是表面，只有祝云雀自己知道，几乎每一次课间操，她都会借由转体运动的刹那，若无其事地将余光瞥向某个方向，不到一秒，再不着痕迹地收回。

久而久之，那短暂的一刻，变成十七岁的祝云雀最难以言说的心事，在心底某个角落长成参天大树。

她也从不奢望什么，她与他本就属于两个世界，她犯不着为这种费尽力气也够不到的人，将自己低到尘埃。

但偏偏，命运总喜欢猝不及防地为她安排一场意外。

那是六月底的某个清晨，祝云雀照常在站点等公交车。熬夜刷了两张不擅长的数学卷子，她早起后头昏脑涨，一不小心靠在长椅上睡着了。

不想65路公交车没多久便到了站，处在迷糊边缘的祝云雀却浑然不知。

忽然，胳膊被碰了下，一道磁性清越的男声落下："车到了。"

隐约的乌木沉香飘在鼻端，祝云雀睫毛微动。

几乎是同一时间，周遭响起停车的汽笛声。两道声音交织在一起，祝云雀眉心轻蹙，从浅眠中苏醒。睁开眼的一瞬间，金色阳光洒在前方那道桀骜耀眼的身影上，那身影在人群中熠熠生辉，有种不真实的光晕感。

陆让尘穿着同样的蓝白校服，随意地背着灰色书包，清俊的身形慵懒地随着人流上车，投币，再朝车后方走去。

他耳朵里塞着白色耳机，侧颜冷淡凌厉，明净的玻璃车窗仿佛将他隔离在一个触不可及的世界。

顷刻间，祝云雀被震得魂不附体，双脚如同踩在棉花上，就这么思绪缥缈地上了车，刷了公交卡。

早班公交车格外拥挤，少年的身影被层层挡住。祝云雀费力地攥着栏杆，嘴唇抿得泛粉。她努力在夹缝中窥探，终于瞥见他低眸拨弄手机的侧影。

最后，公交车到了南城三中站点。陆让尘先一步下车，汇入清早上学的人流，很快便不见踪影。祝云雀却早已丧失上前跟他说一句谢谢的勇气。

祝平安是后半夜到家的。全家人都睡了，他蹑手蹑脚，跟邓佳丽在客厅说了几句话，才回到卧室。

祝云雀听到动静，在黑暗中翻了个身，片刻后才沉沉睡去。

第二天清早，她被小孩的哭闹声吵醒，除此之外，还有邓佳丽做早饭的声音，以及几个大人的说话声。

祝云雀慢吞吞地起床，端着洗漱用品去洗手间，发现洗手间的门是关着的。

邓佳丽瞥见，喊了声："邓家强，你快点，雀雀要上学了！"

厕所里，邓家强不耐烦地应声。

祝云雀闻到一点烟味，不经意地蹙起眉。僵持两秒，她拿着洗漱用品转身去厨房收拾。

没多久，祝平安买了鲜豆浆回来，这会儿祝云雀已经穿戴整齐。

今天是周二，不用穿统一的校服，祝云雀难得穿了条浅粉色的连衣裙，及肩的长发披散着，看起来更加清秀乖巧。

祝平安笑了："这衣裳好看。"

祝云雀默不作声地拿起购物袋，淡声道："妈妈给买的。"说着，她擦过他径直朝门口走去。

祝平安愣了下："你干吗去？还没吃早饭呢。"

祝云雀扶着门框换鞋："上学来不及了。"

丢下这话，她推门就走，不给祝平安任何反应的时间。

祝平安只能跟着她匆忙下楼，一起去学校。祝云雀倒没拒绝，反正总是要去见老师的，早去晚去都一样，她还省得挤公交车。

两人一起穿过烟柳巷,祝平安特意给她买了她爱吃的巧克力夹心面包和牛奶。祝云雀坐在出租车上,一边慢条斯理地吃着早餐,一边看车窗外的街景。

期间,祝平安跟她说了几句话,都是问学习方面的事,比如是不是最近学的内容太难她跟不上,还是遇到什么事影响了她。

祝云雀没吭声,好半天才看了他一眼,说:"学校很好,没谁影响我。"

祝平安直勾勾地看她:"没人影响你,那你的书包呢?"

祝云雀不想和他沟通,继续吃起面包。

两人到学校了,祝云雀加快脚步朝前走,付完车钱的祝平安快步追上来,递给她一百块钱。

祝云雀看了眼:"我有钱,昨天阿姨给了。"

"那也拿着。"祝平安说,"喜欢吃什么自己买。爸爸不常在家,照顾不好你。"他尴尬地笑了笑,"别告诉你阿姨就行。"

不知道是不是面包吃得太急,祝云雀忽然胃不舒服。她蹙着眉接过钱,随着人流快步进了校园。

时间不早,祝云雀刚在座位上坐下,早课铃声就打响了。

大约是祝平安来见老师的缘故,郑国雄这次没在讲台上盯着,而是叮嘱班长看好纪律,便转身走了。

教室里窸窸窣窣起来。许琳达跟祝云雀说悄悄话:"你家长来了?"

祝云雀拿出昨晚没带回去的几张卷子,拔掉笔帽开始做:"来了。"

许琳达好奇地看她:"你昨晚忙啥了,咋一道题都没写?"

祝云雀神色始终淡淡的:"昨晚高歌把我锁门外,我东西带不走。"

轻软的说话声像平静水波般往四周荡漾开,许琳达霎时瞪大双眼。

几乎一瞬间,教室便安静下来。周遭各色的目光朝旋涡中心扫来,惊讶、八卦、诧异、不可置信。

祝云雀稍稍抬眼,明显看到坐在她前面的高歌脊背一僵。

三十分钟的早自习,在快速补卷子的过程中飞快度过。

下课铃打响,课代表开始收卷子。

祝云雀把卷子交上去,随后把那个粉色购物袋放到高歌的桌上。

这举动直接把周围人弄傻眼了。毕竟昨天高歌给陆让尘送礼物的事儿那么张扬，几乎所有人都见过那个购物袋。结果呢，那购物袋居然被纹丝不动地还回来了，还是通过祝云雀还的。

许琳达以为高歌使坏就够离谱了，没想到还有这一出。她按捺不住八卦的心，一个劲儿让祝云雀告诉她是怎么回事。

祝云雀还未开口，高歌回来了。看到桌上的粉色购物袋，她震惊不已。她的好同桌非常懂事，默默地冲她指了指在座位上安静刷题的祝云雀。

高歌不可置信地看着祝云雀："什么情况？"

这一嗓子，成功地把其他人的注意力吸引过来。

祝云雀眼皮都不抬一下："昨晚我走的时候碰到他，他让我帮忙还给你。"

之所以用"他"，而非"陆让尘"，是因为祝云雀不想引起更多人注意。

可这话落在高歌耳朵里，有了另一番意味，就好像祝云雀和陆让尘很熟，祝云雀在冲她耀武扬威。

当然，最刺伤她的还是陆让尘讨厌她，连退还礼物都要找别人转交。

这丢脸的一刻被祝云雀摊到明面，如同报复。高歌情绪顿时失控，顶着四面八方的目光，不过脑地冲祝云雀嚷："你以为你是谁啊，凭什么帮他转交？"

虽然大家都知道高歌骄傲自我，但在众目睽睽之下和同学撕破脸皮，还是头一次。

许琳达无语："你疯了吧高歌，祝云雀只是帮个忙，你喊什么啊？"

高歌充耳不闻，委屈又羞愤地看着祝云雀。一向文静内敛的祝云雀就在这时抬眼，此刻她的神情就像一张平铺展开的画卷，白皙秀致的脸上每一丝微表情都展露无余，她的骄傲、她的不屑、她的冷淡，还有她的锋利。

被这么一看，高歌目光轻晃，脸上的神情略显松动。

祝云雀不卑不亢地看了她两秒，突然开口："所以，你要欺负我吗？"

这话仿若一把刀，听起来平平静静，却直抵要害。气氛瞬间落针可闻，整间教室里鸦雀无声。

没想到她会这么说，高歌先是微怔，随后火速红了脸，又急又慌：

"谁要欺负你了,你别血口喷人行不行!"

她刚嚷完,上课铃响了。第一节是英语课,老师出了名的严厉无情。高歌不敢造次,只能愤愤地转身坐下,又往前大幅度地挪了挪凳腿,分出楚河汉界。

祝云雀却始终不动声色。沉默了几秒,她又像个没事人一样,拿出英语书为上课做准备。

祝云雀和高歌起冲突这件事,在年级里很快传开。许琳达看高歌更不顺眼了。有两次在女厕所碰到她,白眼都差点翻到天上去。

到了中午,许琳达和祝云雀一起去校外的小饭馆吃饭。回来的时候,高歌眼眶红红的,像是刚哭过。祝云雀和她视线无意间对上,高歌立马别开。

许琳达见状嗤笑一声:"倒好意思先委屈。"

要是往常,高歌肯定夯毛,但这会儿她肩膀耷拉着,像只斗败的孔雀。

祝云雀在桌下捏了捏许琳达的手,不希望她为自己蹚浑水。刚巧手机来了电话,是母亲冯艳莱。

祝云雀眼波微动,说了句"我出去接个电话",便离开教室。

教学楼后面有个废弃的小花园,天气好时,经常会有学生过来,在这儿插科打诨。

或许是下过雨的缘故,这会儿却没什么人,安静又凉快。祝云雀坐在凉亭里,和冯艳莱打电话。

冯艳莱不像祝平安那样脾气好。这次祝云雀考这么差,她很不满意,语气比较重:"老师都跟你爸说了,说你最近不在状态。你跟我说实话,是不是有情况?"

这个年纪的家长,但凡孩子有点风吹草动,就会朝这个方面想。

祝云雀却毫不心虚:"没有。"

"那是为什么,跟不上?"

"也不是。"

看她不愿意说,冯艳莱长舒一口气,尽量温柔地道:"雀雀,有什么事,可以跟妈妈说,妈妈帮你解决。"

祝云雀微微转动视线,看到前方不远处的林荫小道上,几个男生说说说笑笑地走来。其中一个个子很高,白衬衫、牛仔裤,桀骜俊朗的一张脸格外惹眼,磁性的嗓音透着这个年纪独有的青涩和哑。

心跳无声地加快,祝云雀收回目光,心不在焉地道:"你不在身边,怎么解决?"

此话一出,冯艳莱瞬间明白大半:"邓佳丽和那老太太是不是欺负你了?"

"不是。"

"那是怎么回事?"

祝云雀停顿几秒,慢吞吞道:"阿姨的弟弟,这阵子一直和我们一起住,叶添说……他刚出狱没多久。"

话到这里,空气骤然凝滞。冯艳莱倏然沉默,几秒后,冷声道:"好,我知道了。"

电话挂断,祝云雀舒了口气,再抬眸时,那伙人已经来到凉亭附近。

似乎没想到这会儿有人,打头的寸头男生顿住。紧跟着,手插着裤兜的陆让尘也停下脚步,漆黑的眸子朝她望来,再一挑眉。

祝云雀知道他认出了自己。心神被这个念头束缚着,紧绷而忐忑,祝云雀垂下眼帘,几乎不受控制地转身从凉亭的另一边下去。她本可以就此离开的,可没多久,又忽然停下,转身朝凉亭望去。

此刻老旧干净的凉亭被几个人高马大的男生占据,几人嬉笑着说些没营养的话。陆让尘架着一条腿靠坐在离她较近的方向,嘴里叼了一根棒棒糖,低眸翻着一本不知名的书。他如伞骨般的指节修长漂亮,一举一动有股慵懒贵公子的劲儿。

祝云雀犹豫片刻,决定上前,在距离凉亭几米远处停下。

余光被浅粉色的身影占据,陆让尘指尖一顿,下意识地侧过眸,瞬息便对上祝云雀投来的视线。

她没戴眼镜,一双乌黑莹润的眼清澈见底,和那天比起来更乖软,也更清秀干净。

陆让尘看着她,先是浓眉轻蹙,目光又逐渐探究起来。

没等他开口,其他人也注意到祝云雀。邓哲"哎"一声走上前:"这不 B 班的同学吗?怎么,有事儿?"

男生的大嗓门在小花园里荡开，祝云雀顿时有种骑虎难下的窘迫感。她几乎没选择地看向陆让尘，动了动唇说："钱。"

陆让尘翻书的手一顿，眼皮撩起来。

祝云雀目不转睛地看着他，鼓起勇气说："我还欠你一百块没还。"

这话像一道"免死金牌"，瞬间让她的出现合情合理。

邓哲一副奇了的表情，扭头看向陆让尘："你俩认识啊？"

"不认识。"

"不认识。"

清软和低沉的两道嗓音交织在一起，两人异口同声。说完，陆让尘看向祝云雀，漫不经心地道："她不说我都要忘了。"

被他玩味的眼神一瞟，祝云雀神色无端紧绷，错开目光，赶忙翻口袋。

偏偏另外一个男生不怀好意地笑："我可从来没见让哥主动借钱给哪个女生。"

邓哲贱兮兮地附和道："可不是嘛，连我都不借。"

陆让尘浑不吝地笑，抬腿作势踹他一脚："你都是直接花我的钱。"

邓哲笑得开心。

祝云雀双颊却止不住开始泛红。但尴尬的还是她发现自己早上塞在裙子口袋里的一百块不见了。就是祝平安给她的那一百块，她当时随手放在口袋里，后面一直没怎么在意。

确定是不见了，祝云雀不知所措地看向陆让尘。

陆让尘正跟另外两人插科打诨，余光无意间瞥到她欲言又止，于是笑着看向她，稍稍抬眉："怎么了？"

祝云雀硬着头皮道："现金找不到了。"怕被误会，她又说，"但我微信里还有钱，不然，发红包给你……"

当时的微信还没有开发出收款码的功能，要想发红包，两人必须是好友。这也意味着祝云雀这句话，很可能给人另外一层意思——她想加陆让尘的微信。

事实证明，她担心得没错。邓哲果然看热闹不嫌事大地和另一个男生来了个直击心灵的对视。

那个男生叫周闯，平时说话就很直，这会儿更是语带赞叹："这方

030

法可以啊，还能混个微信好友。"他撞了下邓哲的胳膊，"嘿嘿"一笑，"下回我也这么干。"

说者无心，听者有意。祝云雀双颊很快便无助地泛红。年少的自尊心总能让人无地自容，她下意识地蹙起眉，倔强道："我没有！"

可她气息太弱，几乎起不到呵止的作用。

倒是一旁的陆让尘把手里那本书毫不客气地砸在邓哲身上："有完没完？"

邓哲被砸得"哎哟"一声，周闯动作夸张地接住要掉在地上的书。

邓哲边揉着脑袋边嚷嚷："这可是我送你的新书，说丢就丢。"

陆让尘没好气儿地哼笑："活该啊，谁让你嘴欠。"

祝云雀心一颤，没想到陆让尘会替自己解围。她动唇："不然，我把钱给你，你再把我删掉——"

话音刚落，就见陆让尘散漫地起身，迈开长腿从凉亭中阔步走来。

随着他朝自己走来，空气中散发出和那天傍晚同样的乌木沉香，如铺天盖地的风，再度席卷她的世界。

祝云雀眼睁睁地看着少年居高临下地站在自己面前，拿出手机，眸色清湛地看了她一眼，说："二维码，亮出来。"

那天中午，祝云雀和陆让尘成了微信好友。

他的微信名和想象中一样简单——Chen，头像是一张他的背影照片，不知道谁给他拍的，构图很妙。照片里他白衫黑发，手插兜，斜挎着灰色的包，望着远处金色的夕阳，肩宽腿长，蓬勃肆意又桀骜。

但他朋友圈空空如也。

祝云雀呆呆地看了那照片好久，心潮起伏得像暗涌的浪，她忽然就有种离陆让尘近了一点的错觉。

但也仅仅是错觉。直到下午第二节课结束，她都没收到陆让尘点红包的提示。

祝云雀盯着两人的对话框，好几次都想试试他有没有把自己删掉。可那句"记得收钱"还没发出去，上完厕所回来的许琳达就忽然叫了她一声。

祝云雀瞬间回神，把手机放进桌肚，故作镇定地看向许琳达："怎么了？"

许琳达兴冲冲地坐下来："我知道高歌中午为啥哭了。"她压低声音，"我也是听A班的人说的，说高歌中午又去找陆让尘，想质问他为什么把礼物还回来，没想到陆让尘干脆把话跟她说清楚了。"

祝云雀眉心轻轻一蹙，说不清是听到陆让尘的名字，还是因为高歌又去找他。

许琳达没注意到祝云雀眼底的微妙，自顾自地说着，说陆让尘之前当众收高歌的礼物，只是不想让高歌尴尬。

"两人那会儿就在A班门口，好几个人都听到了。高歌特别没面子，转身红着眼睛就走了。"许琳达哼一声，"亏我以为她是因为和你吵架才哭，原来是自找的。"

祝云雀闻言没吭声，思绪飘远几秒，忽然道："他很爱给女生留面子吗？"

"当然了。"许琳达从桌肚里拿出零食袋打开，分给她一包乌梅，"你不知道吗，咱们学校很多女生崇拜他，不只是因为他帅、学习好、会打网球，还因为他人品好，特别尊重女生。

"之前A班有个胖女生一直被他们班的学生欺负，陆让尘看不下去为她出头，后来就没人再敢在班上欺负她。

"像那些讨厌的男生，平时喜欢开低级玩笑，他也见一个收拾一个。他看起来就很不好惹嘛，所以他们班的男生也都老实很多。

"还有无论什么样的女生接近他，他都不会当众折人家面子。即便拒绝，也拒绝得很得体，还让人家好好学习。

"但对不熟的人还是挺高冷的。

"平时呢，只要谁有需求，找他帮忙，他一般都不会拒绝的。出手也大方，总请身边人吃东西。

"你就说，这种颜值高又正义的类型谁不崇拜啊！"

祝云雀捏着零食的包装袋彻底沉默下来。

许琳达吃了几口，忽然又说："哦对，你肯定不崇拜。"

祝云雀声音低低的："不跟你说了，我要继续做题。"

032

说着，她重新拿起笔，将习题册翻了一页。看似无波无澜，心思却早已纷乱不堪。

她想，原来自己并不是特殊的那个，他只是平等地尊重每一个女生。

教学楼的另一侧，A班教室。

九月天气变幻莫测，明明上午还是倾盆大雨，到了下午第二节课，就多云转晴，阳光明媚。偌大的教室被阳光晃得澄澈透亮，A班学生大都出去透气，班上就剩下几个人。

邓哲早就在这儿混了个脸熟，一下课就过来找陆让尘聊天。两个人高马大的男生靠坐在窗台。陆让尘长腿撑地，随手拿着一本诗集，有一搭没一搭地看。

邓哲画风就完全不同了，开口就说起刚听来的新鲜事，说B班有俩女生，早上因为陆让尘在班上吵起来了。

这种事陆让尘从来没少听，可新鲜就新鲜在，其中一个女生，就是今天他刚加过微信的那个。

"你都不知道她有多犀利。就这么平静地看着高歌，突然就来了句，'所以，你要欺负我吗'，哈哈哈哈，简直了！

"我朋友说他们班同学都惊呆了。

"哪有人会说这样的话啊！

"结果呢，正中要害，高歌的脸'唰'一下就红了，做贼心虚似的。

"你说高歌也是，好端端的，怪人家干吗啊，人家也只是帮忙。"

邓哲津津有味地说着。

陆让尘垂着浓密的睫毛，漆黑的眸底仿佛蕴藏着一整片海。

突然就想起那姑娘看他时湿漉漉的眼睛，胆怯、柔软、小心翼翼，长相也是那种单薄得风一吹就能倒的样子。结果呢，就这么一个姑娘，性子还挺倔。高歌那样的人，她居然一句话就给治了。

或许是觉得这种反差感挺有意思，陆让尘无意识地扯了下唇。翻书的动作停下，他偏头看邓哲，一抬下巴："她叫什么？"

邓哲无语："不是，人家刚为你哭过，你连人家叫啥都不知道了？"

陆让尘没好气地呵笑一声："脑子没用可以捐了。"

邓哲这才反应过来他问的是谁："你说祝云雀啊？"

听到这三个字，陆让尘眉峰轻抬。

好兄弟就是这么心有灵犀，邓哲直接告诉他："祝是祝福的祝，云雀，就你手上这本书的云雀。"

狭长的眼微挑，陆让尘脖颈微弯，翻回书的封面——《致云雀》。

所以，她叫祝云雀。

静默须臾，窗外的风不知不觉将手中诗集吹到新的一页。

陆让尘视线莫名停留在诗的最后一段——

  交给我一半，你的心
  必定熟知的欢欣
  和谐、炽热的激情
  就会流出我的双唇
  全世界就会像此刻的我——侧耳倾听

当晚放学前，月考成绩终于被全部公开。

和往常一样，年级前一百名公布在教学楼外的布告栏里，前三名则被加冕在荣誉榜上，配上六寸的单人照。

这次毫不意外，第一名是陆让尘。上学期他成绩就名列前茅，最近大概是更用心了些，轻而易举便拔得头筹。

他的名头太响，很多人都对他的成绩感兴趣。于是刚放学就有一大批人跑去围着布告栏，有人对成绩认真讨论，有人则叽叽喳喳地对着他的照片拍照，欣赏他的颜值。

祝云雀算个例外。她只远远看了眼荣誉榜，便收回目光，在一旁等许琳达。

许琳达挤了半天，好不容易拍到陆让尘的照片，一回来便兴冲冲地给她看。

祝云雀默默看了眼。蓝底的六寸照，少年穿着校服，眉眼清冽英气，周正又蓬勃。

许琳达啧啧称奇："你说咱们的证件照都照得呆呆的，他怎么面无表情都这么好看啊？"

祝云雀垂眸，踢走一块小石子，说："因为他是天之骄子吧。"

许琳达皱起眉："那老天爷也太偏心了，什么好事儿都让他一个人占了。"

祝云雀顿住，偏头："你不是很在意他吗？"

"我？"像发现新大陆，许琳达夸张地指着自己，"谁跟你说我在意他了。"

祝云雀眸光闪了闪。

许琳达翻了个白眼，晃晃手机："我拍这张照片是要发给别人的。"说完，她就真把这张照片发了出去。至于发给谁，祝云雀不知道。

还是许琳达主动告诉她，说这张照片是发给陆让尘的朋友："他说这会儿他们在练网球呢，没法儿过来，就让我帮忙拍个照留念。"

祝云雀眸色微顿。陆让尘在校网球队她是知道的，但她怎么都没想过，许琳达还认识陆让尘的朋友。

许琳达冲她抛媚眼："也是刚认识没多久啦，还没升华到革命友谊，有机会介绍你认识。"

祝云雀不动声色地移开视线，好一会儿才道："他也会在意这种荣誉啊？"

许琳达低眸回着消息："不是陆让尘在意，是他妈妈。"

第一次听到有关他家人的事，祝云雀心跳很没出息地快了半拍。

许琳达补充说："陆让尘很在意他妈妈的。"

不知不觉，两人到了校门口。许琳达家的司机早就等在那儿，即便祝云雀还想问下去，也问不出口。她只能和许琳达挥手再见，转身朝公交车站的方向走去。

公交车还要很久才来，祝云雀在原地呆站了会儿，拿出手机，点开陆让尘的对话框。红包依旧没领，两人之间也没有只言片语，陌生得毫无存在感。

犹豫几秒，祝云雀还是把输入框里的"记得收钱"四个字删掉。

夕阳余晖将天边染成绯红色，有风吹过，她不知不觉望向学校体育馆的方向，忽然就在想，她和他的距离，到底有多远？是不是，远到她一辈子也够不到?

祝云雀碰上了晚高峰,公交车最终迟了快半个小时才到。

路上堵了好半天,她回到烟柳巷时,已经过了寻常饭点。途中正好路过一家炒粉店,她顺便买了一份。

刚走到小区门口,就见邓佳丽拎着包一个人从单元门出来。祝云雀脚步顿住,视线追着她,想要喊一声"阿姨",邓佳丽却压根儿没看她一眼,红着眼满身怨气地朝巷子口走去。

祝云雀忽然有种不太妙的预感。她一回家就察觉到近乎死寂的气氛。原本被邓家强占据的沙发此刻被收拾得整洁干净,厨房那边却是乱糟糟的一团。

见她回来,抱着孙子哄着的老太太难得没吭声,却依旧没好气。祝云雀早就对她免疫,只扭头看祝平安。四十来岁的男人,愁容刻在脸上,他弓着脊背坐在沙发里,疲惫地抽着烟。

祝云雀轻轻叫了声"爸"。

祝平安指尖颤了下,直起身看她,挤出一丝笑:"雀雀回来了啊,怎么这么晚,吃饭了吗?"

攥着塑料袋的手紧了紧,祝云雀说:"吃过了。"顿了顿,她还是觉得有必要说,"阿姨一个人出去了,你还是追一下吧。"

祝平安神情错愕一瞬,还没来得及反应,祝云雀就转身回了房间。

卧室里有平时用来吃外卖的碗筷,她连着塑料袋把炒粉放在碗里,还没开始动筷,房间门就被敲开。

是祝平安。他看到祝云雀桌上简陋的晚餐,明显一愣:"你不是说你吃过了?"

祝云雀无波无澜地看他:"正要吃。"

祝平安心中突然涌上愧疚,僵滞了好几秒,才关门进来。

卧室仿佛被隔离成只属于父女二人的小世界。

祝云雀安静地吃着炒粉。过了好一会儿,祝平安试探着和她谈心。

"雀雀,爸爸今天认真想过了,不管因为什么导致你成绩下滑,都是爸爸对不住你,是爸爸没好好关心你,才会这样。

"你阿姨那边,确实没想到这事会对你影响那么大,家强是她亲弟弟,唯一的亲人,她也不忍心。

"但不管怎么说,是爸爸没有安排好这件事,让你难过害怕,是爸爸不对。

"所以爸爸想好了,这阵子让邓家强搬出去住。至于你妈妈——"

说到这儿,祝云雀筷子一顿,终于抬起眸。

祝平安犹豫了下,语重心长道:"如果,我是说如果,高考之前的这一年多,我让你跟着妈妈生活,你会恨爸爸吗?

"你妈妈知道了你现在的状况很担心,刚好她最近要回南城做生意,就提议把你接到身边。

"就是不知道你愿不愿意。"

话音落下,男人局促地看着祝云雀,生怕她那敏感内敛的性格,理解得失之偏颇。

然而,他多虑了。祝云雀一丝迟疑都没有:"我愿意。"

或许是她反应太平静,祝平安脸上露出掩不住的错愕。欲言又止好一会儿,他终究没底气再跟祝云雀说什么,默不作声地离开她的卧室。

不多时,祝云雀听到祝平安在客厅里给冯艳莱打电话。

大意是冯艳莱回来还需要一段时间,这段时间里,祝平安会照顾好祝云雀,不会再让邓家强回来骚扰她。

祝云雀捏着筷子的手紧了紧,那些郁结在心头的积雨云,仿佛雾霭般聚集又散开。

第二天清早,她把这件事告诉许琳达和叶添。

叶添给她回了条平淡的:恭喜。

祝云雀盯着手机看了一会儿,没再回复。倒是许琳达这个捧场王很贴心。

早自习下课,两人前往小超市的路上,许琳达两眼放光,连说了好几句"真的啊?",还祝贺她再也不用忍受那个恶心的男人。

祝云雀笑笑,说:"希望是吧。"

话音刚落,手机就又响起一道消息提示音,是红包退回通知。祝云雀眉心一跳。

许琳达从冰柜里挑了两支大白兔冰激凌,见她表情不怎么好,问她怎么了。

祝云雀的睫毛颤了颤,压下心中细微低落的情绪,收起手机,摇头说:"没什么。"

两人边吃冰激凌边往回走,中途又路过布告栏。

处在荣誉榜第一位的照片里,男生神色高冷桀骜,即便面无表情,那张俊脸也能第一时间抓人眼球,却也疏离得遥不可及。

祝云雀在许琳达注意不到的瞬间,终究没忍住,偷偷看了眼。

回到教室后,她问了许琳达一个问题:"你欠一个人的钱,发红包给他,但他不收,是为什么?"

翻着习题册的许琳达愣住:"什么人啊?别人还钱都不要。"

祝云雀尽可能表现得自然点:"算是一个不怎么熟的人吧。"

难得见她不淡定,许琳达笑嘻嘻地凑过来:"祝云雀,你有心事。"

祝云雀故作无语:"不要乱说话啊。"

知道她不经逗,许琳达说"行行行",转眼认真帮她分析起来。

"总体来说,有三种情况:第一种,他是个大款,不在意这点钱;第二种,他脑子不好使,忘了;至于第三种嘛——"

祝云雀睫毛微动。

许琳达说:"想留个机会跟你说句话。"

祝云雀手一抖,正换着的铅笔芯直接断了。她眼神荒唐地看向许琳达,许琳达笑得鸡贼:"我说的是事实嘛,我们云雀这么文静好看,很多人都会注意到你的。"

这话突然就让祝云雀不知所措。她只能收回视线,垂眸继续做完形填空,以缓解这刻乱到毫无章法的思绪。

她想,注意她的人,可能是有的。只是这个人,不可能是陆让尘。

他和她,就好比天上的月亮和池塘里竭力绽开的一朵花。是洒下的月光刚好落在花瓣上,并非月亮眷顾了她。

· 第二章

飞走

　　无端的低落似乎是每个女生青春期的标配，连续几天，祝云雀做别的事都没什么精神，只在学习方面格外有冲劲。

　　用许琳达的话说，从前她只知道学习，现在看来，她生活里就只有学习。

　　在做不完的卷子把别的同学压得唉声叹气时，祝云雀几乎抓紧一切时间沉浸在题海中，剩下的少部分时间，也仅和许琳达待在一起。

　　许琳达觉得她疯了，就一次考试失败，用不着这么变态吧。

　　然而她不知道，这次成绩，根本不是祝云雀的真实水平。如果算上她故意答得稀烂的英语和语文作文，她的实际分数仅比高歌差了两分，在年级能排41名。

　　她不满意的，是这个名次。她和陆让尘之间，隔了40个人，那是一整个A班……她想让他看到自己。

　　也正是这个原因，祝云雀才对A班有了执念。

　　但偏偏，她性格拧巴得要命，别人都想在陆让尘面前刷存在感，祝云雀却只想绕开。课间操时也不再暗戳戳地朝他看，回班级的路上，也不会再装作若无其事地朝A班后门瞥去。就好像不见到，心里就不会再滋生控制不了的杂念。

　　可她也因此发现，陆让尘似乎从一开始就没出现在她的生活中，是她的关注和目光，才促成了他的存在。

如此一想，祝云雀又觉得好笑。陆让尘三个字在她心中百转千回无数遍，可在他心中，她只是个连名字都不知道的陌生人。

因为这个念头，这一年的九月晦暗无比。

祝云雀仿佛把自己关在真空玻璃罐里。

即便有次体育课，B班刚好跟A班一起上，在体育老师宣布自由活动时，她也一眼都没看陆让尘，只和许琳达打了个招呼，便回到教室。

篮球场上，男生们打得酣畅淋漓，女生们的尖叫声不绝于耳。偶尔一声"陆让尘"，像魔咒萦绕在耳边经久不散。祝云雀却抿着唇，从始至终没朝窗外看一眼。

日子就这么不知不觉地到了国庆节。南城三中作为重点中学，仅给高二学生放了三天假。

放假的第一天，是许琳达的生日。她父母都出差了，她又不想和乱七八糟的人一起过，便约了祝云雀。

作为许琳达最好的朋友，祝云雀当然答应，于是当晚，许琳达便带她去了一家音乐餐吧。

平日里清纯呆板的女生摘掉框架眼镜，戴上隐形眼镜，穿着好看的裙子。

突如其来的变化，似乎将夜晚染上不一样的色彩。

不仅许琳达夸祝云雀这样好漂亮，邻座的客人也总不经意地朝她看。

祝云雀不怎么适应，想跟许琳达换座位，舞台却忽然亮起来。是演唱时间到了，台上正在准备表演。

祝云雀开始只是平静地朝舞台望去，直到她看到陆让尘那道熟悉的挺拔又桀骜的身影。

他抱着吉他，站在舞台中央。流畅有力的手臂线条被灯光勾勒得清晰可见，利落俊朗的五官也比平时多了几分清爽痞气。

陆让尘低眸，修长的手指轻轻拨动琴弦，低沉的嗓音透着颗粒般的质感，透过麦克风试音，缓缓敲击耳膜。

祝云雀没想到会在这里遇见他，心跳冷不防空了一拍。

身旁的许琳达也认出陆让尘，顿时摇着她纤细的胳膊，"嗷嗷"叫：

"陆让尘，居然是陆让尘哎！他怎么在这儿！"

祝云雀脑袋晕乎乎的，傻傻地摇头，傻傻地说"不知道"。她就这么稀里糊涂地看着陆让尘给别人伴奏了两首歌，又下了台。

许琳达拉着祝云雀起身。

嘈杂的声音让祝云雀有点恍惚，她说："干吗去？"

许琳达大声道："走，带你认识新朋友！"

于是祝云雀不明所以地跟着许琳达去了后台休息室，她刚迈进去，一眼就看到穿着黑T恤、牛仔裤的陆让尘。

白炽灯下，男生长腿撑地，懒懒散散地靠坐在沙发里，刚喝完一瓶冰水。

察觉到她们进来，陆让尘的视线漫不经心地朝二人瞥来，清冷的目光拘着不经意的轻狂。像一发威力十足的子弹，精准地狙击心脏，碎出怦然动荡的裂纹。

祝云雀周身震住。

这时邓哲从另一间屋子里冒出来，看到门口的许琳达，"哟呵"一声："你倒是快啊，说过来就过来。"

两人显然早就约好，许琳达笑嘻嘻的："那当然啦。"她把状况外的祝云雀拽进来，"顺便再给你们介绍介绍我朋友。"

邓哲顺势看向许琳达身后神色僵硬的女生。薄薄的刘海，长发披散在肩头，柔顺黑亮，身上穿着一件白色连衣裙，透着少女的青涩。

似乎没认出来是她，邓哲眨眨眼，还没说话，陆让尘便将空了的矿泉水瓶，"咚"的一声扔进角落的垃圾桶。

"不用介绍，认识。"

慵懒的两句话，如同拉开命运序幕般，窄小的休息室内瞬间安静。

许琳达诧异地"啊"了声，扭头看祝云雀，又看陆让尘："认识？"

陆让尘目光淡淡地看着祝云雀。

祝云雀被他盯得皮肤白里透红，心慌得要命。她只能攥起拳，稳定心神说："……你确定你认识我？"

深沉的目光在她身上停留两秒，陆让尘被她那股温暾劲儿惹笑，颇为无语地轻哂一声："我是老年人？"

祝云雀没说话。

陆让尘撩着薄薄的眼皮，拧眉不解地责问："我还在公交车站叫过你一次，这就忘了？"

祝云雀从未想过，陆让尘会提到公交车站那次。她以为他早就忘了，再不然，就是他压根不知道那个在公交车站睡着的人是她。

然而事实是陆让尘不仅知道那是她，过了这么久，他还一直记得。也就是说，在找她帮忙的那刻，陆让尘就认出了她。

这个结论像忽然腾空的烟花在心中炸开，祝云雀措手不及。就连邓哲和许琳达都愣住了，两人默契地发问——

"什么公交车站？"

"你俩啥情况！"

陆让尘吊儿郎当地瞥她一眼，语气透着几分玩味："你问她。"

祝云雀双颊更热，硬撑着解释："之前我在公交车站睡着了，是他叫醒的我。"说话间，她看向陆让尘，也不知哪里来的勇气，眼睛一眨不眨地撒谎，"我不知道那是你，我睁开眼的时候，你都上车了。"

陆让尘闻言挑眉。

许琳达欢欢喜喜地来了句："你俩还有这缘分哪！"

祝云雀不自在地别开视线，以掩饰这刻的心虚。

刚好屋外有人叫陆让尘，陆让尘拿起吉他，冲邓哲抬了抬下巴，说："我先上去，你们继续，想点什么算我的。"

邓哲"嘁"了声："用不上你啊，有我呢。"

陆让尘点了下头，侧身擦过许琳达要走，颀长的个子几乎与矮窄的门框持平。

祝云雀眼睛不由自主地追着他。不想男生刚走到门口，忽然停下。

他先看了许琳达一眼，随后目光才落到祝云雀身上，少年嗓音低哑："有想听的歌吗？"

许琳达机灵地开口："我喜欢陈奕迅！"

轮到祝云雀，她微微张嘴，很轻的一声："《你不知道的事》。"

陆让尘："王力宏的？"

祝云雀点点头。

陆让尘的目光在她脸上多停顿了一秒，嘴角极淡地勾了下："行。"

陆让尘上台后唱的第一首歌是陈奕迅的《红玫瑰》。

清冷低哑的磁性嗓音，随着现场伴奏悠扬地唱。

舞台昏暗的灯光洒下，男生轮廓英挺，五官立体清俊，就这么肆意地握着麦克风，轻狂又吸引人。

台下女生本就不少，这会儿更是挥舞着荧光棒，存在感极强。

许琳达最激动，她一边拍视频，一边喊了好几嗓子陆让尘的名字，活脱脱的"小迷妹"。

和她比起来，祝云雀就过于安静了。她没有许琳达那样高像素的手机，只拍了两张照片就收起来，默默地喝着邓哲帮她点的饮料，眼神虔诚地望着台上熠熠发光的陆让尘。

一首歌很快唱完。

邓哲从后厨端来新的果盘，坐到两人身边。

台上歌手换了个矮胖的男生，陆让尘则坐在斜后方开始弹吉他伴奏。修长的脖颈微低，细碎的刘海挡住他狭长深邃的眉眼，漂亮的指节轻扫着吉他琴弦。

祝云雀要很努力，才能做到不时时刻刻关注他。

与她相反，邓哲一来，许琳达注意力就转移了。

祝云雀听两人聊天，才知道这家音乐餐吧是邓哲家里人开的，邓哲只要有空就过来帮忙，陆让尘也是他拉来的。陆让尘初中时就在国际学校玩过乐队，既能唱歌，又会伴奏。

本来陆让尘是玩票性质，却没想到因为他驻唱，来这里的人越来越多。

邓哲无奈地道："现在的结果就是，每周我都要硬拉他过来帮忙，跟求祖宗似的。"

许琳达被他逗得"扑哧"一笑，眼睛亮晶晶的。

祝云雀忽然就明白，为什么今晚她非要带自己来这里。

祝云雀共情到她的快乐，也觉得快乐，嘴角不经意地扬了扬。

偏偏这一笑被许琳达抓住，她揪着祝云雀，质问祝云雀和陆让尘到底是怎么回事,为什么两人认识都不告诉自己。

昏暗的灯光在脸上轮换闪过。祝云雀哽了哽,说:"我没想到他记得我。"

这是她真实的想法。甚至对她来说,陆让尘的记得,都可以称得上礼物。

邓哲揶揄她:"我说祝妹妹,你这就太没良心了吧。那天你俩加微信后,他还问我你叫什么名儿呢。"

祝云雀以为自己听错了,错愕地看他。

许琳达气鼓鼓地瞪眼:"行啊,祝云雀,你跟陆让尘加微信了都不告诉我。"

许琳达知道祝云雀帮陆让尘送过东西,可以理解祝云雀没说在公交车站遇见过陆让尘的事儿,但两人加了微信都不告诉她,这也太过分了吧。

似乎也觉得理亏,祝云雀哑口无言。

邓哲这会儿倒懂得打圆场了,他笑:"不就加个微信?跟你说这个干吗?还是说你眼红啊?"

他不说还好,一说许琳达彻底急眼了:"邓哲!你浑蛋!"

两人打闹起来。

男生嘻嘻哈哈的,女生却急得直跳脚。

冥冥不清的光线里,祝云雀面色红了又白,像被人无意间揭开最隐秘的心事。她低眸默默搅动饮料里的冰块,好一会儿,心头躁动的火苗才渐渐熄灭。

就是在这个时候,陆让尘再一次上台。这次他没再抱吉他,而是站在一架电钢琴面前。

台下渐渐安静,许琳达和邓哲也朝前方望去。

修长的指节弹奏出歌曲的前奏,似乎不是很熟悉,陆让尘对着谱子试了几次,之后才流畅起来。

许琳达就在这时"呀"了声:"是雀雀点的歌哎!"

祝云雀心绪起伏,目不转睛地望着舞台。

前奏过去,陆让尘清越动听的嗓音终于随着琴音流转,在音乐餐吧里低低荡开。

> 蝴蝶眨几次眼睛，才学会飞行
> 夜空洒满了星星，但几颗会落地
> 我飞行，但你坠落之际
> 很靠近，还听见呼吸
> 对不起，我却没捉紧你
> …………

清澈干净的琴音，将这首抒情歌变得细腻而温柔。又因为这首歌是陆让尘亲口唱的，饶是听过无数遍，祝云雀还是会有截然不同的心境。

仿佛有无数蝴蝶振翅，从胸口飞向四方，雀跃而欣喜。

祝云雀心口止不住地发烫，到底拿出她那老旧的手机，记录下这一刻的陆让尘。

因为是许琳达的生日，陆让尘后来还和乐队一起唱了首《生日歌》送给她，再加上邓哲准备的生日蛋糕，餐吧气氛一时燃到最高点，弄得许琳达吹蜡烛的时候都有些害羞和感动。

祝云雀还很贴心地帮她拍了好多张照片，方便她发朋友圈。

这时候陆让尘也唱够了五首歌，被邓哲叫过来一起吃蛋糕。

蛋糕并不是邓哲事先为许琳达准备的，而是听说今天是她生日后，才临时在隔壁蛋糕店买的。可即便如此，许琳达还是很开心，一个劲儿地嚷嚷着要请客吃烧烤。

小口吃着蛋糕的祝云雀微微一顿，抬眸看向刚在她左手边落座的陆让尘。

陆让尘两条长腿撑地，慵懒地靠坐在椅子里。淡淡的乌木沉香在空气中浮动，撩人于无声。他从手机中抬眸："你们去吧，待会儿我还有事。"

许琳达愣了愣："别啊。"

邓哲的笑容在嘴边顿了下："挺黏人啊，又催你回去？"

陆让尘扯扯唇，拿起桌上那杯和祝云雀一样的饮料喝了口。

祝云雀无意识地看着他如伞骨般修长的手，思绪短暂一空。

邓哲耸肩："那算了，我也不去了。"

许琳达拖长音调"啊"了声："干吗啊？你们两个还是不是男人，这才几点？"

陆让尘指腹敲着杯壁，用下巴点了点邓哲："他，不是男人；我，是男高中生。"

明明挺欠扁的话，从他嘴里出来只有玩世不恭的感觉。

许琳达本来正拉着脸呢，听到这话"扑哧"一笑，笑得老大声。

邓哲也气笑了："差不多得了啊，你今年都十八周岁了。"

陆让尘痞里痞气地勾着嘴角。

许琳达惊讶地眨眼："你都成年了啊，可我今天才十七周岁。"说着，她看向祝云雀，"雀雀也是十七周岁。"

陆让尘闻言瞥了眼祝云雀，她一手拿着杯子，一手捏着吸管，像喝儿童饮料似的。

见他看自己，祝云雀眸光轻闪。

陆让尘几不可察地扯了下嘴角，也不知道在笑什么。

台上开始唱五月天的歌，是那首快节奏的《Happy Birthday》，非常应景。

许琳达当即拉着邓哲跟她一起挥舞荧光棒，邓哲挣扎失败，欲哭无泪地喊了句"放过我吧"。

和他俩比起来，陆让尘和祝云雀倒是很安静。

陆让尘安静地回消息，祝云雀没忍住多看了他两秒。

不想陆让尘忽地侧过眸捕捉到她的目光，两人的视线猝不及防地对上。陆让尘单手撑着头，深邃狭长的眸微垂，意味不明地眯起眼："我脸上有东西？"

祝云雀像作弊被抓到般霎时怔住，耳根发烫。她摇头，用只有他们两个人能听到的声音说"没有"。

不知是不是错觉，陆让尘隐约笑了下，但很快又被短信扯回神。

男生蹙起眉，看起来有点儿头疼。祝云雀莫名想起他没收钱的事，她鬼使神差地开口说："那一百块……"

陆让尘抬眸："怎么？"

祝云雀抿住唇，说："你为什么没收？"

也许是音乐声太大，或是她的声音确实过小，反正陆让尘没怎么听清。偏偏这会儿音浪越来越强，他只能朝她凑过去，提高音量："你说什么？"

突然拉近的距离如同一只手猛推祝云雀，男生身上干净的气息却是兜住她的那张网。

祝云雀从未想过有天她会离他这样近。心脏忽颤，她生生磕巴了下，大声道："我说，那一百块钱，你为什么不收？"

这回陆让尘听到了。停顿两秒，他往后一靠，摸着脖子笑："忘了。"

祝云雀拿出手机，想重新发给他。陆让尘瞥了眼道："别给我了，自己留着吧。"

祝云雀愣了愣。即便平日里再淡然冷静，这刻单纯的眼神也还是暴露了她的稚嫩。

陆让尘蓦地轻笑："高歌刁难你的时候，你不是挺机灵的？"他偏头，饶有兴致地打量她，"怎么到我这儿就这么老实了？"

陆让尘说这话时神色懒懒的，像脱口而出，却又极好地把握着不冒昧的分寸，轻易就将祝云雀惹得面红心跳。

好在光线足够低暗，祝云雀可以把心悸掩藏好，再故作平静地转移话题："你怎么知道我和高歌的事？"

陆让尘漫不经心地示意了下邓哲。

邓哲这会儿正被许琳达拉着自拍，无可奈何又不得不从的样子还挺好笑。

陆让尘哼笑："有他这个大喇叭，想不知道也难吧。"然后他正儿八经地说，"所以不用给我了，就当你帮了我的忙，我付一点酬金。"

祝云雀无法反驳，只能默默点头，想想又说："那下次要是还有这好事，记得叫我。"

闻言，陆让尘朝杯里倒饮料的动作一顿，颇为意外地睨了她两眼。那表情好像在说——"行啊，原来你会开玩笑。"

祝云雀被他看得心里一阵兵荒马乱。

刚巧桌上的手机响了,陆让尘瞥了眼,不紧不慢地拿起来。那是今年的最新款,没有丝毫保护措施,就这么在他手里随意拿放。

相比起来,祝云雀手里那几百块且卡顿得不行的手机,就显得相当寒酸。

年少的自尊总是来得强烈且脆弱。祝云雀抿唇,无声无息地将桌上的手机放回挎包里。

再抬眸时,她正好瞥到陆让尘的聊天界面。和他说话的应该是个女生,话很多,头像看起来很好看。

祝云雀忽然就想到之前邓哲说的那句——"挺黏人啊,又催你回去"。

呆住的瞬间,回完消息的陆让尘侧目睨她。狭长的眸抬出一道深褶,漆黑的眸仿佛带着天然的钩子,即便只是平静看着,也像故意招惹。

他说:"怎么了?"

祝云雀不记得这是今晚第几次心跳漏拍,只机械地摇头。

没了话题,两人默契地沉默着。

没多久,祝云雀去了趟厕所,回来的时候,陆让尘已经不在了。

祝云雀回到座位,看着旁边空出来的座位和半瓶饮料,晃了几秒神。

不巧的是,邓哲也要去忙了。

许琳达只好约车准备回家。怕祝云雀反悔不跟自己走,离开前,许琳达特意挽住祝云雀的胳膊试图拴住她。

邓哲把两人送到门口,看两人跟连体婴似的,他嘲笑许琳达:"跟个牛皮糖似的,粘牙。"

许琳达一跺脚:"要你管。"

邓哲故意气她:"就不能学学人家祝妹妹,看人家多文静。"

话题突然转到自己身上,祝云雀收回放空的视线,回过神:"什么?"

许琳达弯起唇,捏了捏她的脸:"说你可爱呢。"

忽然邓哲想起什么,说:"哦,对了,让哥让我转告你俩,说他在这儿兼职的事,麻烦帮他保密。"

大概那个名字是长在祝云雀身体里的开关,只要一提起,思绪就会变得警觉,她眸光闪了闪。

邓哲说:"你们也知道让哥那人气,他能吃得消,我舅这小音乐餐吧却吃不消啊。"

许琳达"喊"一声："把我俩当什么人啊，我和雀雀又不爱多嘴。"

说话间，出租车到了，两人开门上车。

许琳达将头探出车窗，冲邓哲摆摆手。邓哲冲她比了个电话联系的手势。

后来回去的一路，许琳达都在兴冲冲地修图。这一晚她拍了不少照片，合照、单人照、抓拍、摆拍。

刚回到许琳达家，三环外的别墅，祝云雀的手机就被她发来的照片塞满。

洗过澡后，祝云雀才拿出来看，结果就发现，其中居然有一张她和陆让尘的合照。

照片拍下的瞬间，正是她和陆让尘说还钱的时候。

照片里，祝云雀目光灼灼地望着男生，一双清凌凌的眼好似沁着水，会说话。为了听清她在说什么，陆让尘俯首，露出一截线条修长的脖颈。昏暗光线下的他，看起来耐心又温柔。

祝云雀目不转睛地看着这张照片，心跳很快。偏偏许琳达不知从哪儿冒出来，撞了她一下："怎么样，我拍得不错吧？"

突如其来的动静吓得祝云雀睫毛一颤。仿佛干坏事被抓包，她迅速将屏幕熄灭，面无表情地夸道："是挺好看的，就是把我拍糊了。"

"就几张而已啦。"许琳达解释，"还不是因为抓拍，光线不足抓拍很难的好吧？"

祝云雀庆幸自己没被她看出什么，来到沙发边坐下。

许琳达凑过来煞有介事地问："跟我说实话，你是不是很在意陆让尘？"

其实她早就想问，只是一直没找到合适的机会。

祝云雀刚好拧开矿泉水喝了两口，冰凉的液体顺着食道冲刷体内的燥热，一刹那她还真差点儿呛到。缓了好几秒，她才平静地看向许琳达，说："什么跟什么？"

祝云雀脸上依旧是清清冷冷的模样，透着一点儿傲气，半分破绽都没有。

或许是她演技够好，许琳达咕哝了句："也是，你俩看着就不像一路人。"

"他那么会玩，人气又高。你呢，太安静，满脑子只有学习，你俩凑到一块儿感觉都没话说了。"

心头有异样的情绪在隐隐作祟，祝云雀几不可察地抿了下唇，心里既烧灼又煎熬。她静了会儿，忽然道："你自己追剧吧，我去楼上刷会儿题。"

许琳达知道她什么德行，也没拦她，扔给她一包薯片自顾自地开心。

许琳达家的书房很大，祝云雀找了个位置刚坐下，叶添就发来消息找她。

叶添：你去哪儿了，怎么没在家？

祝云雀从书包里拿出笔和卷子，摆放好后才回他：我这两天在朋友家住。

叶添：你同桌？

祝云雀：嗯。

叶添：那你后天回家吗？老太婆说后天有亲戚来家里，让我叫你回来吃饭。

祝云雀想了想：应该可以。

叶添：行。

叶添：那你这两天玩得开心点。

或许是这句话勾起祝云雀零星半点的心思，她对着手机发了会儿呆，鬼使神差地发了条朋友圈。

朋友圈文案是这天的日期，图片则是她在音乐餐吧拍的几张照片。没拍人，只有音乐餐吧里的边边角角。虽然照片像素不高，但胜在构图不错，滤镜也合适，看上去还可以。

祝云雀是在发完后，才发现其中一张照片，竟将陆让尘的手拍了进去。是他戴着黑曜石手链的那只手。修长的指节握着透明玻璃杯，骨骼明晰，线条流畅，青筋脉络柔韧有力。

那是极其好看的一只手，好看到但凡熟悉陆让尘的人，一定会通过这张照片认出他。

思及此，祝云雀顿时泛出微妙的心虚感。她想保留这张照片，想将她的独家记忆，在私有空间里长久封存，可转念又想到那个和陆让尘聊了一整晚的女生……

这个事实像积郁在心间经久不散的积雨云，祝云雀思考了会儿，最终还是决定删掉。

只是没想到，她还没来得及行动，朋友圈下面就忽然多出一条评论。

祝云雀微微顿住，点开一看——

陆让尘：还挺好看。

祝云雀的思绪瞬间被搅乱。她从没想过，陆让尘会给自己留言，可她怎样都无法高兴起来。

五味杂陈的心情像雨后烂泥一样化开，好半天祝云雀才克制住想要回复他的冲动。她不该再对这个人抱有任何多余的想法。

可想是这么想，行动却很难。到最后，祝云雀都没能下定决心删掉那条朋友圈，而是将权限设为仅陆让尘可见。

之后那一整晚，她都心不在焉的，即便是一套平常轻而易举就能做出来的测验卷，也做得磕磕绊绊。甚至第二天，那些煎熬感都没有消失，许琳达还为此担心她是不是生了病。

就这么浑浑噩噩度过了国庆节的第二天假期，第三天中午，祝云雀终于回了烟柳巷。

刚过饭点，邓佳丽见她回来很尴尬："回来怎么也不提前说一声，我都刷完碗了。"

自打上次邓佳丽和祝平安吵架后，两人相处就客气许多。祝云雀不想给她添麻烦，便摇头说"我不饿"，说完便转身回了屋。

没一会儿邓佳丽又敲门进来说："那你晚上想吃什么菜，告诉我，我给你做。"

晚上祝云雀的姑姑祝萍会带刚上大学的儿子林朗回来看老太太。今天一早，邓佳丽便去早市买食材，刚好祝平安的车次在晚上返程，于是这一餐就理所当然定在晚上。

祝云雀想想说："想吃糖醋肉。"

邓佳丽笑笑，说："行。"正要出去，又犹豫了一下，道，"那个，雀雀,你爸爸告诉你了没,今晚家强回来吃饭——"

祝云雀拿书的手一顿。

邓佳丽马上又说:"你放心,吃完我立马让他回去。"

看她小心翼翼的模样,祝云雀顿了顿,轻声说"好"。

后来整个下午,除了去厕所,祝云雀几乎没出过房门。

门外,老太太逗着她的宝贝孙子,小孩玩高兴了"咯咯"笑,玩不高兴了哭闹不停。厨房里是"笃笃"的切菜声,像是永远不会停歇的永动机,不知不觉响了好久。

祝云雀从起初的忍耐,恹恹,到塞上耳机,躺在床上背课文,再然后,不知不觉地睡了过去。

醒来时,天已经黑了,寂静的小房间被孤独感充盈着。

听见有人敲门,祝云雀才从毯子里冒出头,揉了揉眼。是祝平安回来了。家里热热闹闹,他站在门口,门外是嘈杂的说话声,一听就知道姑妈祝萍带着儿子来了。

祝平安看起来很高兴,让她起来和姑姑、表哥聊天,正好学习有不懂的方面也可以当面请教表哥。

祝云雀没搭腔,面无表情地坐起身,一扭头,就看到表哥林朗站在门口冲她笑:"几点了还睡?"

快一年没见,林朗高了瘦了,文质彬彬的模样却没变,一直是人见人爱的好学生。自打今年考上名牌大学,更是家族里的楷模。

和他比起来,成绩中上且不稳定、又不会讨人喜欢的祝云雀,则是让人头疼的存在。

也许是这个原因,祝云雀一直都跟林朗亲厚不起来,偏偏林朗总"惦记"这个表妹。

祝云雀把头发重新扎成丸子头,不咸不淡地道:"你什么时候回来的?"她指的是从北城回南城。

林朗靠坐在她的二手学习桌上:"昨晚才到的家,白天去了我奶奶那儿。"说话间,他敲了敲老旧的桌面,"怎么还用我这个破桌子啊,这都多少年了。"

祝云雀淡瞥了眼:"那你要问我爸为什么不舍得给我换。"

话题似乎触及敏感处，林朗尴尬地清了下嗓子。

刚好屋外长辈叫两人出去吃饭，林朗应声转身离开。他一走，祝云雀呼吸都自如起来，又磨蹭了会儿，才慢吞吞地来到一大家人面前。

老式圆桌上摆满快十几道菜。祝萍和林朗坐在主位，一左一右分别是祝平安和老太太。

似乎怕她和邓家强挨在一起，邓佳丽特意坐在两人中间。

祝云雀也是这会儿才发现叶添没回来。正好祝萍问起，邓佳丽边盛饭边说："那孩子这两天在他爸那儿，我就没叫他。"

祝萍是南城一中很有名的生物老师，听到这话点点头："那孩子高一了吧，成绩怎么样？"

邓佳丽被问得面色一汕，还没说话，老太太就哼一声："他能有什么成绩可言？"

语气听着就刻薄，桌上气氛都尴尬起来。还是祝平安打圆场："男孩子嘛，贪玩是正常的。"

他把目光投到祝云雀身上，半开玩笑道："与其担心那混账小子，倒不如担心担心这个。"

祝萍看向安静吃饭的祝云雀，开门见山："雀雀，我听你爸说你这次考得很差，是怎么回事？"

许是老师当惯了，祝萍行事作风总是很有压迫感。

祝云雀捏着筷子的手顿了下，敷衍道："没怎么回事。"她面色清冷，说完便低眸夹菜。

桌上的气氛更微妙了。

林朗看不下去，笑着吐槽祝萍："我说妈，您能别跟个教导主任似的，走亲戚还盯着人成绩问吗？"

祝平安借坡下驴，笑说："可不是吗！"

祝萍推推眼镜："我这也是关心雀雀，她冲重本还是很有希望的，高二太关键，可不能松懈。"说着，她扭头看林朗，"还有你，别以为上了大学就可以撒欢玩儿。"

林朗一副逆来顺受的无语样。

邓佳丽笑着岔开话题："都说林朗学习好，有这么优秀的妈学习能不好吗?"

老太太笑得脸上的褶子开花,马上说:"那是啊,我家萍萍打小就优秀,要不怎么能培养出一等一的大学生呢。"

夸赞一旦说起来,就不会轻易停。不过夹几道菜的工夫,话题就再次转移到祝萍身上。

从她最近升职加薪,到家里换了三十万的车,再到林朗在学校进了教授的竞赛小组,祝萍终于没那么严肃,镜片后的眼睛也有了笑意。

祝云雀像个格格不入的外人坐在他们中间,很快便没了胃口。撂下筷子,她在一片欢声笑语中轻声说:"我吃饱了,先回房间。"

话落,所有人朝她看来,就连邓家强也瞥了她一眼。

祝平安看她那么少,关心道:"怎么,不舒服吗?"

祝云雀摇头:"我要回去做题。"

这话多少有点扫面子。祝平安蹙了蹙眉:"今天团圆饭,不差那一时半会儿,你姑姑好不容易来一次,大家一起聊会儿天。"

邓佳丽也开腔,让她再吃点东西。

可祝云雀又哪是听话的性子。她摇头,还是想回房间。

老太太横眉竖眼地开口:"都别管她,爱吃不吃,不吃还省粮食了。"

带刺的话一针见血地扎在身上,祝云雀睫毛轻颤。

老太太嫌弃的眼神半点不遮掩:"也不知道像谁,整天拉着个脸,好像谁欠她钱似的。"

似是听不下去,也要顾着场面,祝萍劝道:"妈,少说两句。"

结果老太太更起劲了,她看了眼林朗,又看向祝云雀:"要我说,这有妈管的和没妈管的就是不一样,你看看人家林朗,再看——"

反应过来的刹那,祝平安的脸登时黑了。

祝萍立刻大声呵止:"行了啊妈,差不多得了!"

老太太被喊得脸色骤然一变,虽然刹住了车,但表情依旧趷痘着。

祝平安明显已经不悦。他自诩为一家之主,有他的体面,只是维持体面的方式并非面向始作俑者,而是拧起眉,针对他那看起来就好拿捏的女儿。

还未等他呵斥出声,默不作声的祝云雀忽然推开椅子,犟着一股劲

054

儿站起身。

椅子腿摩擦地面。老太太被"刺啦"声吓了一跳,皱起眉正想发火,没想到祝云雀抢先开腔。

她盯着老妇人,乖戾、冷漠交织在眼睛里:"是,我是没妈管,但我没妈管是因为谁?是我让我爸妈离的婚吗?还是我让我爸娶的小三?"

空气随着她的话霎时陷入死寂。任谁都想不到,平时那么乖软的姑娘居然会有这么大逆不道的一面。

祝平安气得眼皮子直跳,猛拍桌子:"祝云雀,你疯了!你知不知道你在说什么!"

这一下动静太大,吓得屋里的小孩哭起来,场面也随之乱作一团。

祝萍和林朗茫然无措,老太太心慌气短,指着她连说了三个"你"字。

邓佳丽顾不得屋子里的孩子,急切地解释:"不是你想的那样,雀雀,我跟你爸爸——"

"我不管你和我爸怎样。"祝云雀声音压抑着颤抖,死死攥住拳,像拼尽全力对抗这么多年遭受的所有不满,"我就问你,我妈这么多年每个月给我的生活费,用在了哪儿?"

祝平安身形一震,邓佳丽神色骤变。

祝云雀眼眶泛红:"那些钱是用在了老人保健品上?你养孩子的奶粉钱?还是你弟弟的生活费?"说着,她看向祝平安,"还有你,你当初答应过我不会再生孩子,可这些年,你又做了什么?"

巨大的失望、委屈,像浪潮一样冲击着心岸,祝云雀不想再忍一分一秒,直勾勾地看着祝平安,那架势像是要和所有人决裂。

到这会儿,祝平安已经蒙了,他理亏词穷,又哑口无言。

祝云雀讽刺一笑:"所以奶奶说得对,这里从一开始就容不下我。"

祝平安心口闷钝:"雀雀,你听我解释……"

祝云雀摇头,眼泪"啪嗒啪嗒"地掉,却努力笑起来:"我就不该在这里碍你的眼。"

十月的南城温度适宜,又是国庆假期,外地游客暴增,这段时间网红东鼓街晚上的烟火气格外浓重。

陆让尘本没打算过来凑热闹，是周槿一直嚷嚷着，要把新交往的男朋友介绍给他。刚巧大家都有时间，便着急忙慌地叫陆让尘过来。

那会儿陆让尘刚洗完澡，头发还没擦干，冲电话里的两人笑着道："我离你们那么远，还得打车过去，你们是人吗？"

周槿笑说："来呗，你又不差钱。"

陆让尘无奈地扯扯嘴角，最终还是来了东鼓街，和周槿、周槿的男朋友，还有玩得很好的李铁，一起找了个地方吃烧烤。

周槿和李铁是陆让尘来南城后认识的。那会儿三人住在一栋楼里，一来二去大家就玩到了一块儿。

只是除了陆让尘，另外两个都已经上了大学。周槿的男朋友是研究生，每天都要跟着导师忙课题，人成熟稳重，看起来挺靠谱。要说唯一的缺点，大概就是家里穷。但周槿不嫌弃，还主动出资，和他蜗居在烟柳巷的某个出租屋里甜甜蜜蜜。

对此，李铁的看法是，恋爱中的女人都是傻子。

当然这话也就背地里和陆让尘说说，当着周槿男朋友的面，两人表现得还算体面。

只是时机不太巧，四人在烧烤店的户外区刚坐下没多久，周槿的男朋友就被导师的一个电话叫回去，说急着要数据。

周槿脸色都变了，但又能怎样。男生哄了哄她，到底还是回了学校。当然，饭钱他还是留了。

李铁这体育生说话就是直接，撸着串摇头晃脑的："不得不说，咱槿这'恋爱脑'啊，堪称一绝，这要撒上点儿辣椒面、芝麻、孜然……啧，那得香味扑鼻！"

陆让尘跷着二郎腿靠坐在藤木椅里，笑得肩膀直颤，烟火气下的俊脸格外好看。

周槿"喊"一声，白了一眼李铁："你这个单身狗懂个啥！"

李铁"呵呵"两声："对对，我不懂。"他冲陆让尘抬抬下巴，"你懂吗？"

陆让尘扯着嘴角看周槿，摇头说："不懂，我是好学生。"

周槿说："你俩可以了啊，我给你俩介绍我男朋友，又不是让你俩劝我分手。"说话间,她又看向陆让尘,"不是你说的,找男朋友不能找花心的?他多老实啊。"

李铁又"呵呵"两声:"那是因为你太傻,他怕你被骗。"

陆让尘笑而不语,端起桌上的杯子,喝了口饮料。

红灯转绿灯。就是这会儿,行人穿过斑马线,从烟柳巷朝东鼓街这边走。

李铁和周槿还在拌嘴,陆让尘懒得搭理,倚在那儿看街景,再然后,视线就猝不及防地落在那些人中的某人身上。

倒不是她多显眼,而是身上那股纯粹清新的学生气,在市井中太特别。单薄的身板,穿着简单干净的白衬衫和牛仔短裤,戴着斯文干净的银边眼镜,巴掌脸白里透粉。

是祝云雀。

陆让尘眸光一凝,深沉的视线下意识地追着她。直到距离足够近,才发现她在哭,眼泪像断线的珠子"啪嗒啪嗒"往下掉,眼睛红红的。可神色又是倔强的,像不服管的小动物,势必逃出牢笼。

陆让尘眼皮子无端一跳,就这么看着祝云雀进了旁边某家便利店。

周槿把他叫回神:"看谁呢,这么入神?"

陆让尘眼波微动,像在酝酿什么,好几秒后才挑眉道:"一个同学。"

两分钟后,便利店里。

祝云雀红着眼睛,站在最里面一排的货架前,手不自觉地放在那罐绿色的听装喜力上。视线被泪水浸染得有些模糊,她以为那是雪碧。

可还没来得及拿下,一只温暖又干燥的大手,突如其来地扣住那罐啤酒。

刹那间,两人指尖轻碰。

心跳倏地漏拍,祝云雀愕然转身,然后就看到,那个她魂牵梦萦的少年站在她面前,此刻正居高临下地看着她。

陆让尘挑了下眉,冲她不怎么客气地说:"成年了吗?就喝酒?"

棚顶冷白光线倾泻而下,洋洋洒洒地罩在少年身上,像为他打上一簇偏爱的光,无论何时都耀眼得让人心颤。

祝云雀瞬间如置身梦中般恍惚,直到旁边路过的人说了声"麻烦让一让",才触电般收回手。

她往后退了一步。

陆让尘低眸敛睫,手肘搭在货架上,也为行人让路。两人距离就这么隔开。

祝云雀心跳堪比擂鼓,眼底淌过慌乱,说:"你怎么会在这儿?"

"在附近吃饭。"陆让尘漫不经意地说了句,语气不乏试探,"你呢,大晚上一个人出来'喝酒'?"

"喝酒"两个字像针一样刺了一下祝云雀。她这才反应过来自己刚刚拿错了,她解释道:"……没,我以为那是饮料。"

陆让尘似乎不信,视线又朝她意味深长地一瞥。

祝云雀微妙地紧绷起来,饥不择食地从旁边的货架上拿了两罐旺仔牛奶。

正准备拿别的零食时,陆让尘倏地开腔:"不哭了?"

一贯疏淡的男声,透着吊儿郎当的关切,并不像两人之间会说的话,祝云雀差点抓不住那两罐饮料。

她错愕地看着陆让尘,想说"没有",可红着的眼眶不会说谎。

无助、委屈、难过、心酸,交织着出现在那双清澈倔强的眼睛里。陆让尘看着她,心口仿佛被什么无端蜇了下。

然而他不知道,她望向他的目光里,还埋藏着无声暗涌的局促慌张。

怕被他发现端倪,祝云雀很快收回目光,吸吸鼻子说:"谢谢,我已经没事了。"话说完,她迈开步子,拿着选好的东西想走。

陆让尘却岿然不动地挡着她的去路。

两人距离拉近,近到处处都是他的气息。祝云雀心下怔然,仰头。他太高了,只有这样,她才能和他对视。

陆让尘却不说话,清湛的眉眼肆意慵懒,英气又吸引人。

心绪像夜里乱飞的萤火虫,祝云雀哽了哽,说:"你要买什么,我请你。"

毕竟上次是陆让尘请的客,而且她还有一百块钱没还给他。

然而陆让尘只是耐人寻味地看着她，目光平淡。

祝云雀小声问："……怎么了？"

陆让尘不可捉摸地轻笑，宽肩微耸："没什么。"就是单纯觉得她这自愈力还挺强，明明过马路的时候还哭得跟个孟姜女似的，这会儿在他面前倒像个没事儿人了。

行，就当他自作多情。

陆让尘移开视线，在货架上扫了一圈儿，随意地说："来买点儿喝的。"

不等祝云雀反应，他从货架上拿下一瓶功能性饮料，在宽大的手掌里掂了掂。

祝云雀眼睁睁地看着，心中跳跃的火苗忽闪两下，又"噗"地熄灭，忽然就觉得自己病得不轻——他根本不是过来阻止自己的，只是碰巧也来买东西而已。

思绪被这个答案缠住，祝云雀越发无地自容，红着脸稍一侧身就绕开陆让尘去收银台结账，还挺冷漠。

淡淡的栀子香在鼻尖下浅浅飘过，陆让尘视线不受控地追着她看了好几秒。

就没见过这种类型的姑娘，又乖又犟的，恨不能轻拿轻放。

摸摸鼻子，陆让尘蓦地嗤笑一声，似是笑自己今晚的莫名其妙。

跟在她身后，陆让尘来到收银台前排队结账。他稍一靠近，好闻的乌木沉香便在空气中浮动。

祝云雀被他身上的气息笼罩着，嘴唇微微紧绷。

好在已经排到她。祝云雀往前一步，又犹豫了下，扭头对陆让尘说："你的我一起付吧，说好要请你的。"

陆让尘倒没拒绝，点了下头："行。"说完他插兜站在旁边安安静静地等，轻而易举便将身旁年轻姑娘的视线吸引到他身上。可他懒得注意任何人，低眸不咸不淡地摆弄着手机。

这场面，瞬间就让祝云雀想起之前在学校超市，他请客的那一幕，旁人众星捧月地围在他身边示好，他却一身浑不吝的痞劲儿不为所动。

那时的祝云雀从不敢想，未来有一天，她会和陆让尘站在一起，为他付账。甚至，只要稍一扭身，她的袖子就能和他的衬衫轻轻擦碰。

只是这一切，对现在的她来说，已经不再有意义。

祝云雀默默垂下眸，从兜里拿出一百块钱付账。

她以为走到门口两人就要分道扬镳，不想陆让尘忽然接了个电话，他略敷衍地应了两句，忽然抬手碰了她一下。确切地说，是抬手轻轻弹了下她的后脑勺，像朋友间才会开的亲密玩笑。

脑中蹦出这个想法，祝云雀脊背一僵，脚步顿在超市门口，表情错愕地扭头看他。湿漉漉的杏眼里盛着意外与羞涩，像丛林中迷失方向的小鹿。

陆让尘垂眸瞧她，说："我朋友问你，要不要一起吃烧烤？"

祝云雀睁了睁眼，显然感到意外，慢吞吞地问："你朋友？"

陆让尘抬了抬下巴向她示意："超市斜对面的那家烧烤店，户外第一桌。"

祝云雀视线茫然地搜寻。

陆让尘又说："还有一个女生。"

他本意是不想让她一个人大晚上乱走，又怕她认生害羞，所以才告诉她还有同性。

哪知祝云雀听到有女生后，神色直接变了，先是惊讶仓皇，继而变得尴尬。她抗拒地摇头："不，不用了。"

好意仿佛扑空的鱼钩，陆让尘从未被人这样直白又嫌弃地拒绝过。他拧着眉心，舔着唇发出一声低笑。

压迫感太强，祝云雀肩颈紧绷起来。

哪知下一秒，陆让尘高大的身体靠过来，狭长深眸直勾勾地锁着她。

距离倏然拉近，祝云雀的心脏差点从嗓子眼儿里蹦出来了。

陆让尘打量着她，明显有点不爽地扯了下嘴角，说："怎么，我是能吃了你吗？"

少年的语气里透着这个年纪该有的胜负欲。

刚说完，祝云雀的脸就红了。

偏偏陆让尘不罢休地盯着她，像是非要在她脸上盯出一个回答。祝云雀只能硬着头皮说："对不起，今晚我约了人。"

陆让尘"哦"了声，故意戏谑她："约你一起'喝酒'？"

祝云雀的脑袋突然空了，还没等她进一步解释，陆让尘却懒得再逗弄，敛去嘴角的笑意，丢了句："不想去就说不想，犯不着找借口。我走了。"

话落，空气中的乌木沉香也随之变淡，再留不住地消散。

祝云雀表情麻木地站在原地，望着那道脚底生风的高大背影，直至彻底融为夜色，胸腔里的动荡都没有抚平。

就是在这会儿，手机响了。祝云雀被震得指尖轻颤，终于恢复知觉。她垂下红肿未消的眼眸，看到这次的来电显示是林朗。

接起电话，林朗声音关切："祝云雀，你可终于接电话了！你知不知道家里人多担心你？你现在在哪儿呢？我从烟柳巷出来找你了。"

睫毛轻颤，祝云雀像魂不在身上，就这么望着街对面那家烧烤店。

林朗不耐烦："说话啊，我去接你。"

她看到陆让尘在桌前坐下，旁边的短发女生言笑晏晏地跟他搭话，看起来十分明媚。

原来，他欣赏的是这种类型——她永远也变不成的类型。

隐秘滋生的某些幻想瞬间被打回原形，祝云雀狼狈地回神。垂下眼，她鼻腔泛酸："我在东鼓街这边的711。"

夜色渐浓，不到九点，东鼓街上人流量越来越大。四处都是热闹的烟火气，烧烤店的户外座也都坐满了人。

陆让尘都回来了，周槿的烤腰子才上。

吐槽完服务员，周槿支着下巴，冲陆让尘好奇地眨眼："你同学呢？你不是要带人过来？怎么没来？"

陆让尘冷着俊脸，靠坐在椅子里，答非所问："李铁呢？"

不知道为什么，周槿总觉得他气压有点儿低。一般这个时候，她是不敢惹他的，于是道："李铁去接电话了。"

陆让尘"嗯"了声，一抬眸就见周槿盯着他，不由得轻哂："我脸上有东西？"

"那倒没有，"周槿一副看热闹不嫌事儿大的样子，"就是有点儿憋屈。"

陆让尘白了她一眼,单手打开一罐可乐。气泡涌到他手上,他轻甩了一下,低眸轻嗤:"毛病。"

打完电话的李铁回来,"哎哟"一声:"说谁有病呢?"他笑着看周槿,"说你?"

周槿翻白眼:"人家说的是'毛病'。"

李铁扭头看陆让尘,似是发觉什么端倪,非常没有眼力见儿地道:"哎,你不是说带个妹妹回来一起吃,妹妹呢?"

真是哪壶不开提哪壶。陆让尘擦着手,眉毛拧起,面无表情地看着李铁,正想骂他。

周槿看着街道对面,忽然嚷嚷起来:"哎,陆让尘,你这妹妹也不行啊。"

陆让尘额角一跳,下意识地顺着她指的方向侧身看去。然后就看到,站在711门口的那道单薄羸弱的身影,正和一个高个子男生站在一起。

晚风吹起她耳边的长发,让她那张秀气的鹅蛋脸看起来更乖。

那两人距离很近。说了没两句,那男生直接攥住她纤细的胳膊。

祝云雀没躲。

陆让尘无声地眯起长眸。

林朗带着祝云雀在东鼓街从南逛到北,等她气消得差不多了,才带她回家。

她看着文静,实际性情乖张。严格来讲,并不是林朗的功劳,而是她在外面逛累了,觉得没意思,自己想回家。至于开解她的那些话,林朗觉得她可能一个字都没听进去。

祝云雀回家后,连个多余的眼神都没给那几个大人,换好拖鞋就进了卧室。

这个时间邓家强早就走了。

饭桌还没收,祝平安神色疲惫地抽着烟。得知祝云雀回来,邓佳丽给他使了个眼色,让他进屋看看。

祝萍稍稍嘱咐了祝平安几句,让他有话好好说,随后便带着林朗离开了。

母子俩一走,不算大的房子空旷不少。

客厅死寂了好一会儿,祝平安掐灭烟,起身敲开祝云雀卧室的门。

门没锁,祝云雀也压根没想锁,她知道祝平安一定会来找她。

倒是祝平安,看她这会儿还能沉静地坐在书桌前准备学习,相当意外。

祝平安动了动唇,想了半天,也只是关心道:"在外面吃东西了吗,饿不饿,要不要我给你再煮个面?"

笔尖在试卷上停住,祝云雀盯着那些英文字母,心里某些无用的情绪翻涌着。就这么安静了几秒,再抬眸时,她眼里一点波动都没,说:"爸,我要做题。"

试图沟通的话噎在嘴边,祝平安望着祝云雀那张年轻而冷静的脸,心脏像被什么重物猛地一砸,又像拳头砸在棉花上。他压下一口气,忽然就觉得自己好像一点儿也不了解她。

这场谈话最终扼杀在摇篮里。

祝平安走后,祝云雀把自己关在房间里写作业。

其间冯艳莱打过一通电话给祝平安,祝平安怕吵到老人和孩子,就去屋外接。奈何房子隔音差,祝云雀的小房间又连着阳台,把这通电话听得一清二楚。

祝平安没了在饭桌上的威严,语气里尽是中年男人不得志的无奈。

"艳莱你听我说,不是你想的那样,你给雀雀的生活费我一直帮她存着的,只是最近情况比较特殊,才拿出来周转。

"佳丽要在家照顾孩子,孩子和老人开销也大,还有她弟弟,她弟弟和雀雀处不来,你也不是不知道……

"是,这些和你跟雀雀没关系,都是我的问题,是我没能耐,赚不来钱。我也的确不够关心雀雀,家里老人……我和大姐都说她了,她以后都不会再乱说话了。"

说到这儿,冯艳莱似乎更生气了,声音提高到近乎刺耳,骂得祝平安一声都不敢吭。

到最后,祝平安都无力了,他叹了口气:"行,雀雀你随时可以带走,那两万,我这几天就凑给你。"

电话似乎被挂断了,阳台外许久都没声音,只有发涩而苦闷的烟味飘来。

台灯下,祝云雀杏眸漆黑,注意力紧盯着那道语文选择填空题——

它们原是自由鸟儿,为了生命的自由和自由的生命,远远地避开人群,(＿＿＿)。

沉默了两秒。
她垂下眸,选了 C。

——飞走,远远地飞走,甚至不愿回来。

·第三章
勇敢的心

国庆假期最后一晚，祝云雀在补作业中度过。

第二天开学，清早难得下了场阵雨。气温急转直下，空气湿润而清新，是祝云雀最喜欢的天气。

她出门时特意多带了一件长袖去学校，刚在座位上坐下，许琳达就着急忙慌地找她要作业抄。

不止她，班上其他人也这样。只不过许琳达幸运点儿，有祝云雀这个大靠山。

也多亏了祝云雀，第一节课英语老师检查卷子的时候，许琳达才得以幸免。她也因此发现，祝云雀做题的准确率高得可怕，除了英语作文，整张卷子几乎满分。

第一节课下课后，两人手挽手去厕所。许琳达逼问她："祝云雀你跟我说实话，上次考试你考得那么差是不是装的？"

祝云雀笑："我还想问你呢，昨天我不是早就走了，一下午时间还不够你写作业？"

许琳达懊恼地抓头发："别提了，昨天下午我和邓哲打游戏来着，后来要下线了，结果陆让尘被邓哲拉进来了。"

陆让尘和邓哲偶尔会一起打游戏。邓哲昨晚也是临时看到他上来，好奇拉他一下，结果还真把他拉进来。

许琳达赞叹:"我是真没想到啊,陆让尘玩游戏都那么厉害,带我俩碾压全场,爽!"

　　祝云雀虽然不玩《英雄联盟》,但总听许琳达说,也大概明白。她只是没想到,陆让尘还会打游戏,而且还打得那么好。

　　不过,他本来就什么都好,心肠也好,不然也不会叫上不算熟的自己,过去和他一起吃烧烤。

　　思及此,祝云雀无声沉默,无力的滋味再度缠上来。

　　许琳达悻悻道:"不过他没带我们打多久,看着心情不大好,打两把就下了。"

　　祝云雀指尖微蜷,克制不住地问:"他为什么心情不好?"

　　许琳达摇头:"谁知道呢,陆让尘心里想什么邓哲都不知道。"

　　第二节课是物理,祝云雀最不擅长的科目,整节课听得头昏脑涨。更无奈的是老师还拖堂,导致他们班出操比平时晚了几分钟。

　　下了课,许琳达习惯性地挽着祝云雀汇在人流中,不想下一秒,就看到前方两道熟悉的身影。

　　许琳达拉着祝云雀就上前叫住懒懒散散往外走的两个人。

　　两个少年穿着同样的夏款校服衬衫和长裤,肩宽腿长看着就是一道勾人的风景线,更别说其中之一还是陆让尘。

　　他似乎没怎么睡醒,单手插兜,另一只手揉着脖颈,短发也比平时多了一丝凌乱,可这并不影响他身上恣意慵懒的贵公子劲儿。

　　祝云雀心口"咯噔"一下,腿脚瞬间发软。

　　她还来不及闪躲,陆让尘就回过头,视线越过许琳达,落在她身上。

　　祝云雀一时屏息,心绪像节节败退的浪潮,怎么都没勇气迎面和他对视。

　　还是许琳达和邓哲开口互相打了招呼,才打破这须臾的尴尬。

　　转眼间,祝云雀就被她拉成并排,跟在邓哲和陆让尘身后下楼。

　　陆让尘迈开长腿,邓哲和许琳达精力旺盛地聊天。

　　"哎,你们班怎么也出来这么晚,比 A 班还晚。"

　　"当然是大魔王拖堂了,他最喜欢这样。"

"这么惨,那你的物理作业写完了吗?"

"写什么啊,全靠今早抄我们雀雀的。"

说话间,许琳达亲昵地朝祝云雀身上靠了靠。

祝云雀看似呆呆的,视线却隐秘地徘徊在陆让尘身上。他步伐散漫,却因腿长,速度远比后面三个人要快,看起来并没有加入话题的意思。

邓哲边走边扭头笑许琳达:"要我说啊,你就不适合在 B 班,下学期早早来 C 班得了,哥罩你。"

许琳达哼一声:"跟你混我连 C 班都保不住。"

这话倒是惹得陆让尘发出一声笑。

邓哲听出他的嘲弄,说:"你这人怎么阴阳怪气的?"

陆让尘撩起眼皮,瞥他一眼:"看不下去你这混子带坏别人。"

邓哲觉得自尊受到了侮辱,气得捶胸顿足,许琳达在笑,窄窄的楼梯因为他们几个变得气氛欢脱。

祝云雀嘴唇微抿,眼底绽开一点笑痕。

只是这点笑还未晕开,就被从二楼突然冒出来的林知念打断。

林知念就是名声很响的美术班班花。她从美术器材室出来,恰巧看到陆让尘,两眼放光地叫住他。

陆让尘插着兜,脚步一顿。

祝云雀心跳倏地漏了一拍,随着他的视线,一道朝向他欢快跑来的女生望去。

林知念穿着夏季校服,衬衫加百褶裙,五官看起来很精致,没有扎头发,甚至发丝间还编了几条漂亮的小麻花辫。跑起来灵动欢快,画面十分养眼。

不知怎么,祝云雀忽然就生出无法逃避的自卑感,侵蚀着每一根脆弱的神经。

相比之下,林知念落落大方,说话时嘴角梨涡浮现:"中午一起吃饭吗?"

陆让尘淡淡地收回视线:"再说吧。"

林知念的眼睛弯成月牙,她像个小尾巴似的跟上去:"那不然就晚上?反正还要听你讲题。"

不知不觉间，她和陆让尘走成并排，很快就将身后三人甩开，如同隔着一道天然屏障。

这下许琳达不吭声了，她给祝云雀递了个眼神。

邓哲"啧"了声："他这人气。"

祝云雀面无表情地看着两人极为般配的背影，涩意如同融化的冰块，在胸腔里蔓延开来。

后来邓哲和许琳达又说了什么，她一概没听清，只知道心底那株颤颤巍巍的花，在月光下活来又死去，死去又活来。

心情不佳或许真的会影响食欲。当天祝云雀没去食堂吃饭，在教室里趴了一中午，塞着耳机听英语听力。后来还是许琳达放心不下，给她带了两块梅花糕回来。

祝云雀一边坐在座位上安安静静地吃，一边听许琳达说从邓哲那儿打听到的八卦，其中一部分就是关于陆让尘的。

她说林知念和陆让尘最近走得近，是因为家里。林知念父亲和陆让尘父亲是同一所大学的同事，知道林知念文化课跟不上，他父亲就让陆让尘帮忙给林知念补习。

说到这儿，许琳达阴阳怪气："这林知念啊真是有福气，简直近水楼台先得月。"

祝云雀垂下纤长的睫毛，默默咬了口糕点，自始至终没在这个话题上搭过话。就好像她对陆让尘的一切都不在意，然而只有她自己清楚，关于他的每一个字，都像一把刀，深深刻在心里。

接下来的几天，祝云雀强迫自己不要再去想——那不是属于她的风景，过多觊觎对她没有任何益处。

可是她不去想不代表不会在学校偶遇他。似乎老天总喜欢跟她开玩笑，以前费尽心思才能看上一眼的人，这阵子无论去哪儿，总是特别容易碰到。

一次是在超市，许琳达和她站在冰柜前挑冰激凌，一抬眸就看到陆让尘站在身边。祝云雀心跳紊乱。

到最后冰激凌没花钱，陆让尘还请两人喝了果汁。

还有一次是在老师办公室。

祝云雀努力学习的那股劲儿上来，课间时间都在找老师答疑，其中一次就碰到陆让尘坐在办公室里和 A 班班主任闲聊数学竞赛的事。

他明明还是个少年，言笑间却有股不符合他年纪的成熟气质。

祝云雀要很努力，才能把所有精力集中在老师这边。可题还没怎么听懂，A 班班主任忽然打趣一句："你看人祝云雀，最近多努力。你要是能学个三分，我也不用整天担心你的保送名额。"

陆让尘就是在这会儿，把目光搁在她脸上。

祝云雀以为他要打趣自己，没想到少年眉梢吊儿郎当一挑，说了句"那确实"。

轻飘飘的几个字，却闹得祝云雀面色绯红。

她以为那就是两人偶遇的极限，却怎么都没想到，还有距离更近的第三次。

是在期中考试后的周末。冯艳莱从北城回来了。

她回来的第一件事，就是去烟柳巷接祝云雀。

叶添也在，他无声地在卧室帮她收拾行李。末了，祝云雀嘱咐他："我走了，这个房间就是你的了，你不住，邓家强一定会抢。"

叶添沉默着没说话，过了许久才说："你别忘了我这个弟弟就行。"

祝云雀眼眶湿了，但还是笑："怎么会忘。"说话间，她抬手摸了摸叶添的头，像她刚搬到这里，第一眼见到他时那样，"等你有空了来找我，我还带你去校门口吃凉面。"

"好。"

就这么，叶添目送祝云雀和她妈妈离开烟柳巷，离开这个充斥着尖酸刻薄和自私自利的地方。

车上，冯艳莱一改在祝家的难看脸色，笑意温柔地牵住她的手，心情很好。

前几年，她和祝平安离婚那会儿，也是没办法，才把祝云雀交给他。这次也算天时地利与人和，她在北城做服装生意做得不错，便有了资金回来开店，再带带女儿。

祝云雀望着车窗外一点点消失的烟柳巷和东鼓街，突然有种和过去抽离的恍惚感。

然而那时的她根本想不到，更大的惊喜还在后头。

冯艳莱带她在外面吃完大餐后，把她带到两人即将租住的房子。那是南城市最贵的楼盘，在市中心，楼下就有刚开通没多久的地铁一号线。这样的房子，一平方米两万。

祝云雀并不知道那些，她只是觉得，这个小区有着极为浓烈的富人气息，陌生、冰冷，让她心生胆怯。

似是看出她的不安，下了电梯，冯艳莱特意帮她收拾一下连衣裙的衣领。弄好后，她捧着祝云雀羞涩白皙的小脸，笑着说："不愧是我女儿，真漂亮。"又拍拍她后背，"有点儿自信！"

祝云雀轻轻抿唇，老实照做。

冯艳莱带她走到门口，又叮嘱"等会儿记得叫人啊"，才按下门铃。

冯艳莱敲开门，一位穿衣打扮非常贵气的女人出来迎接二人。她就是这间房子的主人，也是冯艳莱的朋友——程丽茹。

祝云雀在冯艳莱的命令下，乖乖叫了声"程阿姨"。

程丽茹笑容亲和，连忙点头说"好"，又摸了摸她的头，夸她乖巧好看。

祝云雀挤出一丝不自然的笑，转眼就被偌大的 Loft 吸引。这里的装修精致而阔气，轻轻吸气，还能闻到空气里昂贵的香薰。

祝云雀没来由地心跳加速，低眸换上女人递来的绵软白色拖鞋。

就是在这会儿，楼上传来不轻不重的脚步声。

祝云雀换好拖鞋起身，下意识地抬眸望去，不想下一秒，命运的齿轮就此转动，她措手不及地怔在原地。

陆让尘漫不经心地插兜下楼，落在她身上的视线没有丝毫回避，就这么略显玩味地走到楼梯口。

程丽茹笑着介绍说："这就是我儿子，陆让尘。今天他没事，就跟着过来了。"

说完，她又给陆让尘介绍："这是你冯阿姨的女儿，也在南城三中。"

正要告诉陆让尘她的名字时，倚在楼梯口的少年忽然戏谑地挑眉，说了句："认识。"

他嗓音低磁又轻描淡写，像蓄在平静水面下涌动的暗潮。

祝云雀肩膀轻轻一抖。

程丽茹微微错愕："你们俩认识？"

祝云雀的嘴巴仿佛被粘住。

陆让尘却淡定自如地望着她，似笑非笑地说："嗯，认识。课间操的时候偷看我的那个。"

他嘴上说得轻巧，那双眼睛却如鹰隼般盯着祝云雀，仿佛用只有两个人能懂的方式，隐晦不明地揶揄她。

两个大人还没听懂他的意思，祝云雀薄薄的脸皮倒是先红了。她怎么都想不到，陆让尘居然记得自己当初在课间操时偷看他的那件糗事……还当着双方家长的面说出来。

偏偏冯艳莱追问："什么偷看？"

祝云雀眉心微蹙，眼底流露出来的神色十分无助，正踌躇着该怎么解释，陆让尘忽然开口。

少年嘴角噙着笑，云淡风轻地解释："我跟她的班级在做课间操的时候挨着，所以很早就认识了。"话说完，他煞有介事地扫了眼祝云雀，像给即将过火的玩笑兜底。

冯艳莱一副恍然的模样，笑说："这么巧啊！"

程丽茹却不是那么好糊弄的，她默默瞪陆让尘一眼。

陆让尘挑了挑眉，漫不经心地收起眼底那抹顽劣痞意。

祝云雀还是第一次见到这样的他，比起往日桀骜耀眼的他，这刻的陆让尘更像个平易近人又温和的邻家少年。

祝云雀像跑了八百米，有种从内而外的虚脱感。好在冯艳莱和程丽茹没再纠结她和陆让尘的熟悉程度，很快就将话题转移到正事上。

祝云雀跟着冯艳莱在布艺沙发上坐下，随之听明白，这栋房子是陆家闲置下来的，是因为两人关系好，程丽茹才愿意低价租给冯艳莱。

冯艳莱喜眉笑眼的："知道你家房子好，但没想到会这么好，这个价钱要是从别人手里我肯定做梦都租不来。"

程丽茹也笑："那倒不是自夸，这房子之前我住得确实很舒服，后来还是觉得离让尘的学校有点儿远，才搬走的。"

说着，程丽茹从果盘里拿出两颗新鲜饱满的山竹递到祝云雀手里，示意她吃。

兴许是程丽茹的那双眼睛和陆让尘有几分相似,祝云雀稍稍有些不好意思,很轻地说了句"谢谢"。

冯艳莱给她解围:"这孩子就这样,从小性格腼腆,不爱说话。"

程丽茹看着她露出几分怜爱:"看出来了,不过没什么不好,女孩子文静点儿省心,不像我家这个,一点儿都不好管。"

话题不知不觉转移到陆让尘身上。

冯艳莱早就知道陆让尘优秀,今天见了真人更是赞不绝口,一个劲儿夸他个子高、长得帅、教养好。

程丽茹早就对这种夸赞免疫,她无奈地耸肩:"我只希望他少惹事。"

听到这话,祝云雀指尖无意识地颤了下。

陆让尘拎着两瓶冰镇果汁从厨房那边过来,闻言哼笑了声:"你又来了。"

程丽茹拿眼睛横他:"跟你爸一个德行。"

陆让尘但笑不语地从沙发后方走过,路过祝云雀,将其中一瓶果汁顺势贴在她绯红的脸颊上。

突如其来的冰凉刺得祝云雀肩膀一缩。心跳瞬间加速,她抬眼一看,便对上陆让尘低垂下来的视线。

陆让尘居高临下地站在她身后,狭长漆黑的眸锁着她:"不能喝凉的?"

自打那次在超市碰面后,这算是第一次,陆让尘正儿八经地单独跟她说话。

祝云雀惶然地轻轻摇头,接住果汁瓶子,握在潮湿发烫的掌心。

程丽茹忽然想到什么:"对了,让尘,你带妹妹去楼上逛逛吧,顺便让她熟悉一下书房和卧室。"

"妹妹"两个字好似正中靶心。祝云雀一手握着山竹,另一只手握着玻璃瓶果汁,神情局促。

陆让尘倒是从善如流地点头:"行。"话落,英挺疏淡的眉眼看向祝云雀,冲她一偏头,"走吗?"

就这一个眼神,让祝云雀有种这个浓烈的夏天似乎还没结束的错觉。

这错觉像冗长的蝉鸣声在耳畔萦绕。祝云雀思绪混乱地点头，再起身，脚步虚浮地跟着陆让尘上了楼。

楼下，两个关系极好的女人在欢声笑语中细说家长里短。

楼上，两个少年人无声地走到二楼，陆让尘脚步忽地停住。他侧过身，冲她伸了伸手："拿来。"

祝云雀怔了下，想说"拿什么"，但转念就反应过来，他要的是她手中那瓶果汁。

她从善如流地递过去。陆让尘接过来，修长有力的手一拧，便将紧到不行的瓶盖轻松打开。

重新将果汁递给祝云雀，陆让尘眉峰上挑，眼神犀利地看着她："半天都拧不开，也不知道叫人，你是不会说话了吗，祝云雀？"

清冽低沉的嗓音像破冰的刃，直直劈开两人之间凝结的气氛。那吊儿郎当的少爷脾气也在这刻展露无遗，挤对得人发愣。

祝云雀忽然就明白，为什么许琳达会说陆让尘这人其实挺不好惹的。

——"要是你觉得他脾气好，要么是你没惹到他，要么是你跟他不够熟。"

她不知道自己跟他算不算熟，但惹到他……好像的确有一次。想到那次，祝云雀嘴巴抿紧，老实巴交地接过他递来的玻璃瓶。

本该冰凉的玻璃瓶身，还残留着少年宽厚手掌的淡淡温度。她握着他握过的地方，耳尖也不禁悄悄升温。沉默了一会儿，祝云雀轻声说："我以为我能打开的。"

陆让尘插着口袋朝前走，听到这话，脚步一顿。他忽地谑笑："哑巴治好了？"

祝云雀生生噎住："……你才哑巴。"

陆让尘看着她，懒散地勾起嘴角："不是哑巴你不会跟我说话？"

祝云雀被他怼得哑口无言，这才知后知觉地意识到，自打见到他开始，她竟然没开口跟他说过一句话。

反倒是陆让尘，从一开始就主动关注她。

祝云雀简直被自己闷葫芦的性子打败，思来想去，只能硬着头皮挤出一句"对不起"，又说："第一次来你家我太紧张了。"

她没撒谎,到现在她面对陆让尘都还忍不住心悸。

陆让尘却不怎么信,饶有兴味地轻笑了声:"那是来我家太紧张,还是见到我紧张?"

少年语调不轻不重,扩散在二楼静谧的氛围里,分外清晰,根本分不清是玩笑还是真心。

祝云雀只能稳住呼吸,不着痕迹地岔开话题:"我没想到能在这儿见到你。"

她睁着清亮的杏眼,心思剔透却称不上单纯。

两人就这么对视了两秒钟。陆让尘轻抬眉梢,似是自讨没趣地扯扯唇角,转身推开左手边的房间,说:"以后这就是你的房间了。"

祝云雀上前礼貌地站在门口,朝里面含蓄地打量。屋内是宽敞明亮的原木风,没有过多的装饰,但每个细节和角落都极为精致考究,光是看着就很舒适。

祝云雀忍不住问:"这以前是你的房间?"

陆让尘抬抬下巴:"我的是对面那间,你要喜欢可以随便住。"

祝云雀怕他误会什么,赶忙心虚地摇头:"不了,这间就很好。"

陆让尘"嗯"了声,用下巴指了指卧室旁边那间:"那是书房,你喜欢的话,可以去那儿学习,里面还有很多书没搬走,想看随便看。"

说着,他已经带祝云雀进去了。

祝云雀走到玻璃书柜前,果然看到里面摆满名著,视线一转,又落在宽敞明亮的书桌上,上面还有一台台式电脑。

"电脑有点旧,但用来查查资料还是没问题的。"陆让尘看向她,"你要想用,我把开机密码发你。"

祝云雀没想到他会这么大方,有些放不开:"……这样会不会不好?"

陆让尘倒没什么所谓:"我又没秘密。"他从兜里拿出手机,弯出一截修长脖颈,"而且房子都租了也不差个电脑。"说话间,他编辑一串数字发给祝云雀。

兜里的手机振了振,祝云雀拿出来点开来看,是一串拼音和数字组合的密码。那串数字,很明显就是陆让尘的生日。

默默点击收藏,她说了句"谢谢"。

这两个字陆让尘都快听腻了，他抬手掏掏耳朵，挑眉以示回应。

刚巧楼下的程丽茹喊了他一声，问他带祝云雀看完没。陆让尘懒得扯着嗓子回应她，冲祝云雀偏头："看得差不多了，下去吧。"

刚说完，他就朝门口走去。

落在身后的祝云雀却开口："不只是这件事。"

脚步倏地顿住，陆让尘一挑眼梢，转身好整以暇地看她："怎么？"

不知道为什么，祝云雀总觉得，有些话如果当下不说，那她可能以后都不会再说出口了。于是她一鼓作气，说："上次，在便利店，谢谢你。"

似乎没料到她会提起这件事，陆让尘眸色微顿，转而不甚在意地笑："谢我什么，我又没做什么。"

"……我那天其实是和家里吵架，跑出来的。"

"看得出来。"陆让尘答得轻描淡写，目光却如有实质地落在她身上，"我只是不懂你为什么怕我。"

这下换祝云雀愣了，她不知道陆让尘为什么会有这种想法，摇了下头，说："我没怕你……"

像是彻底来了掰扯的兴致，陆让尘抱起双臂，靠在门口，眯了眯眼："不怕吗？不怕那天你为什么不跟我过去？"

少年清澈的眼底暗含温柔的刺，好整以暇地等她回答。

祝云雀一时哑口无言，斟酌几秒后，才平心静气地解释："……我是怕你身边那个女生介意。"

毕竟，那个女生不知道，她在意陆让尘。非但不知道，很可能还要热情招呼她。这样对那个女生不公平。况且，祝云雀也不想眼睁睁看着他们两个互动。

然而心思百转千回，这些真话她却一句都说不出口，只能微垂着眼眸，尽力将情绪藏着掖着。

相比她的闪躲，陆让尘倒是面色不改。少年深眸像淬亮的黑曜石，深沉地打量着她，眼神从不理解，到了然，再到荒诞，最后到无语。

他压低嗓子轻哂："她就是我哥们儿，有什么好介意的？"

话音落下，空气遽然安静。短暂的怔忡后，祝云雀讶然抬眸，眸光灵动。

不知道是不是错觉，祝云雀总觉得陆让尘的语气带了点儿情绪。

每个咬字都仿佛带着无形的力道，一下又一下敲击心脏。

跌宕的心神还没来得及平复，她就被少年深邃的目光看到面色泛红。

陆让尘一挑眼梢："怎么不说话？"

祝云雀压着强烈的心跳，故作镇定地道："哦，那是我多想了。"

书房的窗户没关严，有风吹进来，轻轻吹拂少女耳边零散的碎发。恰到好处的阳光将她的瞳孔映得很浅，淡蓝色的衬衫仿佛被勾勒出毛茸茸的金边儿，清纯灵动又柔软。

陆让尘的心尖仿佛被什么挠了下。他薄唇翘起兴味渐浓的弧度，挺诚恳地夸她："我发现你这人比我想象中的有意思多了。"

悸动藏在眼波里，祝云雀说："我这人本来就挺有意思。"

陆让尘又将主动权握回手中："上次便利店门口那个男生又是谁？"

祝云雀微微怔住："什么男生？"

陆让尘极淡地扯了下嘴角："你说什么男生？"

他就是有那种本事，不需要刨根问底，几个眼神便能窥探到别人内心深处。

祝云雀先是惊讶、无语，但很快又变得无措和说不清的慌乱，慌乱于陆让尘居然有默默关注她。思绪空白几秒，她下意识地回答："他是我表哥。"

陆让尘眼尾轻扬，一副不太相信的样子。

祝云雀实话实说："我说的是真的，那个男生真是我表哥，他不放心我，出来接我的。"

陆让尘抓住重点，还没来得及说些什么，楼下就又传来程丽茹的催促声。

程丽茹还有别的事要处理，房子交接完毕，没有逗留的必要，便催他。陆让尘似乎有点儿烦，敛着眸懒散地应了声，敷衍一句"就下去了"。

说完，他漫不经心地站直身子。

他看起来比祝云雀高了一个头，祝云雀仰头看他："你们是要走了吗？"

陆让尘忍不住逗她:"还有事?"

祝云雀面色闪过一点不自在,说:"没有。"

陆让尘几不可察地勾了下嘴角,点头说了句"那走吧"。

就这么,两人一前一后下楼。这次祝云雀走在陆让尘前面,两人距离却不自觉地比来时近了几分。或者说,比从前的任何一次,都要更靠近。

少女身上淡淡的栀子花香掺杂在醇凛的乌木沉香里,在狭窄的楼梯间飘荡着。

只要稍一偏头,祝云雀就能看到陆让尘散漫慵懒的身影。就好像,天地广袤,这一隅却独属二人。

可惜,到楼下后,两人很快就又拉开了距离。

陆让尘不似在楼上那般肆意,举止间又变成那个有分寸、教养极好的天之骄子。

祝云雀只敢在陆让尘站在门口准备离开的时候,用正眼悄然看他。

面对冯艳莱的依依不舍,程丽茹笑说过阵子有机会,让她带祝云雀去家里玩。

冯艳莱当然说好,回头还不忘往前推了推祝云雀,说正好她学习上有问题,可以请教一下陆让尘。

听到这话,陆让尘的视线才从手机上悠悠抬起。他上下看了眼祝云雀,蓦地一笑:"可别,她学习比我认真。"

说这话时,少年眸色清湛,没有青春期男生恶劣的调侃和讽刺,只有发自内心的欣赏和夸赞。

以至于后来很多年过去,祝云雀在人潮拥挤中见过无数形形色色的异性,却仍能记起少年陆让尘那个明亮珍贵的眼神。

下午,程丽茹和陆让尘被陆鼎忠接走。

陆鼎忠是陆让尘的父亲,南城大学首席法学教授,不止在南城,在全国都很有名,经常进行全国学术演讲。

祝云雀以前就听说过他的名号,只是没想过,这样与自己天差地别的名人,竟然在生活中离自己这样近。

这件事还是冯艳莱跟她说的。就在两人收拾新家的时候,冯艳莱跟祝云雀说了许多陆让尘家里的事。

比如程丽茹是北城某个集团的千金,程家在那边势力很大,一开始很看不上年轻的陆鼎忠。为此程丽茹年轻时还为爱和家里脱离关系过,直到陆鼎忠在学术界混出名堂,陆让尘出生,家里才和她缓和关系。不过虽然缓和了关系,程丽茹并不靠程家,她是个很优秀的女性,有自己的服装公司。因为工作关系,冯艳莱才在北城和她认识。两人年纪相仿,品位相仿,也谈得来,就成了无话不谈的好朋友。

再比如,陆让尘在程家非常受宠,说是未来太子爷也不为过,所以不定期会回北城待一阵。来南城生活是因为前些年陆鼎忠调来南大,程丽茹不想一家三口分开,就把陆让尘接过来。

说到这儿,冯艳莱问她:"他在你们学校人气很高吧?"

祝云雀叠衣服的手一顿,点点头说:"是。"

冯艳莱倒没察觉到异样,只是眼中生羡,羡慕程丽茹不仅家世好、学历好,还有这么优秀的老公和儿子。说完又似想到什么,她叹了口气:"我倒不指望你能跟他一样考年级第一,你把成绩给我恢复到以前的水平我就心满意足了。"

祝云雀垂眸默不作声地听着,不搭腔,不反驳,像个没情绪的布娃娃。

后来冯艳莱问她怎么和陆让尘认识的,祝云雀才温暾道:"我朋友和他朋友关系很好,慢慢就都认识了。"

冯艳莱对她的生活了解得不多,听后只是点点头,说:"认识这样的男孩也挺好的,在学校有什么事也能有个照应。"

没多久,祝云雀的卧室就收拾好了。冯艳莱忙着去收拾别的地方,就没再管她。

其间祝云雀接了个祝平安打来的电话。

祝平安这几天有几趟班,没办法亲自送她,又怕她心里不舒服,得空赶忙来了电话。

祝云雀躺在比从前舒适宽敞太多的卧室里,望着富有设计感的天花板,和看起来就很贵的窗纱,边听边出神。

说来说去,无非就是嘱咐她,和妈妈生活在一起要听话,学习也要努力,不要辜负妈妈帮她创造的环境,还有就是让她多回家吃饭,他和邓佳丽都很惦记她。

祝云雀好半天才吭声:"可是学业很忙。"

祝平安沉默了一瞬,又笑着说:"也是,那我有空去找你,咱父女俩单独吃,爸爸带你吃好的。"

祝云雀随口说了个"好"字。

似乎察觉到她的抗拒情绪,祝平安没再多聊下去,说了几句便潦草收尾。

电话终于挂断,祝云雀呆呆地望着高层外湛蓝的天,只要一眨眼,就觉得不真切。

她真的摆脱了那个不属于她的家。

在这个安稳而舒适的新家,她竟然遇到了陆让尘。

以及……陆让尘和那个女生,并不是她想的那样。

像是突然从浑身的枷锁中解脱,那种被老天眷顾的受宠若惊感充盈在身体里,祝云雀久久无法回神,直到许琳达回了她微信。

许琳达:啊?让哥??

许琳达:你妈租的房子是让哥家的???

少女心事永远只能和同龄人分享,祝云雀终于来了精神。

她简单地跟许琳达说了下经过,又起身给许琳达拍了一小段卧室的视频。

许琳达:哇,他家好好看啊!

许琳达:你这什么好运气啊,这样也能碰到!要是让高歌知道了,怕是要羡慕到吐血。

这话听着有点儿刻薄,但祝云雀承认,她确实很幸运。

不过这种幸运并不代表什么,两人的阶层注定了他们之间依旧是云泥之别。就好比她要用尽全力才能住上的房子,只是陆让尘人生中的九牛一毛。

祝云雀无法形容那种无力感。她自嘲地扯扯嘴角,跟许琳达说:再幸运也还是要交房租的,我又不是和他住在一起。

许琳达批评她:我说你这人,怎么这么消极。

许琳达：就这么跟你说吧，我觉得你跟让哥很有缘。

这话说得祝云雀心口"咯噔"一下，像藏了好久的秘密忽然被人翻出来暴晒到阳光下，无地自容又心生希冀。

然而许琳达早就把她看透：行了，别骗我了，我早就看出来了，你就是在意陆让尘。

祝云雀：……

她拧巴纠结又胆怯的心情在作祟，犹豫好半天，到底还是放弃挣扎：你什么时候看出来的？

许琳达：上次我过生日，还有最近，你每次碰到他，眼神都很闪躲。

许琳达：那次课间操碰上林知念，你都不知道你脸色多难看，我又不瞎，这都看不出来还是你闺蜜啊。

被她接二连三地拆穿，祝云雀无语。她以为自己装得很好，没想到在别人眼中那么明显。

祝云雀双颊火烧火燎的：你没往外乱说吧？

许琳达：怎么可能？我可是最爱你的人，怎么会往外乱说。

许琳达八卦归八卦，但人品是绝对没问题的，更何况是这种事。

祝云雀默默放下心。

许琳达又说：那天在食堂让哥还问我来着，说你最近是不是遇到事儿了。最好笑的是他还问你是不是有情况，当时给我笑的呀。

祝云雀耳根都热了，说：怎么可能呢！

许琳达：是呀，当时我也这么跟他说。我还奇怪呢，他怎么突然问这个。

……可能是看到林朗来接她了吧。

祝云雀心中有几分期许和好笑：那他怎么说的？

许琳达：没怎么说呀，听我说"没有"后，他就没再问了。

许琳达：哦对，那两块梅花糕也是他给的。

祝云雀心情本来渐渐归于平静，然而又被这话点燃。

指尖轻颤了下，她打字：梅花糕是他买的？

许琳达：不是，是林知念给的。

三中食堂的梅花糕是特色小吃，一直卖得很火。

偏偏量做得不多，下午又不营业，想吃的话，只能中午买，通常没一会儿就抢光了。

那天林知念买了几块，碰巧看到陆让尘，就兴冲冲地分给他两块。

许琳达：本来让哥不想要的，听到我说"祝云雀喜欢吃这个"，让哥就把那两块梅花糕收下给我了。

许琳达：当时林知念那个脸绿得啊，笑死我了。

被她这么一形容，祝云雀仿佛看到当时混乱的画面，心跳不知不觉加快。

祝云雀又问：你那天怎么不告诉我？

许琳达理直气壮：让哥不让我说啊。

祝云雀：……为什么？

许琳达：他说是随手的事，而且是林知念买的，要谢也该谢她。

许琳达：我一想确实啊，就没告诉你，因为我感觉你好像不是很喜欢林知念。

言外之意，她不想让祝云雀吃东西还心堵。

祝云雀没想到心思会被许琳达看得这么清楚，一时竟有些难言的羞耻。不过祝云雀没有不喜欢林知念，只是很羡慕，羡慕她的漂亮自信，她的阳光明媚，羡慕她不用费任何力气，就能过上自己想要的生活。以至于每次看到她，祝云雀都像在面对一面镜子，镜子里照出的，只有不讨喜又寡淡的自己。

许琳达隔了会儿又说：反正我觉得让哥对你不一样，你抓紧机会。

祝云雀抿唇回复：我不想那么多了，我要好好学习。

许琳达顿时发了一长串省略号，真是隔着屏幕都能感受到她的无语。

祝云雀不知道该怎么跟许琳达解释，从小到大，她都是这样，即便再想做一件事，她都会先冷静下来，考虑好什么是当下该做的，以及怎样做好那些该做的事。

就像在这个年纪，她能抓紧的只有学习。只有这样，她未来才可能和陆让尘站在同一个高度，看同一片天空。

祝云雀内心笃定地敲字：如果他跟别人走到一起，那就说明，我跟他没缘分。那我就更应该好好爱自己。

许琳达：被你这么一说，我觉得我也应该好好学习了，不能再这么混下去。

祝云雀：你不是高中毕业就准备出国吗？

许琳达：不，我现在想法变了。

许琳达：我想留在国内上大学。

祝云雀没忍住问：是因为邓哲吗？

安静了好半天，许琳达回她一个龇牙的表情：看破不说破哈。

祝云雀"扑哧"一笑，紧张的心情因为忽然有了知音，变得轻快起来。

然而许琳达并没有她想象中的热烈奔放，她怂恿别人一套一套的，自己却厌得像个缩头乌龟。

或许是不见天日的心思终于有了一丝喘息的缝隙，搬到新家的第一天，祝云雀状态好得过分，不仅刷了一下午的题，还额外背了好多生僻单词。

许琳达直喊她"魔鬼"，转念又告诉她一件悲伤的事，说这次期中考成绩公布后，郑国雄会按照班级名次排座位，这也就意味着两人不能再坐在一起了。

许琳达在微信上哭了好半天，可一哭完，转头又去和邓哲打游戏。

祝云雀知道她那德行，懒得理她，同时心里也有些惴惴不安。

揣着心事，当晚她浑浑噩噩地入眠。

好在新家距离南城三中比从前近很多，清早她只需要坐十几分钟的地铁就能直达学校。

事实证明，许琳达的消息不是空穴来风。第二节课下课，郑国雄就告知大家，成绩出来后就要重新排座位，按照考试名次排。

大家一阵呜呼哀哉，只有少数人高兴。

班长庞硕就是其中之一，他的成绩和高歌差不太多，往常两人就是第一名和第二名，这次应该也不例外。听到这个消息，他是真高兴。

郑国雄一走，他就凑过去跟高歌搭话。高歌明显懒得搭理他，靠在座位上看书，有一搭没一搭地回。

祝云雀默默准备着下节课要用的书本，许琳达凑过来扒拉她："你看庞硕，可把他美坏了。

"这下好了，高歌对让哥死心，他还能跟高歌当同桌。"

"啧啧，小人得志啊小人得志。"

庞硕算是B班公认招女生讨厌的男生。因为成绩好，一直很傲，说话也刻薄，对女生更是不尊重，经常在背后嘲笑哪个女生丑和胖，私下里还喜欢跟老师告状。

偏偏这样一个人，围着高歌转，导致他那眼高于顶的行事作风更让人看不起。

许琳达最讨厌的就是他，甚至都同情高歌了："你说他俩要真考第一名和第二名，高歌得多难受。"

祝云雀对这两个人都比较无感，也懒得在意。她只是担心许琳达八卦声太大，被他俩听到，所以用眼神制止了一下许琳达。

许琳达却不甚在意地撇嘴，一脸幸灾乐祸。在她心中，这两人凑到一桌是板上钉钉，却不承想，这次期中考，B班名次让人大跌眼镜。

庞硕稳坐万年老二没变，第一名却不是高歌，而是祝云雀。

这消息一出来，不仅B班的学生错愕，就连A班的学生都议论纷纷。

因为祝云雀不仅是B班第一名，更是在全年级大榜排名第二十九。要知道，B班有史以来最高排名，也不过是高歌上次的第三十二名。

"祝云雀是谁啊，这么牛？我以前怎么没听过这个名字。"

"B班的吧，好像，反正挺默默无闻一人，我印象中她长得很干净秀气，不爱说话。"

"啊，你一说我想起来了，是和高歌吵起来的那个吧。"

"哎，好像是她。"

"不过说真的，她这成绩是开挂了吧？哪有人一进步就进步一百来名啊，太扯了。"

"会不会是作弊啊？我听说他们考场挺松的。"

"反正我不信谁一下能进步这么多。"

前排几个男生热火朝天地讨论着。陆让尘塞着耳机，低眸漫不经心地刷着物理题，忽地听到祝云雀的名次，笔尖短促一顿。

前桌扭身问他："让哥，你是不是跟这妹子认识啊？"

修长的指节转了下笔，陆让尘缓缓撩起眼皮，摘下一只耳机。

男生笑："能帮忙打听打听吗，她咋弄的，成绩一夜之间就进步这么多？帮我们取取经呗。"

男生语气戏谑，眼神里很难说没有恶意的揣测。

陆让尘定定地看着男生，蓦地，他敛眸轻哂："你跟我什么关系？我帮你问？"

少年声线冷淡，咬字锐利，一副轻狂倨傲的模样，看上去就不好惹。

男生脸色登时青白交加。大约是意识到陆让尘和这位"女主角"关系不浅，旁边那几个见状麻利地闭上嘴，没再讨论下去。

手机就在这时"嘀嘀"两声。陆让尘低眸瞥去，是邓哲发来的一张大榜前一百名的名单照片。

邓哲：祝妹妹可以啊。

邓哲：亏我还以为她和许琳达一样是"卧龙凤雏"呢。

邓哲：搞了半天跟你一样是学霸啊。

陆让尘点开来看，只见年级第二十九名的位置，赫然写着"祝云雀"三个字。

她各科成绩很均衡，没有任何短板，分数漂亮得让人刮目相看。

忽然间，他想起祝云雀那张无论何时都平淡文静的脸，看似含蓄内敛，却蕴含锋锐的力量，轻而易举便杀出重围。

瞧了两眼，陆让尘熄灭手机，垂眸继续盯着没写完的物理题，转了下笔，嘴角不经意间翘了起来。

下午，祝云雀无疑成了 B 班明星。

郑国雄在课堂上一个劲儿地表扬她，眼角眉梢都是喜悦。更夸张的是，他还让祝云雀站起来，跟大家分享为什么能进步这么多。

祝云雀虽然内向，但不怯场，站起来就不卑不亢地说。

她的声音文文静静，总结的经验就是多刷题，有不懂的地方要找老师尽快解决。

然而她的真心建议在别人眼里却是"言之无物"，就好像她故意揣着宝藏不愿意说。话音落下，班里响起稀稀拉拉的掌声，中间夹杂着几声阴阳怪气又嗤之以鼻的轻哼。

祝云雀充耳不闻，面无表情地坐下，好像刚刚只是一场例行公事的表演。倒是许琳达为她打抱不平，朝着庞硕的方向声音不小地来了句"有病啊"。

这清晰的一嗓子全班同学都听到了，不知谁"扑哧"笑了声。庞硕听到，脸色瞬间黑了几度。

下课后，全班同学没精打采地开始收拾东西，准备换座位。

作为班级第一，祝云雀要挪到教室第一排正中间，也是视角最好的座位。而她的新同桌，就是庞硕。

许琳达边收拾东西边咕哝："都怪我这乌鸦嘴，呸呸呸。"她怜爱地看向祝云雀，"雀雀，我好心疼你哦。"

祝云雀虽知道自己接下来的日子不好过，但也没什么好抱怨的。她轻轻摇头："没事。"

反正她平时话少，也不需要和庞硕沟通。

至于许琳达，她换了个性格不错的女生做同桌，运气也算可以。

放学后，许琳达为了庆祝祝云雀考第一，准备攒个饭局，叫上邓哲和陆让尘一起去校外那家很好吃的东北菜馆，她请客。

祝云雀听到陆让尘的名字，微微怔住："他不是要练网球吗？"

许琳达边拉微信群边调侃她："你连让哥的行程表都搞得那么清楚了啊？"

这会儿两人正下楼，周围虽然没什么学生，但回音不小，吓得祝云雀赶忙去捂许琳达的嘴。

许琳达"咯咯"笑个不停，转眼就在小群里说了这件事。

手机振动不停，祝云雀点开手机，发现他们四个人已经在一个小群里了。不知怎么，祝云雀心跳忽然快起来。

然而陆让尘始终没出现，还是邓哲转达的，说他晚上有事。至于什么事，邓哲没提，祝云雀也没敢问。只觉心绪像充满氢气的气球，忽上忽下，不能自已，又不得安宁。

许琳达安慰她："没关系的，下次有空再叫他呗。"

不失落是不可能的，但祝云雀也没说什么。

两人到了饭馆选座位，邓哲那边说过一会儿才来。

许琳达不知道这家伙的口味，就没提前点。祝云雀待着也无聊，便去走廊看菜单。

许琳达说这顿她来请，但毕竟是祝云雀拿了好名次，她不可能让许琳达花这份钱。而且许琳达选的这家餐馆很平价，菜品单价都是几十块一大份，他们三人吃不了多少。

心里有了打算，祝云雀拿起手机给满墙的图片菜单拍了几张照片，又不忘跟冯艳莱报备今晚晚点回去。

冯艳莱知道她这次考第一，非常开心，也支持她和朋友聚餐，给她发了三百块钱。

祝云雀回了句"谢谢妈妈"，点击收下。

回到座位，她把菜单发群里，让邓哲看。

许琳达在群里夸：哎，不愧是我的雀，就是这么细心。

许琳达：@邓哲，你给我快点选，到了后直接开吃。

邓哲：你俩也太快了吧。

邓哲：我看看啊。

祝云雀默默看着群里的消息，想着他一选好就去点单，哪承想那个一直沉寂的头像，忽然冒了出来。

陆让尘：不用管他，想吃什么就点。

不管是他的出现，还是他的话，都让人措手不及。

祝云雀心跳瞬间漏掉一拍。

许琳达也愣住，问祝云雀："哎？让哥怎么出现了？"

还没来得及在群里问，邓哲就回复：对，不用管我，你们想吃什么就点。

邓哲：就是提前跟你们说一句，我们还带个人来。

他说的不是我，是"我们"。

思绪空白几秒，无法言喻的惊喜和雀跃丝丝缕缕地从心底钻出来，祝云雀连呼吸都轻了几分。

陆让尘也来了句：嗯，带周阔。

陆让尘：@祝云雀，介意吗？

此话一出,许琳达顿时冲祝云雀使眼神:"让哥跟你说话呢!"

祝云雀心跳更快了,直到回过神,她才发现,自己竟答非所问。

祝云雀:你不是说你不来

不带标点符号,也不带任何表情,却有种浅浅的埋怨。

祝云雀后知后觉,正想补个表情包,哪知陆让尘抢先回复。

陆让尘:*不欢迎我来?*

祝云雀的心"怦怦"跳着,指尖都有点儿颤。怎么可能不欢迎,她高兴都来不及。

可想是这么想,等回复时,她却忍不住抖了个机灵说:哪敢。

陆让尘没说什么。

祝云雀双颊燥热,抬头就看到许琳达对她使眼色:"行啊,祝云雀。"

祝云雀不怎么自在地说了句"我去点餐"。

回到窗口那边,客流量越来越大,来来往往很多人,祝云雀等了半天才等到服务员点餐。

她先是点了一道许琳达爱吃的压锅鱼,其次是店家招牌的锅包肉,随后才点干煸四季豆。说完正想补充什么,不料下一秒,头顶就落下疏淡而磁性的男声:"少放胡椒和辣椒,谢谢。"

陆让尘声线干净动听,又礼貌得恰到好处,带着清爽蓬勃的少年感。

空气被好闻的乌木沉香充斥,祝云雀抬起头,对上陆让尘望来的深邃视线,有种被击中的眩晕感。

陆让尘穿着网球队统一的运动装,单肩挎着灰色运动书包,看起来像是临时从校队过来的。

祝云雀局促得声线都不自然:"你什么时候过来的?"

"刚刚。"

"……不是说不来?"她依旧无法放弃这个问题。

陆让尘倒没回避,他饱含颗粒感的磁性嗓音应了声,玩笑似的:"是没时间过来。"

刚好有端着一大锅水煮鱼的服务员借过,陆让尘抬手便把祝云雀拎到自己身前。

祝云雀蒙了一瞬,薄薄的脊背瞬间贴合在少年柔韧宽阔的胸膛上,紧密到气息都缠在一起,她呼吸窒住。

陆让尘微垂着头看她,狭长深邃的眸流动着意味不明的光。蓦地,他轻挑唇角,眼神纯粹:"想过来恭喜第一名,不行?"

祝云雀不是没想过陆让尘突然过来的理由:可能是他恰好忙完手头的事,可能是邓哲硬拉他过来,也可能是他单纯想过来吃个饭。可无论如何,她都没想到他过来是为了恭喜她,还说得这么冠冕堂皇。

祝云雀顿时有点羞赧,轻声否认:"你别挖苦我。"

她哪里能算第一,眼前的陆让尘才是名副其实的第一。

陆让尘闻言只是轻笑,一副全然不在意的慵懒模样。

祝云雀的心律不争气地失衡,回过神时,陆让尘又点了一道菜。

怕她误会,陆让尘说:"人多,多点几个。"

他和邓哲带来了周闯,三个一米八以上的大男生,三四个菜总归有些勉强。

祝云雀摇头:"没事,应该的。"

陆让尘淡淡应了声:"你想吃什么?"少年询问的声音有种不经意的温柔。

突然,后方又有一个端着盘子的服务员路过,操着方言喊了句"让一让"。

陆让尘余光瞥到,抬手轻推了祝云雀一下,又悬空在她肩膀后方,礼貌而绅士地护住她纤弱的后颈。

祝云雀浑身紧绷,心思乱了套。

服务员问:"还要别的吗?"

祝云雀仓促间不过脑地说:"那就再来一道滋味肉吧。"

点好后,服务员撕掉点菜单交给祝云雀,让她去前台交钱。结果到了前台,陆让尘替她付了款。

祝云雀有一刹那失措:"别,是我要请——"

陆让尘挑了挑眉,打断她:"我们三个男生三张嘴,真让你请我不嫌丢人?"

理是这么个理,但祝云雀还是不好意思。这顿饭名义上是帮她庆祝,而且之前陆让尘已经请过她好几次了。

想了想，她诚恳道："那下次有机会，记得叫我请回来。"

"行，等我没钱吃饭了我就去 B 班找你，"陆让尘很像那么回事儿地一挑眉，"别赖账就行。"

"……怎么可能赖账。"她高兴都来不及。

付完款，两人回去。

邓哲和周闯落了座，也不知道他们几个怎么商量的，原本祝云雀的位置归了周闯，许琳达则坐在邓哲旁边。不大的空间，仅剩下两个挨着的座位。

祝云雀反应过来，有些尴尬。

许琳达却理所当然地对祝云雀道："我把你的东西放那边了，这里数你最瘦，还是你坐最里面合适。"

她字字句句包藏"祸心"，旁观者有可能不知道她的意图，祝云雀却一清二楚。祝云雀突然很害怕，怕三个男生看出许琳达的小心思。

好在陆让尘没说什么，帮她拉开里面的椅子，祝云雀只能从善如流地坐进去。

空间确实不大，她稍不经意，小腿就能擦碰到陆让尘的裤腿。祝云雀不得不有意规范自己的动作。

陆让尘却什么都没察觉到，有一搭没一搭地和他们聊天。

没一会儿，菜齐了。邓哲撸起袖子招呼大家别客气赶紧吃。

或许是陆让尘在身边，祝云雀吃东西比平时更内敛安静，就连咀嚼也几乎没声音。

许琳达瞧见，笑着打趣她："你们看祝云雀，像不像在受气。"

几人目光纷纷落在她身上。

祝云雀正小口喝着汤，被他们一逗，差点儿呛到。

偏偏陆让尘侧眸瞥来，煞有介事地来了句："嗯，挺像我家那只猫。"

祝云雀的耳尖红得像石榴子，说不清是被陆让尘看的，还是因为他那句稍显促狭的打趣。

邓哲"啧"了声，责怪许琳达："还不是因为你，非让人坐里面，都够不到菜。"

陆让尘顿了下，将那道滋味肉和萝卜丸子粉丝汤调了个位置。

祝云雀默不作声地注意着他的举动。

许琳达见状嘴角翘得老高，转而又冲邓哲轻哼："你懂什么？"

祝云雀默默夹了两块滋味肉放到米饭上，好一会儿才轻声问陆让尘："你养猫啊？"

陆让尘吃得很快，却一点儿不显粗鲁，反倒有种潇洒恣意的少年气，不拘不端的。

听她这么问，他从裤兜里拿出手机，找到猫的照片，递给她："刚养没多久。"

盯着他修长的手，祝云雀心律稍稍紊乱。

她接过手机，发现那是一只很胖的猫，应该是金渐层，金灿灿的憨态可掬。

"你买的吗？"

"不是，一个姐姐的，在我这儿放一段时间。"

"那猫不想她吗？"

"我好吃好喝供着，它想她干吗？"

祝云雀不禁笑了下。

周闯就在这时插话："哎，陆让尘，你家猫现在还么烦人吗？"

陆让尘云淡风轻道："还行，没刚到家那会儿磨人。"

邓哲算是比较了解那只猫，忍不住吐槽："刚养那会儿确实烦，乱拉乱尿还黏人，搞得阿姨都不想让他养了，是他硬要养的。"说着，他冲祝云雀道，"还记得许琳达生日那天吗，他就是回去跟阿姨'谈判'的。"

祝云雀闻言恍然。

陆让尘瞥见她的表情，闷出一嗓子笑："怎么，以为我回去哄人？"

邓哲："什么哄人？"

周闯也瞪大眼睛："哄人？"

许琳达"啊"了声："让哥你要哄谁？"

这仨人跟说相声似的。明明是与自己无关的话题，祝云雀面色却一阵红一阵白。

陆让尘懒得搭理他们三个，"咻"了声："差不多行了。"说话间，他睨着祝云雀，把话题转移，"还没问你呢，这次成绩怎么考的，嗯？"

最后的尾音，少年似笑非笑，语调莫名有种关系亲近的人才会有的促狭。

祝云雀捏着筷子的手收紧。

身为A班吊车尾的周闯也来了兴致："哎对，你怎么考的，跟我们说说呗。"

几人目光再度落在她脸上。这种瞩目让祝云雀的喉咙都紧绷了，她抿抿唇，轻声说："有没有一种可能，我成绩本来就挺好的？"

周闯和邓哲同时愣住，没听懂似的面面相觑。倒是陆让尘，像之前的某种猜测得到证实，扯唇不意外地笑。

许琳达大彻大悟："祝云雀，你藏得好深啊！"

邓哲发蒙："啥意思？"

许琳达："还能啥意思，她成绩不好是装的呗。"说着她骄傲地挺胸，"反正我一直觉得我家雀雀聪明又努力，成绩怎么可能差，现在看来我的想法是对的！"

周闯："装？我头一回听说有人装成绩不好。"他相当不理解地看着祝云雀，"你图什么啊？"

被他这么一问，祝云雀哑口无言，这毕竟涉及她家的私事。

陆让尘就在这时在桌子底下踢了周闯一脚，笑着怼道："你有完没完？"

结果这一脚踢到邓哲腿上，他"哎哟"一声："让哥你说他就说他，踢我干啥！"

许琳达笑得差点儿喷饭。

陆让尘恶劣地"哦"了声，面色不改地坦然道："算你活该。"

有两个男生当活宝，这顿饭吃得相当愉快。只是时间有限，几人并没聊多久，陆让尘就要回去。

祝云雀以为他们急着回家，一问才知道，他们三个是要回学校训练，为省级网球联赛做准备。

不想这会儿拿着抽奖盒的餐馆老板娘过来拦住他们。餐馆最近在搞活动，每消费一百就可以抽一个钥匙链。刚好这顿饭消费了三百，有三次机会。

许琳达一听还有这好事,当即两眼放光。

邓哲扫她兴:"今天的主角是祝妹妹啊,你别手欠。"

许琳达瞪他。

祝云雀说:"你想抽就抽,我无所谓。"

许琳达嘻嘻一笑:"我就抽一次,剩下两次归你。"

祝云雀点点头,又想起什么,看向陆让尘。还没说话,就看到陆让尘低眸回着微信。

祝云雀无声地收回目光,没好意思打扰他,于是在许琳达抽完后,自己快速抽了两次。

不得不说,这店家还挺良心,兑现的钥匙链都很精致。

许琳达抽的是个草莓兔玩偶钥匙链,祝云雀抽到的则是两个小熊。

小熊刚好一男一女:女熊是棕色,蝴蝶结蛋糕裙;男熊则是黑色,穿着牛仔裤、运动鞋。

许琳达这个玩偶控都心动了,拿着反复地看,爱不释手。

祝云雀见状提议:"咱俩一人一个吧。"

没承想许琳达直接拒绝:"我才不要呢!"

五人出了饭馆,伴着夕阳的余晖朝学校那边悠闲走去。

陆让尘肩宽背薄腿又长,插着兜,和周闯、邓哲走在前面,比画报上的男明星还惹眼。

祝云雀和许琳达挽着手走在后面,怕几个男生听到,许琳达压低声音说:"这个黑色小熊你给让哥呗。"

这提议直接让祝云雀停止思考,隔了好几秒,她才红着脸不可思议地说:"……他会要这种东西吗,这样会不会不好?"

这小熊对男生来说略显女气,她甚至能想象到陆让尘看到这东西时无语的模样。

许琳达却不赞同:"这有什么不好啊,这顿饭本来就是他花的钱,你给他一个不应该吗!就算他不要也没事啊,你问一问又没毛病。"

陆让尘付钱这事儿大家都知道,所以这个理由并不勉强,但骨子里的内敛和害羞仍旧让祝云雀有些抗拒。她犹豫着退缩:"别了吧,万一他不喜欢。"

许琳达气得都翻白眼了:"别怪我没提醒你,到学校没几步了,你现在不给,以后再想给他更刻意了!"

说时迟那时快,许琳达扬声喊了句:"让哥,祝云雀有个事儿要跟你说。"

陆让尘脚步一停,扭身波澜不惊地看向两个女生。另外两人也跟着停下来。

祝云雀心脏忽地一颤,像是坐了过山车般脑子宕机。

许琳达却"落井下石",直接抛下她,拉着想看热闹的邓哲和周闯朝前走,留下陆让尘纹丝不动地站在原地。

少年身形修长挺拔,姿态慵懒不羁,就这么好整以暇地看着她。

祝云雀被看得耳朵冒火,不得不上前,拿出那个黑色小熊钥匙链,递到他面前。她没敢正眼看他,话说得也不大自然:"钱是你付的,许琳达说,应该给你一个。"

陆让尘闻言,目光从她粉白的脸上,慢慢落到她手上那个小熊钥匙链上。

祝云雀以为他不喜欢,声音紧绷着:"……不用勉强,你不要的话,我就自己——"

"留着"还没说出来。

陆让尘就一挑眉,语调懒洋洋地道:"谁说我不要的?"

祝云雀抬头怔怔地望着他。陆让尘眼梢轻扬,倒有那么几分认真地说:"挂书包上应该挺好看?"

第四章
为了自己

后来很多年过去，祝云雀仍能记起，在她匮乏的十七岁青春里，那段深刻又鲜活的记忆。

红日西坠，金色的晚霞将傍晚天空铺满。有风吹过，摇曳裙摆和刘海。

年少的她红着脸，站在少年身后，小心翼翼地将那只黑色小熊挂件，挂在他书包的拉链上。

随后红灯转绿灯，前方几人回头叫两人快点儿。

陆让尘随口应了声，低眸瞧她，抬抬下巴："走吧。"

少年嗓音平缓动听，耐心得像对待一只柔软的小动物。

祝云雀要很努力，才能克制住加速震颤的心跳，徐徐地走在他身侧。

五人最终在校门口分别。许琳达家的司机早就等在校门口，陆让尘则和周闾、邓哲回学校继续训练。

五人互相道了再见，许琳达率先上车。

陆让尘插兜转身朝校门口走去，邓哲和周闾跟在他后面。

祝云雀本该朝地铁口的方向走，可莫名地，脚步在原地多停留一瞬。

就是那瞬间，她远远地看着少年的书包上挂着的那只黑色小熊，随着他慵懒恣意的步伐，在夕阳余晖下轻轻摇晃，像她无法言说又欢喜雀跃的心情。

只是很可惜，老旧的手机早就没了电，祝云雀没办法记录下那一幕。

她只能默默期望,那一幕在脑海中镌刻得深些,再深些。

回到家后,祝云雀给手机充上电,又为那只棕色小熊挂件拍了一张照片。

手机像素很低,只能勉强用滤镜挽救一下,但她并不嫌弃,还发在朋友圈,设置为仅自己可见。文案写的是"第一个同款"。

冯艳莱就在这时端着洗好的葡萄和牛奶推门进来。

祝云雀心口突了下,忙把手机收起来,把小熊挂件扔到书桌里面。

冯艳莱见怪不怪的:"不就是玩会儿手机?有什么好藏的,我又不会说你。"

这些年母女二人分隔两地,和祝平安比起来,祝云雀和冯艳莱关系想要亲近更难。

冯艳莱了解她的性格,本就打算慢慢磨合,刚巧成绩发布,就想借此机会和她好好聊聊。

把果盘放在桌上,冯艳莱随口问起这次考试的事。

祝云雀没抗拒,冯艳莱问什么,她就老老实实地说什么。比如这次的年级第一是陆让尘;她换了新同桌,是个男生,是班级第二;还有就是,今晚一起吃饭的几个人里,有陆让尘。

冯艳莱是个很精明的女人,她听后意外是有的,但不至于出言质问,只若有似无地点她一下:"你和他走得很近啊。"

祝云雀没说话。

冯艳莱又说:"不过,和这样优秀的同学来往是好事,妈妈支持,但要保持好该有的分寸。"

祝云雀垂眸:"明白。"

冯艳莱笑了下:"我也不是过来训你的,就是想知道,为什么你这次考试成绩进步这么多,我记得以前你最好的成绩也才班级前二十?"

她没记错,那确实是曾经的祝云雀最稳定也最好的成绩。在得知她这次考班级第一后,冯艳莱给郑国雄打了电话,确定她没有在名次上撒谎才放心。

郑国雄没少表扬祝云雀,说她这段时间非常努力,学习态度也回升不少,取得这样的成绩是她应得的。

冯艳莱当时笑得那叫一个合不拢嘴。高兴当然是高兴的，但她不傻，肯定会琢磨其中猫腻。

祝云雀也早就料到她会问，一开始就没打算逃避，她说："以前是我故意考差的。"

空气安静一瞬。冯艳莱眉宇紧蹙又松开，像是忽然明白了什么，又早有预料，说："就为了让我回来？"

祝云雀抿唇不说话了，也不看冯艳莱，答案在她的倔强沉默中不言而喻。

冯艳莱轻轻吸了口气，忽然有些挫败。她挫败于祝云雀这么小，就有这种心眼和胆量；又挫败于她要用这种极端的方式，实现她的目的，甚至，摆脱之前那种她不想要的生活。

然而为时已晚，就算她及时发现也没用，祝云雀已经长成过于独立又执拗自闭的性格。

她不会想着真正依赖谁，但同样，只要认定的事情，就绝不轻易罢休。这点倒有几分像冯艳莱。

冯艳莱也不知道是高兴好，还是惆怅好，一时五味杂陈地点点头，说："行，我明白，但我觉得你不用这样。

"我是你母亲，你想要什么，想做什么，都可以说出来，只要我能做的，我一定满足，我不希望你心事太重。"

没想到她的态度是这样，祝云雀神色微怔。

冯艳莱认真看着她的眼睛，说："如果你能答应我，我也一定说话算数。"

这话像诱饵，轻而易举便勾出心中渴望，祝云雀睫毛轻颤，鬼使神差地说："……想要新手机也行吗？"

此话一出，冯艳莱没忍住笑："哦，弄了半天就想要个新手机？"

祝云雀眼神退缩几分，轻声解释："现在这部手机电池老化很严重，不行就算了。"

"没不行。"冯艳莱拿起她那部老旧得不行的手机看了看，平心而论道，"你这手机确实该换了，找个时间，我带你去买吧。"

话题到这里意外地结束了。冯艳莱还有些账要算，就没再和她聊天，嘱咐她一句"记得把牛奶喝掉"便转身走了。

卧室门关上。

空气再度安静下来,祝云雀渐渐回过神,忽然就有种这一天是她幸运日的错觉。

冯艳莱说话算话,第二天放学就接祝云雀去商场买新手机。

祝云雀本打算买个普通的就行,没想到冯艳莱在商场陪她看了几圈下来,最终决定给她买那个最贵的牌子,还是和陆让尘同款型号。只不过她的是白色的,最标准的配置。不大不小,握在手里秀气又好看。

又和陆让尘有了同款,当晚祝云雀有些难以克制地兴奋。临睡前,她还专门爬起来,将那只小熊挂件拴在手机外壳上。

祝云雀把这个小熊当成她的幸运物,只要一看到,就会想起陆让尘,想起和他一起吃过的晚饭,一起吹过的傍晚的风。

隔天上学,许琳达知道她换了新手机,羡慕得不得了。

早自习一下课,她就坐到庞硕的座位上找祝云雀。

许琳达兴冲冲地把玩着新手机,感叹道:"这个还没怎么降价吧,你妈对你也太好了,原价给你买。"

"她也不是很懂,看我着急用就给买了。"祝云雀实话实说。

许琳达眼馋得直叹气:"哎,考得好就是有底气哈,我也找我妈要新手机,结果我妈让我滚。"

祝云雀整理着卷子,闻言没忍住笑。

许琳达看到她手机上挂着的小熊,忽然想起什么,凑到她身边道:"对了,我昨天从邓哲那儿知道个事儿。"

祝云雀:"什么?"

许琳达小声说:"就前天晚上咱们吃饭,本来让哥和周闯来不了的,是邓哲说要给你庆祝考第一,他才跟校队老师请了一个小时的假过来。"她"啧"了声,"我还没见过他为谁这样呢,你面子不小哦,祝云雀。"

祝云雀眼角眉梢染上讶然。

许琳达笑嘻嘻地撞了她一下:"怎么样,是不是很开心?"

祝云雀很难掩饰这刻的表情,只能极力压着唇角,小声说:"有点儿受宠若惊。"

毕竟她跟陆让尘正式认识算不上多久，也不算多熟。

但话又说回来，也许陆让尘只是因为冯艳莱和程丽茹的关系，才会对她多加关照。

许琳达可不服她这么说："家长认识怎么了，我家长跟高歌家长还认识呢，我跟她不也不对付？"

这姑娘性格欢脱，聊到兴头上就没顾忌。好在这会儿高歌没在教室。

祝云雀默默无语："你是真不怕得罪人。"

许琳达无所谓："让她听到也没事，她最近懒得理我。"她忍不住八卦，压低声音道，"听说最近庞硕缠着她，把她烦得够呛，下课都恨不得躲起来。你这次考试把两人分开，小心庞硕这个小心眼看你不顺眼。"

说曹操曹操到，许琳达刚说完，庞硕就回来了。看到许琳达坐在他位置上，庞硕皱着眉一脸不爽："你没座位是吧？非占别人地盘。"

许琳达在班上一直都是打打闹闹的性格，即便被黑脸对待，也能笑着接话："谁让你身边坐着的是祝云雀呢，我就乐意来她身边，她身边的空气都是香的。"

庞硕冷哼："你乐意来那也得是你的座位，想坐她身边你自己考出成绩来啊。"他不耐烦，"快点起开。"

被这么驳面子，许琳达显然被气到，她"噌"地站起身，说："不就是个座位，有什么了不起，你以为我愿意占用你地盘啊？"

眼看矛盾升级，祝云雀拉了下许琳达的衣摆。许琳达冲庞硕翻了个白眼，垮脸梗着脖子回到自己的座位。

本以为小摩擦到此为止，不想庞硕刚坐下就嘟囔："成绩怎么考上来的心里没点数，还好意思呼朋唤友。"

他咬字不是特别清楚，祝云雀也只是隐约听到。指尖在卷面上顿住，她用余光瞥了眼庞硕。

庞硕迎着她的目光，上下轻蔑地扫她一眼，轻哼一声。

祝云雀这才反应过来，他刚刚是在讽刺自己。

事实证明，许琳达那句"小心庞硕这个小心眼看你不顺眼"是对的，接下来的几天，庞硕都身体力行地证明他对祝云雀的厌恶。

比如故意把两人的桌子分开一道空隙；在老师让祝云雀读英语课文时，小声讽刺她"真能装"；下课发卷子时，如果祝云雀不在，庞硕就直接略过她，只抽一张自己的，转身递给后桌。

这样的情况接连不断地发生，算是无伤大雅，但也很硌硬人。

祝云雀倒不是完全不气，但更多是觉得他幼稚，也不屑于和他发生争执。时间紧迫，她想下学期去 A 班，期末考的成绩就必须比这次还强，她真的没时间搭理这种人。

只是这样不理不睬的态度，在庞硕和班上一群羡慕嫉妒的人眼里，就变成了心虚。

祝云雀一直不知道他们在背后怎么说自己。

直到周五那天，陆让尘打完比赛回来。

因为参加网球联赛，那一周陆让尘都不在学校。祝云雀在学校见不到他，便鼓起勇气在他比赛的前一晚，给他发了条斟酌已久的微信。大意就是比赛加油，注意身体，注意休息。

陆让尘回得很快，只简单说了句谢谢。

本来祝云雀还想说些什么，看到那两个字，瞬间偃旗息鼓了。她想他应该很忙，又或许，他跟她本来就不算多熟悉的关系。

人就是这样，某些念头一旦产生，就很难回到当初的心态。

几天后，陆让尘比完赛回来，许琳达叫她一起去找陆让尘吃午饭庆祝校队拿第一，祝云雀想都不想便拒绝了。

许琳达以为自己听错了，一副不可置信的表情："祝云雀你疯了吧？"

祝云雀没吭声。周遭都是同学，许琳达不好说什么，只能疯狂给她眼神暗示："真不去？"

祝云雀静默无言，也算意识到，自己在某方面有多小肚鸡肠。

陆让尘当初会因为她的一句话，特意请假陪她庆祝考第一，可反过来呢，只是因为陆让尘回了一句冷淡的谢谢，她就不想见他，小气得过分。

或许，她本质就是个"白眼狼"吧，受得住别人对自己的好，却容不下别人对自己的一点冷漠。

可即便心底如此鄙夷自己，祝云雀也还是不想去见他，她坚定地摇头说："你们去吃吧，我有点儿不舒服，想在教室睡个午觉。"说着，她转给许琳达一百元,"要请客的话,记得帮我把我这份也算上。"

许琳达简直无语,但看她如此坚决,只能说"好吧"。

于是当天中午,许琳达一个人去找邓哲他们。

祝云雀在教室里啃着面包做题,像躲在真空罩子里,却又忍不住时不时刷一下手机。

手机没有任何动静。许琳达也没发任何关于陆让尘的朋友圈。

几次下来,祝云雀觉得没意思,做完一套卷子便趴在课桌上休息。

就这么浑浑噩噩地睡了会儿,手机忽然一阵狂振。

振了好半天,祝云雀终于醒了。她眯着眼从桌肚把手机拿出来,发现是许琳达打的电话。

许琳达急吼吼地说:"祝云雀,你可算接了!"

心神微微一滞,祝云雀缓缓坐起身,有点儿蒙:"我刚在睡觉,没听到。"

许琳达相当无语:"你可真行,让哥为了你都跟庞硕起冲突了,你还有心思睡觉!"

听到"让哥",祝云雀心跳倏地加快,"怦怦"直跳。她不知所措,问:"起什么冲突?"

话音刚落,电话那头就传来一道熟悉的男声。

少年嗓音磁浑,腔调带笑地挤对许琳达:"你上辈子是个喇叭吗?"

许琳达登时哼了声,嫌弃道:"那你自己跟她说啊。"

空气遽然安静。祝云雀心绪紧绷,整个人都慌了神。她还没酝酿出第一个字该说什么,就听陆让尘吊儿郎当的磁性嗓音顺着听筒麻酥酥地传入耳膜。

他懒懒地叫她一声:"祝云雀。"明明只是轻念她的名字,却有种难以描述的纵容感,与任何人都不同。

祝云雀睫毛轻颤,忽然失语,好几秒才挤出一句"我在"。

陆让尘"嗯"了声,似是不解,又带着几分不爽地扬声问:"怎么不过来一起吃饭?"

祝云雀沉默。

似是早就算准了她这德行,陆让尘语调轻讽,玩味又逗弄:"好宝宝又要学习？"

"好宝宝"三个字，直接叫傻了祝云雀，她呆呆地捏着手机，脑子都是蒙的。

偏偏电话那头传来几人的坏笑。特别是邓哲，他笑得最大声。

祝云雀不知不觉红了脸，说："没有，就是有点儿困。"

她没撒谎，昨晚她摆弄新手机到很晚才睡。

陆让尘似乎将几人甩开，再开口时，背景音明显小了许多。

他话很短："行，那你睡。"

祝云雀心口惴惴，想说什么，陆让尘却掐断那团火苗，说："过马路呢，有事儿回去说吧。"

看似商量的语气，却有几分冷淡，总之他说完这句就把电话挂了。

听着冷冰冰的忙音，祝云雀思绪顿时像被放逐的风筝，在空中茫然地飘。莫名就觉得，陆让尘似乎有点儿生气，说不清为什么，她又不敢把生气的原因归于自己身上。

下午上课前五分钟，许琳达终于在祝云雀的期许中回来，像是有一肚子话要跟她说，但转眼看到满脸憋屈的庞硕进门，就硬生生把话憋回去，还翻了个大白眼。

庞硕被她瞪得更恼火了，有气没地方撒，只能将自己的桌子挪得离祝云雀更远。桌腿摩擦地面"嘎吱"一声，惹得周围人朝他们多看了好几眼。

祝云雀生平第一次觉得有人能这么无聊。

下课后，她收到许琳达的消息：走，去外面说。

祝云雀跟在她后头出了教室，来到三楼露天走廊。两人坐在台阶上，许琳达这才把中午事情的来龙去脉跟她讲清楚。

总体来说，就是庞硕和班上几个男生在背后说祝云雀的坏话，被陆让尘听到了。

那会儿许琳达也在场，她端着刚打好的饭菜在前面找座位，还没找到，就听身后的庞硕冲陆让尘骂了声脏话，大嗓门震得整个食堂都肃静下来。

101

许琳达惊得一扭头,看到陆让尘端着餐盘正居高临下地站在庞硕面前,后面还跟着邓哲和周闯。

三个一米八多的男生看起来格外惹眼。相比之下,庞硕狼狈得要命。

陆让尘将盘子里的那份西红柿炒鸡蛋全洒在他头上,庞硕横眉怒目地瞪着陆让尘,偏偏陆让尘没半分歉疚的意思,扯着嘴角:"不好意思啊,没看到这儿有个人。"

庞硕简直气疯。

可陆让尘太不好惹,跟庞硕坐在一起的几个男生都不敢吭声,他只能无能狂怒:"我惹你了吗?你有病啊陆让尘!"

陆让尘插着兜,懒懒散散地笑,不搭腔的模样那叫一个气人。

邓哲讥讽他:"有病的不是你吗?你在背后说祝云雀坏话挺开心呗?"

周闯也搭话:"是啊,我听得一清二楚,你们说了好半天呢,说祝云雀考得好都是抄的。"

"还说她特别装腔作势,平时一副清高淑女样,私下没少勾搭男生。"

周闯这人笑起来特痞:"勾搭谁啊,说来听听?"

他说这话时,陆让尘就这么漫不经心地垂着鹰隼般的长眸,目光不深不浅地落在庞硕身上,力道千钧。

庞硕被这眼神威慑得一个屁都不敢放。

另外几个男生马上解释:"不是,我们不是那个意思,我们就是讨论一下,不是针对祝云雀。"

听到祝云雀的名字,许琳达这才反应过来怎么回事。她挤进人群想替祝云雀讨公道。结果邓哲"哒"了声,扯着她的胳膊把她拦回来:"你一个姑娘冲什么冲,前面有让哥呢,急什么!"

许琳达不服:"谁让他天天欺负人!"

陆让尘站在前头,听到这话,眉梢挑了挑。他冲庞硕懒懒一笑:"还天天欺负人呢?"

少年面色看似和煦,眼底却蕴含着冷冽阴鸷。庞硕被他看得骑虎难下,脸色都是慌的。

后来还是高三的一个学长出来挽救局面,那人跟陆让尘多少有点儿交情，笑说都是误会，还替庞硕担保，说他没恶意，以后也不让他乱说话。

庞硕和那几个男生才得以脱身。后来人群散了，这学长还主动给陆让尘他们买了饮料，算是替庞硕赔罪。

说到这儿，许琳达嗤之以鼻："想不到庞硕这么恶心还有人帮他，真是无语。要不是有人拦着，让哥和邓哲直接把他拎走。"

祝云雀听呆了般久久不能回神。即便知道陆让尘在背后为她出头，可在这刻，还是有种强烈的"受宠若惊"感。祝云雀问："他中午是因为这个心情不好的吗？"

许琳达故意挤对她："你也察觉到他不爽了啊？"

祝云雀指尖轻颤，神色有些不自然。

许琳达叹气："也不知道你怎么想的，让哥都能为了你请一个小时的假，你中午明明可以过去，偏不来。"

祝云雀垂着眸，不知道在想什么。好一会儿，她收拢指尖，慢悠悠地开口："那我该怎么办？"

"找他呗。"许琳达想都不想便回答，"我要是你，我就去找他。他衣服还因为帮你出气撒上汤了呢，这你不得谢谢他，把他衣服要过来洗了？"

这提议听着有点儿离谱，但仔细一想，也不全无道理。陆让尘有洁癖，祝云雀也不知道这一下午他要怎么忍。更何况，今天中午她确实不够意思，于情于理，她都应该见他一面。

回教室后，祝云雀一个正眼都没看庞硕，但是没少闻他身上那西红柿炒鸡蛋的味儿。

难闻归难闻，但只要一闻到，脑中就忍不住构想出陆让尘替她出头的画面。

祝云雀到底没忍住，在放学前，给陆让尘发了微信。

祝云雀斟酌了好久，才打出一句话：你今晚还训练吗？

发完消息，她将手机垫在课本下，大约过了几秒，手机就振动了。

那震感惹得她心口紧绷，点开一看，陆让尘回了一个字：训。

虽然冷淡，但也算理她了。

祝云雀眉宇缓缓舒展，回了他一个"好"字。

103

本以为对话到此结束，不想隔了差不多十分钟，手机再度振了起来。这会儿已经放学，祝云雀不用再藏着掖着，光明正大地把手机拿出来。

陆让尘：祝云雀？

祝云雀没明白他什么意思，回了个问号：是我，怎么了？

这次换陆让尘无语了，他发来一串省略号：我以为是林知念。

陆让尘给她发来一张截图，截图是他的微信好友列表。

祝云雀一眼就看到自己的头像和另一个人一模一样，更巧的是，她俩微信昵称都有些相似。

祝云雀的昵称是 Skylark，云雀的英文。林知念呢，也是以字母 S 打头的英文。刹那间，祝云雀仿佛明白了什么。

陆让尘下一句就说：我以为给我发祝福的人是林知念。

好像在解释，那天他之所以那么冷淡，是因为他以为给他发消息的人是林知念。

祝云雀的心情像蹦极般坠落谷底，再被他亲手拉上来。

陆让尘又说：现在不困了？

祝云雀指尖蜷了下，敏感如她，几乎瞬间便明白话中深意。

祝云雀回：不困。

她又鬼使神差地道：你还在过马路吗？

莫名其妙的话，像心照不宣的摩斯密码，只有对方才能破译。隔了半晌，陆让尘说：过完了。

祝云雀垂着眸，嘴角几不可察地一勾。

陆让尘说：第三训练馆里这会儿没人，来吗？

第三训练馆是学校专门分给网球队的训练场地，陆让尘基本上一放学就和几个兄弟扎那边去。

祝云雀以前只是听说，从没真的去过，这次单枪匹马地过去，多少有些紧张。

她不知道见到陆让尘两人会说什么，但就是忍不住去见。

怕尴尬，她买了几杯奶茶带过去，还能借此谢谢邓哲和周闻，毕竟这两人中午也帮她说了话。

祝云雀到第三训练馆的时候，里面已经有人开始嘻嘻哈哈地聊天了。

祝云雀朝里头望了几眼，有男生发现她的身影，自来熟地搭腔，问她找谁。

祝云雀想说找陆让尘，但转念一想，肯定有很多女生过来找他，就又把话咽了回去，她小声说："不用，谢谢。"

说完祝云雀准备要走，不想刚一扭身，后背就抵住一个柔韧结实的胸膛。

祝云雀心里一跳，转头，对上陆让尘落在她脸上的深邃视线。

他嘴角微微翘着问："上哪儿去？"

无论在哪个场合、哪种境况下遇到，陆让尘都是那样耀眼夺目。即便这刻的他穿着和别人相差无几的训练服，依旧能击中祝云雀的心。

她不由得往后退了半步。

陆让尘身后的邓哲冒出来，笑着说："这不是祝妹妹吗，你怎么在这儿？"

祝云雀脸上露出几分无助的窘意。

陆让尘挑起眉梢，似笑非笑地睇邓哲一眼："我让的，有问题？"

邓哲笑得那叫一个八卦，拖腔拿调地说"没问题"。

祝云雀抿唇，手里装了几杯奶茶的塑料袋勒得她掌心生疼。

话音刚落，她就伸出手，声线青涩地对陆让尘说："奶茶，给你们的。"

陆让尘敛眸看去。只见她穿着七分袖的白衬衫配着牛仔裙，单薄的肩膀上背着不大的双肩书包，伸出的手臂细细白白的。手腕上戴着一块和她体形不大相符的黑色机械腕表，算是她唯一的装饰，却也衬得她更为纤瘦。

围在陆让尘身边的女生那么多，他倒是头一次见这种类型。

嘴角几不可察地扯了下，陆让尘抬手接过来，两人指尖避无可避地擦碰。

祝云雀心跳无声地加快。

陆让尘拎起袋子看了眼，发现她买的奶茶都是大杯，且小料足得跟粥似的。

邓哲乐了："还有我的份儿呢？"

陆让尘顺势朝他打开塑料袋，示意他拿一杯。

祝云雀故意不看陆让尘，对邓哲道："记得再帮我给周闯一杯，剩下的随你们。"潜台词就好像在说，她不是专门为了谁过来的。

偏偏陆让尘目光不轻不重地落在她脸上，探究着。

祝云雀微微屏息。

陆让尘意味不明地轻笑："你倒会安排。"

一句话被他说得拖腔拿调的，又掺着点云淡风轻的讽刺。

作为旁观者，邓哲真有点儿尴尬，于是他闪身先进去了。门口只剩她和陆让尘。

祝云雀酝酿着将话题朝正事上引，陆让尘却倏地开腔："听说你最近让人欺负了？"

祝云雀没想到他开口说这个，睫毛轻轻颤动，张张嘴说："还好。"

陆让尘单手插兜，倚在墙上，像是不怎么信。

祝云雀倒没撒谎，虽然庞硕针对她，但她没有特别生气，谈不上被欺负。

她情绪本就比较稳定，而且这几年在祝平安那边忍气吞声的时候太多，庞硕这种级别的，她早就已经麻木。

但不管怎么样，陆让尘在关心她。祝云雀心里雀跃着，说："谢谢你中午帮我出气，我听许琳达说了，很解气。"

"然后呢？"陆让尘似笑非笑，"接着忍气吞声？"

"为什么要忍气吞声？"祝云雀说这话时十分平静，眼神却异常清亮坚定。

那是一股同龄女生身上鲜有的气质，清冷、睿智，看似波澜不惊，实则压着波涛，蓄势待发。

陆让尘勾了下唇，了然地点头："行，算我瞎担心。"

祝云雀："……你没瞎担心。"

陆让尘煞有介事地挑眉。

祝云雀双颊发烫，轻轻别开视线："我真的要走了。"

陆让尘没说话，直勾勾地看她。

祝云雀只能把视线挪向他身上很干净的训练服上，鼓起勇气说："许琳达说你今天中午把衣服弄脏了。"要不要拿来给我洗……

可话在嘴边兜了一圈,却羞耻得怎么都说不出口。

倒是陆让尘闷出一嗓子笑,不怎么正经地看她:"许琳达让你给我洗衣服?"

突然被戳中心事,祝云雀薄薄的脸皮"唰"地红了。

陆让尘挑眉实话实说:"招数有点烂。"

祝云雀尴尬:"不需要就算了,我也不是很闲。"

往常说一句想三秒的语速被陆让尘逼得瞬间变快,等她反应过来时,陆让尘肩膀已经笑得抖了起来。

祝云雀只觉耳朵冒火,匆匆丢了句"我走了",便真的转身就走。

不想陆让尘在背后叫了她一声。

脚步不由自主地停住,祝云雀侧过身,紧抿着唇,带着几分不满地看他。

陆让尘却心情不错,目光深邃地望着她,冲她扬声:"他要再欺负你的话——"他桀骜又轻狂地扯了扯嘴角,"跟我说一声就行。"

祝云雀燥热着一张脸火速地从体育馆离开,一路丢了魂儿似的回家。

许琳达家里有聚会,差不多八点才发消息问她有没有拿到陆让尘的衣服。

她不问还好,一问祝云雀反倒觉得难堪。更无语的是,她把来龙去脉讲完后,许琳达发来一段语音。祝云雀一点开,就听到她相当猖狂的一段"哈哈哈哈哈哈"。

祝云雀简直不想跟她说话了。

偏偏许琳达跟她聊起了陆让尘和林知念。

祝云雀躺在床上,没忍住问:他们俩走得很近吗?

许琳达:据我所知,让哥每周都给她补课。林知念经常缠着他,他上周比赛,林知念还专门请假去看呢,听说比完赛林知念还跟他一起吃饭了。

祝云雀胸口发闷,想到陆让尘白天给她发的那个截图。截图里,和她用同一个微信头像的林知念,给他发消息多到堆成十个红点。

比起她，林知念显然和陆让尘更熟稔。

这么一想，祝云雀忙把头像换成一张随便拍的风景图。

她问许琳达：你什么时候知道的？

许琳达：今天刚听邓哲说的，怎么了？

祝云雀安静好半天，才说了句：没什么。

许琳达又问她打算怎么和庞硕"沟通"。

祝云雀想想说：明天吧。

她卖了个关子：明天就知道了。

南城三中从国庆后便取消了高二的双休日，即便这天是周六，高二学生也照常要上课。

唯一的安慰是下午的大课间由二十分钟延长到四十分钟。

而且最近每个周六的下午，各班男生都会凑在一块，来场不怎么正式的篮球赛。虽然没女生什么事，但她们还挺愿意去看热闹的。许琳达就是其中之一。

祝云雀则趁着大课间去办公室找郑国雄。

郑国雄听说她和庞硕最近处得不愉快，还挺意外。庞硕在老师面前从来都是一副好学生的模样，祝云雀也是文文静静的性子，看起来不太会跟别人起冲突。郑国雄是真想不到这两人凑一块儿能产生矛盾。

他更想不到的是，祝云雀不仅不接受他的调解，还希望他把两人座位分开。

郑国雄为难道："我也不是不想给你调，但你说，我是把你挪到后排，还是把他挪到后排？"

"再说座位这事儿也不是说换就换，不然别人都来找我告状，我是不是也都要解决？"

望着看似无奈的中年男人，祝云雀没吭声。

郑国雄冲她挥挥手："回去吧，等之后我再找庞硕单独聊聊，让他给你好好道个歉。"

他把茶杯端起来喝了口，正要吐茶叶末。

祝云雀忽然开腔："我不接受。"

郑国雄动作一顿。

祝云雀说不上哪里来的镇定劲儿："他在背后说我考试作弊，说我背地里勾搭男生，是在散播谣言，对我进行人格侮辱，这些事不是他道个歉就能轻易解决的。"

她面色清冷，既理智又执拗。

郑国雄"哟呵"一声，乐了，把杯子往桌上一撂："那你倒是说说，他应该付出怎样的代价？怎么能让他心服口服？我是让他跟你比一次，还是让大家给你们投票——"

"我可以和他单独竞赛一次。"

不等郑国雄的话说完，祝云雀眼神倔强地说出昨天酝酿一整晚的话："谁输了，谁就到后排去。"

她誓不罢休的态度太过坚定，郑国雄同意了她的要求。

竞赛时间定在周末。

郑国雄联系了几个老师，把所有科目的题出到一套卷子里。如果她分数高，郑国雄就为她安排一个新同桌；如果庞硕分数高，她就不能再对座位的事有意见。

当然，郑国雄也是明事理的，不管她能不能考过庞硕，他都会让庞硕给她道歉。

这个结果已经超出预想，祝云雀没什么不满意的，离开办公室之前还诚恳地说了句"谢谢老师"。

郑国雄被她弄得都无奈了，摆摆手："你下回要是还考这么好才是真谢谢我。"

祝云雀从办公室出来，大课间已经过半。走廊空荡荡的，没什么人。

祝云雀站在被阳光洒满的办公室门口，手脚后知后觉地发软，像是忽然间泄了力气，不敢想象刚刚那些话居然是她说的。

就是在这会儿，口袋里的手机振了振。

是许琳达发来的消息：你干吗去了？再不来让哥都要下场了。

今天的篮球赛格外热闹，因为陆让尘参加了。

据说他是代表 A 班和 B 班联赛，为此邓哲也加入了 A 班队伍，还有本来就在 A 班的周闯。

想到少年在篮球场上驰骋的画面,祝云雀心里突然充满期待。

她回了句:这就过去。

许琳达发了个可爱的表情:我给你留了位置,咱俩在第三排。

祝云雀说"好",快步下楼,在附近的小卖部买了几瓶饮料,打算到时候给许琳达和陆让尘他们分了。

可她能想到的事,别人都能想到。

就在祝云雀抵达篮球馆时,陆让尘已经下场休息了。他在第一排靠里面的位置,穿着米白色卫衣、灰色卫裤,手里拎着喝了一半的功能性饮料,正听身侧的人说话,清俊的身形极为惹眼。

祝云雀刚和许琳达碰头坐在一起,林知念就突然出现,穿着漂亮的套装裙,看起来就像橱窗里精致的洋娃娃。她站在陆让尘跟前,没说几句话,便极其自然地挤在他身边坐下。

那一幕刚巧被祝云雀捕捉到。有些刺眼,她哽了哽,瞬间收回视线。

许琳达忙着盯场上传球的邓哲,直到他们进了个球,她兴奋地尖叫了几嗓子,才有空搭理祝云雀。她拧开一瓶祝云雀带来的饮料,问她:"怎么不给让哥送去?"

祝云雀没什么兴致地淡声说:"不想去。"

许琳达一抬头,就看到那边的林知念。她有些意外:"这林知念什么时候出现的啊?"

"不知道。"

祝云雀只觉篮球馆里闹哄哄的又闷热,待着也没意思。正犹豫要不要叫许琳达一起回去,一个男生突然坐在她身边。

那男生叫赵奇嘉,是 B 班从场上替换下来的。他在 B 班成绩处于中上游,人缘好、性格好,算是少数和祝云雀能说得上话的男生。

他揪着衣领子给自己扇风,问祝云雀:"你那几瓶水有人喝吗,没人喝给我一瓶呗,我给你钱。"

他笑得爽朗,祝云雀愣了下,从塑料袋中抽出一瓶给他:"没事,不要钱,你喝吧。"

赵奇嘉笑着说:"那就谢了啊!"

大约是真的渴，他三下五除二就喝掉大半。

祝云雀想着他也算是为班级争光，又从兜里抽出剩下的小半包纸巾递给他："你用吧。"

赵奇嘉有些意外，回神后赶忙露出一排整齐的牙齿笑起来，很真诚地说了句"谢谢"。

祝云雀轻轻摇头："没事。"

赵奇嘉擦了擦汗，又问她："我是不是还没有你微信？"

祝云雀本来看着篮球场上来回跑的男生，听到这话，微微敛神："应该没有……吧。"

"行。"赵奇嘉拿出手机，在班级群里找到她，申请添加为好友。

操作完后，他提醒祝云雀："我加你了，你回头通过一下，我把钱给你。"

祝云雀想说真的不用，但又懒得应付，就点点头。她正准备拿手机，余光轻轻一扫就对上斜前方那道不知何时瞥来的幽邃视线。

陆让尘靠着椅背，就这么侧着头，隔着两排人，意味深长地斜睨着她。

没错，是看她，不是看许琳达，更不是看别的不相关的人。那一眼目标太清楚，祝云雀捏着手机的指尖都蜷了下。

她还未来得及反应，陆让尘便收回视线，低着修长脖颈，神色慵懒地摆弄手机，就好像刚刚那短暂的一眼只是她的幻觉。

许琳达撞了撞她的胳膊："别发呆了，看微信！"

祝云雀收回神，发现小群里有消息。

是许琳达发了一张照片，她偷拍的陆让尘和林知念坐在一起的画面：@陆让尘，让哥可以嘛，打个篮球都有人作陪。

隔了好半天。

陆让尘回了她一长串省略号：我看你是欠扁。

毫不怜香惜玉的语气，和对待祝云雀截然不同。气得许琳达在群里一个劲儿地发表情包表达不满，还不忘调侃他：你真不够意思，我和雀雀都给你买水了，你还这么说我，伤心。

陆让尘反问：是吗？那我的水怎么让别人喝了？

祝云雀看到这话，脊背一僵。忽然就明白为什么陆让尘刚刚会回头

111

看她，还用那个眼神。

许琳达却纳闷地看向祝云雀，刚想说"让谁喝了"，就看到旁边的赵奇嘉。

她张张嘴，把话咽回去，转眼在群里替祝云雀找补：不是，那是我们班男生找她买的。

许琳达故意激他：怎么让哥，你嫉妒啊？

这回陆让尘倒是没接茬，答非所问地来了句：等会儿一起回去吧。

他顿了顿：带着我的水。

许琳达"扑哧"一声笑，在她耳边念叨："还'带着我的水'——"

祝云雀被她欠扁的模样逗得耳根发烫，没好气地捏了下她的腿。

许琳达"咯咯"直笑，碍于旁边有别人，她也没太闹腾，只在群里高高兴兴地回了句：好嘞。

看着群里的消息，祝云雀思绪悄无声息地泛滥，心情倏然由阴转晴。

不多时，场上分出胜负，A班赢了。

A班学生欢呼一片，许琳达瞬间机警地站起身，从祝云雀的塑料袋里拿出一瓶冰镇可乐，站起身喊了一嗓子邓哲。

这两人相当默契。邓哲正跟别人说话呢，听她一喊，立马伸手接住她远远抛过来的冰可乐。

祝云雀默默看向斜前方的陆让尘。

他起身的时候，旁边的林知念也跟着起身追着他。

陆让尘慵懒地朝前走，既没搭理她，也没赶她走。

这情形就导致，即便在微信上说好"一起走"，祝云雀也没办法堂而皇之地闯入那两个人中间，只能默默和许琳达挽着胳膊，保持不远不近的距离，走在陆让尘前方。

身后时不时传来林知念叽叽喳喳的说话声，陆让尘慵懒缓慢地应着，显然在敷衍。

祝云雀虽然和许琳达走在一起，但所有注意力都拴在身后的陆让尘身上。他每说一个字，她的心神就跟着紧绷一分。

大概也觉得他懒得理人，林知念有点儿恼火地带着闺蜜走了。

刚巧这时周闯加入他们，和邓哲挨着，又把陆让尘拽过来，三人走

112

在前头。

祝云雀见周闯好像挺渴的,便把青梅绿茶递给周闯。

周闯顿时嘴甜地夸她贴心。

陆让尘听见,突然慢下脚步,阴阳怪气地笑了下,说:"是贴心呢,把给我的水都送人了。"

话音落下,几个人同时安静。

邓哲忍俊不禁,周闯没怎么听清:"你的什么?"

陆让尘哼笑,没正面回答,只说了句"喝你的吧"。

周闯一脸莫名。身后的许琳达冲祝云雀疯狂挤眉弄眼,祝云雀双颊泛红,一声都没吭。

后来还是邓哲开口,问许琳达和祝云雀,周末有空没,要不要去他亲戚家新开的射箭馆玩。

许琳达想也不想便说:"去呗。"

邓哲盘算起人数,又问陆让尘:"你呢?来不来?"

陆让尘插着兜,问:"都有谁?"

邓哲说:"我、周闯、许琳达、祝妹妹——"

话没说完,祝云雀就轻轻打断:"我明天有事。"

陆让尘脚步一顿,睨了她一眼。这还是今天两人第一个正式的对视,祝云雀心率稍稍加快。

邓哲有点儿无奈地说:"别啊。"

许琳达也怂恿:"你周末能有什么事啊,不就是学习。"

不想祝云雀坚定地摇头:"不行,我明天真有事,你们去吧。"

既然她都这么说了,邓哲也只能作罢。

一行人回到教学楼,邓哲独自回了二楼的 C 班。

A 班和 B 班在三楼,挨得很近。

祝云雀捏着手里剩下的最后一瓶饮料,也是最贵的玻璃瓶冰镇咖啡,突然有些紧张。

许琳达像是看破她的心思,在到 A 班之前,说要去厕所,转身抛下祝云雀便走。周闯却没长七窍玲珑心。

陆让尘自然而然地慢下来,插兜走在祝云雀身侧。

113

他一过来，周遭的空气好像都不怎么流通了，到处都是他身上好闻的气息，无孔不入地钻入鼻腔。

"周末干什么去？"

陆让尘的磁性嗓音融在嘈杂的走廊里，祝云雀有一秒的不真实感，她老实道："周末要和庞硕一起考试。"

本来她不想提前说的，万一她没比过，就很丢人。可陆让尘都问了，她做不到闭口不谈，好像在他这里，她总能有足够的安全感。

陆让尘问："你们俩单独比赛？"

祝云雀"嗯"一声。

陆让尘似乎明白什么，点头："这办法倒挺另辟蹊径。"

刚好A班到了，陆让尘冲她抬抬下巴："进去了。"

祝云雀眼疾手快地把手中那瓶被她捂得不太冰的咖啡递给他，像憋了好大的劲儿。

陆让尘眉心一蹙，顿了下，故作矜持地哂笑："这回轮到我了？"

祝云雀语气温暾道："本来就是给你的。"

陆让尘闻言挑了挑眉，从她手中将那瓶咖啡抽走。他垂着薄薄的眼皮看祝云雀，像是终于被哄好，倏地一扯嘴角："算你有良心。"

上课铃很快打响。祝云雀在座位上缓了好几秒，才平稳情绪。

放学前最后一节是自习课，老师不在，只有班长会管一管纪律。

班上同学都在忙自己的事，没人注意到庞硕是在铃响十几分钟后回的教室。

祝云雀抬眸看了他一眼，这家伙还是那副不讨喜的嘴脸。

收回视线，祝云雀把精力放在卷子上，极快地做了几道选择题。

过了好一阵，庞硕终于绷不住，有些懊恼地低声对她说："你至于把事情搞得这么严重吗？"

时隔这么多天，这还是他第一次主动跟祝云雀说话。

然而祝云雀只是指尖微顿了顿，连眼皮都不抬一下，很快就又恢复正常书写速度，当他这个人完全不存在似的。

庞硕这才明白这位平时不动声色的同桌到底是个什么性子。

文静、不爱说话、好相处，都是她的保护色，而果断、凌厉才是她的底色。总而言之,是个脑子极其聪明又不好惹的人,比陆让尘还让人头疼。

但他后悔也没用,要想不被找家长,庞硕就只能明天和她竞赛。他烦躁地深吸了口气,却又不得不拿出书本开始复习。

第五章·
可靠的朋友

放学后,庞硕要和祝云雀单独竞赛的事不胫而走。

祝云雀把她找郑国雄的事告诉了许琳达。许琳达诧异十足:"原来这就是你说的办法啊,我还以为你要找人教训他一顿呢。"

祝云雀轻轻看她一眼:"我上哪儿找人去?我又不是混混。"

"找你弟呗,你不是说他在职高很厉害吗?"

祝云雀说:"叶添平时就够让人头疼了,我怎么可能让他帮我出气。"

许琳达恨铁不成钢:"那可以找让哥啊!邓哲那天还说呢,要是庞硕还欺负你,他们替你摆平。"

只要一提到陆让尘,祝云雀就像哑巴了一样,她抿唇摇头:"不麻烦他了。"

被人污蔑考试作弊这种事,只有证明自己的实力才能让对方心服口服,这关乎她的骄傲。就算是陆让尘主动帮忙,她也会拒绝。

许琳达不理解,只是可惜祝云雀周末不能跟自己一起去射箭馆玩儿。听说陆让尘也不去,祝云雀稍稍讶然:"他有什么事吗?"

"不知道,"许琳达耸肩,"他的事连邓哲都打听不出来呢。"

两人走到校门口,许琳达和她挥手告别。

祝云雀去坐地铁,一路心事重重地回家,一方面是为明天的竞赛担心,一方面又不由自主地想,陆让尘明天到底去做什么。

祝云雀不可避免地想到在篮球馆时,偷听到的对话,林知念要陆让尘陪她去买教辅资料,再去某家新开的咖啡厅补习。

陆让尘当时没说话,所以……他是默许了吗?

脑子止不住乱七八糟地想着,祝云雀晚上那顿饭吃得心不在焉。

那是她第一次觉得,原来在意一个人,不止有无法言说的酸涩,还有无法排解的忧虑和妒忌。

她为自己感到不齿,却又无能为力。

祝云雀第二天上午九点准时来到郑国雄的办公室,和庞硕在门口先碰了个面,庞硕明显戾了不少。

没多久,郑国雄端着个茶杯来了。似乎也挺不满大周末过来监考,郑国雄一脸倦相,进屋随便给两人指了个位置。

周末没有别的老师在,祝云雀挑了个靠窗边的办公位坐下,庞硕则在她右手边的空位。

郑国雄把卷子分给两人前,忽然想到什么,扬声问庞硕:"道歉了吗?"

庞硕无可奈何地看向祝云雀,含混不清地说了句"对不起"。

祝云雀面色平淡,没吭声。

郑国雄"啧"了声:"给我大点儿声,没吃饭啊。"

一被呵斥,庞硕更憋屈了,只能瓮声瓮气地又说了句"对不起"。

这次郑国雄还算满意,但不忘教育他,说他要再这么欺负女同学,就真叫他家长过来亲自给人道歉。

庞硕哪敢吭声,窝囊地说了句"知道"。

因为是所有科目的题综合在一起,郑国雄给了两人两个半小时的答题时间。

祝云雀接过卷子便聚精会神地做起来,做了几道题后,才发现,这次的题目远比她想象中得心应手。

相比之下,平时刷题量远没她那样多的庞硕,就显得局促很多。

时间分分秒秒地过,郑国雄没多久就不见人影儿了。

差不多一个半小时，祝云雀开始检查。

郑国雄不知何时端着茶杯回来，站在办公室门口。也不知道他在跟谁搭话，打趣道："大周末的还让你们过来训练，你们校队老师太没正事了，比赛重要还是高考重要，回头耽误你们学习他负责？"

听到校队两个字，祝云雀的笔尖忽然顿住。

还未敢深想，就听一道男声煞有介事地道："老师，这您可就误会我们曲教练了，今天是我跟陆让尘主动过来训练的，在家待着也没意思啊。"

陆让尘就在这时缓缓地开口，少年清越的声音在走廊的空气中响起："我们老曲说了，要劳逸结合。"

祝云雀的心脏好似被茧裹紧的蛹。再抬眸时，陆让尘颀长挺拔的身影刚好从办公室门口一闪而过。

刚跟郑国雄打完招呼，少年嘴角勾着松懒的笑，就在那短暂的一瞬间，目光看似散漫，却精准地落在祝云雀身上。

就好像，他从这里经过，只为这一秒。

交卷后，祝云雀没心思想太多，只觉头昏脑涨，收拾完东西一出办公室，就情不自禁地朝 A 班望去。结果发现，A 班早就锁了门。

微妙的失落感涌上心头，祝云雀收回目光，出了教学楼去超市。

手机开机，看到许琳达给她发消息，问她考得怎么样。

祝云雀站在超市冰柜前，选了瓶青梅绿茶，低眸敲字：还行。

结完账，她转身往外走。

就是在这会儿，迎面走来一高一矮两道身影。

矮个儿的一身运动装，背着双肩包，高的那个则是休闲夹克、牛仔裤，身上散发出和初秋一样凛冽的桀骜感，比平时还要惹眼几分，只消一眼就能认出是谁。

祝云雀顿住脚步。

在她发现他的时候，陆让尘也刚好朝她望来，少年眼神深邃，嘴角勾得很淡。

他偏头跟旁边的男生说了什么，那人朝祝云雀看了眼，见怪不怪地朝身后超市走去。

天气不算好，浓云翻滚着在天边晕开，天光似乎怎么都透不出来。

祝云雀拎着那瓶刚买的青梅绿茶，呆呆地站在原地，眼睁睁地看着陆让尘停在她面前。

只见少年单手插兜，另一边肩膀挂个松松垮垮的书包，冲她一挑眉毛："考完了？"

"……考完了。"祝云雀声音很轻，生怕稍大一点音量，便击碎眼前美梦。

陆让尘点了下头，嗓音平淡："那一起吃个午饭。"

周末食堂并不开放，陆让尘选了家校外的湘菜馆。

在此之前，他还特意问了一下祝云雀能不能吃辣。

其实她不太能，但她说没关系。

和陆让尘一起来训练的男生叫田壮，人如其名，长得壮，却不胖，言谈举止间有种憨厚的喜感。只是他不像邓哲、周闯那样风趣幽默，面对生人稍微有些内向，所以祝云雀并没融入他和陆让尘的谈话中，只静静听着他们聊。

陆让尘这人话不多，但别人跟他说话的时候，他会认真听。

他似乎心情很好，跟田壮说话时，嘴角会不自觉上扬，闲适的松弛感将他身上的冷冽冲淡。祝云雀忍不住多看他几眼。

但只要一发现陆让尘有朝她看来的趋势，她就迅速移开视线，低头看手机。

来回几次，陆让尘干脆直勾勾地盯着她，等着她抬头。

察觉到他的目光，祝云雀瞬间就红了耳朵。好在服务员开始上菜，才让她得以"解脱"。

只是三人没吃几分钟，冯艳莱就打来电话，说家里漏水了。冯艳莱在外地出差，根本没法回来，只能打电话问祝云雀怎么回事。

祝云雀捏着手机愣住："我现在没在家。"

冯艳莱听后声音一顿，再开口时语气都变了："没在家你在哪儿？"似乎听到背景音有男生说话，她机警地问，"祝云雀，你跟谁在一起呢？"

新手机音量很大，陆让尘根本不用刻意，就听到冯艳莱的质问声。眼见祝云雀眼神慌乱，他扬声道："阿姨？"

　　祝云雀木然地点头。

　　陆让尘说："手机给我。"

　　祝云雀顿了顿，乖乖把手机给了他。

　　陆让尘相当淡定地说了句："阿姨，我是陆让尘。"

　　听到是他，冯艳莱态度简直一百八十度大转弯，根本没有祝云雀想象中的惊讶和介意，更不在意这两人为什么在一起吃饭，而是如同抓住救命稻草，拜托他陪祝云雀回家处理当下的问题。

　　祝云雀很尴尬，想把手机抢回来，让冯艳莱别麻烦人家，结果直接被陆让尘挡了回去。

　　他瞥她一眼，笃声道："这本就是我家的房子，应该的，阿姨。"

　　话已至此，尘埃落定。祝云雀反应过来时，陆让尘已经拎着外套起身，叫她一起走。

　　田壮"哎"了声："你俩说走就走啊？这菜刚上齐呢。"

　　陆让尘淡声道："你先吃，我付钱。"说完，真就在收银台阔气地留了五百。

　　祝云雀内心生出强烈的内疚感，但事情紧急，她没法多说什么，只能快步跟他上了出租车。

　　后座被身高腿长的陆让尘衬得尤为窄小，祝云雀略显局促地坐在他身边，给司机报了小区地址。

　　距离很近，只要起步价就行。祝云雀从书包里拿出零钱。

　　陆让尘瞥一眼她，瞧她跟小孩从储蓄罐里掏零花钱似的，没来由地嗤笑一声。

　　祝云雀攥着十块钱的手一紧，看着少年那张好看到让人心生自卑又近在咫尺的脸，她讷讷："你笑什么？"

　　或许是窘迫的情绪让她的表情看起来很僵硬。陆让尘挑起眉，目不转睛地与她对视。

　　祝云雀眨着清澈的眼，慌乱又乖的模样，一如初见。

　　陆让尘喉咙发痒，煞有介事地逼近，呼吸间，乌木沉香的气味在侵袭。

他故意找碴似的，玩世不恭地戏谑："你偷看了我那么多次，我笑你一下不行？"

祝云雀几乎本能地否认："谁偷看你了？我没有。"

陆让尘的眼神耐人寻味。祝云雀哪敢再窥探他眼底的深意，只偏头看车窗外，嘴硬地说："那要是算偷看的话，你不也在偷看我？"

她声音似乎没什么底气，但又有那么点儿道理。

陆让尘沉默两秒，才哼笑了声，就好像在说——还挺会狡辩。

祝云雀心虚。好在陆让尘早已翻篇，身姿坐正，靠在座位上漫不经心地拨弄手机。

祝云雀轻瞥了眼，发现他在聊天，也不知是在跟谁。

祝云雀收回目光，默然垂眸。

回去的路程不长，不到十分钟，司机把两人送到小区。

祝云雀和陆让尘刚下电梯，就看到楼下那家阿姨堵在门口。见两人回来，女人直接操着一口本地方言口沫横飞，说的话要多难听有多难听。

到底是年纪小，没见过什么世面，祝云雀被吓了一跳，第一反应就是说"对不起"。可那女人完全听不进去，只顾着发泄自己的情绪。

陆让尘蹙了蹙眉，干脆攥住祝云雀的手腕把她拽到身后。少年颀长高大的身姿登时把她挡得严严实实，祝云雀整个人仿佛凝固住。

下一秒，陆让尘教养极好地端起笑腔说："阿姨您别急啊，我们不是回来了吗？"他冲家门口抬抬下巴，声音淡然，"再说您这么堵着，我们也没法儿给您解决不是？"

一贯慵懒的语调却透着不容小觑的压迫感。女人本来气得直冒烟，听他这么一说，瞪了瞪眼，居然真的闭了嘴。只是那怨气依旧冲天，她不依不饶地跟着两人："我倒要看看你家干了什么能把我家房顶淹成那样！"

陆让尘扯了下嘴角："急什么？"

他把祝云雀牵到门口，冲阿姨一扬眉梢："又不是不赔。"

祝云雀抿着唇，拿出挂着小熊玩偶的钥匙开门。进去之后才发现，是卫生间的水龙头没拧紧，不算大的水流流了几个小时，漫延整个客厅。

121

女人这下更有了骂人的理由。她指着祝云雀口沫横飞,嚷着:"你们家什么素质?你知道我家新装修花了多少钱?摊上你们这样的邻居真是倒霉!"

有理是有理,但那些话说得也未免太难听。

这次陆让尘没再忍。他直接推开女人伸过来的胳膊,皮笑肉不笑地道:"阿姨,问题找到给您解决就是,骂人可就没意思了。"少年眸色结着冰碴一般,语调不咸不淡的,"您要是再捣乱,我可真保不准什么时候能收拾完。"

女人急道:"你还威胁我怎么着?"

陆让尘笑:"哪敢?"他拿出手机,"不然我帮您报个警?等警察来了结案了我再收拾?"

女人顿时噎住,眼睛在他俩身上愤怒地来回转。大概也知道陆让尘是个不好对付的,只能嫌晦气地转身走了。

她一走,祝云雀的肩膀终于松懈下来。

陆让尘敛眸回头看她,只见祝云雀难得有点儿蒙的样子。

两人对视几秒,陆让尘一乐:"吓傻了?"

祝云雀默然摇头,想说"有你在,我一点儿也不怕",可想想又觉得这话不太合适,就硬生生地吞了回去。

有陆让尘在,事情很快就解决了。他替祝云雀给邻居赔偿了钱和两箱水果。

祝云雀并没参与,陆让尘让她在家里安心收拾。

祝云雀本来有些过意不去,但看到家里被水泡得不轻,只能先把活儿干了。然而没等她完全收拾好,陆让尘就回来了。

祝云雀拖着地,湿了的裤腿往上挽着,刘海也乱了几缕,狼狈得有点儿招人可怜。

陆让尘蓦地轻笑了声,很无奈似的,就这么懒懒散散地撸起袖子和她一起收拾。

祝云雀阻止他:"别——"

陆让尘瞥她一眼,语气听不出情绪:"照你这么干下去,怕是等会儿又要给人家赔钱去。"

"更何况，"他慢悠悠地说，"这还是我家房子。"他的意思是，他理应负责。

祝云雀却没听出他的言外之意，微微张嘴道："我看了，家里地板没泡坏。"

陆让尘闻言气笑了，有时候真分不清她到底聪不聪明。他也不想去计较了，干脆丢了句"懒得管你"，便撸起袖子擦地上的积水。

祝云雀终于反应过来他话中深意，却不知道该说什么好。但既然他乐意吃这份苦，她也没理由再阻止。

于是接下来的二十分钟，两人就这么默不作声地忙活着，像一对默契的值日生。有点儿滑稽的相处方式，但转念一想，又挺特别的，祝云雀眼底便止不住地泛起隐隐笑意。

等彻底收拾好后，陆让尘的裤脚也湿了。

祝云雀从冰箱拿出冰水递给他，他靠在中岛台前接过，一仰头喝了半瓶。

祝云雀望着他的裤脚，琢磨着有什么办法能帮他解决。

哪知陆让尘把水瓶一撂，冲她挑了挑眉："我回去换条裤子，要不要跟我过去？"

祝云雀愣了愣神，以为自己听错了。

"走吧。"

陆让尘带她去的是他家的另一套房子，就是祝云雀家对面的那套一居室。要不是陆让尘告诉她，祝云雀做梦都想不到，那套房子也是陆家的。

陆让尘带她进去，从玄关柜子里拿出一双干净的男士拖鞋给她："这房子以前一直都是我自己住，那会儿刚到南城，自己待着清静。"

祝云雀穿上他的拖鞋，走到客厅稍稍打量："现在不住了吗？"

"有时候也回来。"

陆让尘随意应着，瞥到什么，忽地挑起嘴角。

祝云雀看他："你笑什么？"

陆让尘盯着她看："笑你穿我拖鞋。"

祝云雀的脚不大，穿着陆让尘44码的拖鞋，颇有种小孩儿偷穿大人鞋的既视感。

祝云雀攥着钥匙扣，垂眸看了看自己穿着干净袜子的脚，不大自在地说："我脚不小，是你的拖鞋太大了。"

陆让尘问："'不小'是多大？"

祝云雀顿了下，说："37.5码。"

陆让尘挑眉："那多高？"

"……167厘米。"

这个身高在同龄女生里绝对不算矮，祝云雀说出来是有几分底气的。

奈何陆让尘就是不夸她，挑起眉毛，故意揶揄："还行吧，也就到我肩膀。"

祝云雀忍了忍嘴角的弧度，轻轻吐槽了句："你好无聊。"

陆让尘心情不错地扯着嘴角，从冰箱里拿出一瓶果汁，像上次那般，突如其来地贴在她脸上。

祝云雀被冷得缩了下肩膀，接过来才发现，陆让尘给她的，是和上次那瓶果汁一个系列的桑葚汁。

陆让尘轻扬眉梢："你随便看，我进去换裤子。"

祝云雀点头说"好"，陆让尘转身进了卧室。

祝云雀走到落地窗前，稍一偏头，就看到自己卧室的阳台。

她想，原来两人还可以离得这样近，近得仅隔一层玻璃。

祝云雀在陆让尘那儿没逗留多久就回去了。倒不是陆让尘赶客，而是程丽茹给陆让尘打电话，问他为什么这么久还不回家。

陆让尘果真像许琳达所说，很看重自己的母亲，即便嘴上不说，也还是拎起外套准备回去。

祝云雀跟着他离开。眼看电梯要来了，祝云雀忍不住说："不然我给你拿把伞吧，外面好像要下雨。"

陆让尘说："不用，司机在楼下等。"

祝云雀眼神疑惑："司机？"

陆让尘"嗯"了声："我妈那边的。"

他没细说，只朝她递了个"回见"的眼神，就上了电梯。

祝云雀站在电梯门口，看着电梯下行，心头突然涌上一股难以言说

124

的失落感。

回到被收拾好的家，祝云雀把陆让尘给她的那瓶桑葚汁摆在书桌前，和上次那个已经喝空了的瓶子放在一起。她趴在书桌上，望着两个玻璃瓶发了会儿呆。

没多久冯艳莱回来，祝云雀这才从卧室出去。

冯艳莱正站在玄关处打电话，笑容透着几分含蓄的讨好："真是谢谢小让了，要不是他，雀雀肯定处理不好，她那么胆小。

"是，是是，楼下那人也跟我说了，还问我小让是不是我家孩子，我说我哪有那福气啊。

"别别别，你可千万别不收钱，本来就是我们该给的。是我们没拧好水龙头，又不是房子出了问题。

"咱俩谁跟谁啊，你就收下吧，改天我请你吃饭。

"哦，东西落这儿了？什么东西？"

说到这儿，祝云雀的眼神和冯艳莱对上。那头似乎说了什么，冯艳莱应了两声，叫祝云雀过去。

祝云雀心绪微悬，怕冯艳莱责难。冯艳莱却把手机递给她，小声道："你程阿姨让你帮她找点儿东西。"

祝云雀睫毛轻颤，乖乖接过手机贴在耳边，然后，就听到陆让尘低磁的嗓音震在耳边："是我。"

祝云雀心跳不可遏制地加快。

她下意识地背过身，避免冯艳莱看到她的表情："你到家了？"

陆让尘声音慵懒低哑："刚到。"

想到程丽茹这会儿或许就在陆让尘身边，祝云雀不由得拘谨几分："你要我找什么啊？"

"手串。"陆让尘言简意赅，"你帮我看看，是不是落在你那儿了。"

祝云雀想到陆让尘帮她处理积水时，手上没戴着手串，便直接朝厨房那边看。那串黑曜石手串，就安安静静地躺在中岛台上。

祝云雀拿起来，沉甸甸的，将其握在掌心："找到了。"

陆让尘语气似乎轻松几分："找到就行。"

那边响起程丽茹关切的声音："找到了啊？找到就好。"

祝云雀没再说什么，转身把手机交还给冯艳莱。冯艳莱看了眼她手上的东西，并没多说什么，而是又和程丽茹寒暄两句。

打完电话后，冯艳莱才进卧室找祝云雀，问她今天到底怎么回事。

祝云雀知道是自己不对，也不敢敷衍，只能老实说水龙头没拧紧，还说上午回学校拿了点儿东西，这才碰到陆让尘。

到底是自己女儿，冯艳莱再生气也不能怎样，只能警告她下次小心，还问她中午吃饭了没。

祝云雀莫名就想到跟陆让尘没吃成的那顿午饭……也不知道下次还会不会有这样的机会。有些遗憾，她轻轻摇头说："没吃几口。"

冯艳莱以为她是被今天的事吓到了心情不好，便将声音放柔两分："行，那我去给你做点儿，正好我也没吃。"

她正要出去，又忽地想起："对了，你记得明天把那个手串还给陆让尘，他妈妈说那东西对他还挺重要的。"

说完她就关门离开。

空气安静下来，祝云雀摊开掌心，再度看向躺在手中的黑曜石手串。她不禁想，很重要，是多重要？还是说，是一个很重要的人送给他的，所以才弥足珍贵。

脑子不受控制地胡思乱想着，她拿起手机，鬼使神差地对着手串拍了张照片，发给陆让尘。

照片发过去没几秒，陆让尘回了两条消息。

陆让尘：刚才说话那么小声干什么？

陆让尘：我能隔空吃了你？

比起电话里的语气，这两句才是陆让尘的真正画风，嚣张霸道，倨傲轻狂。

祝云雀的心尖好似在颤，她缓缓打字：是你手机听筒不好，我明明很大声。

这个回答似乎挺无趣的，陆让尘隔了好一会儿才回：嗯，东西先放你那儿，我明天找你拿。

祝云雀轻抿了下嘴角，说：好。

本以为聊天就此结束，不想过了好半天，陆让尘突然又发来一条：

手机号码发我，我存一下。

祝云雀拿习题册的手一顿，一颗心像被他放飞的气球，忽上忽下地飘。她跟他确认：你是发错人了吗？

陆让尘：……祝云雀，你气人真的有一套。

即便隔着屏幕，也能感受到他的无语。祝云雀哽了哽，几秒后忍不住笑，把手机号发给他，同时陆让尘也把他的号码发了过来。

到此为止，两人对话才算真正结束。

祝云雀把那串号码存在手机通讯录里，想了半天，给他写了个独特的备注——"一百块"。

看着这三个字，她的嘴角不禁弯了弯。

第二天是周一，祝云雀醒得格外早。到校门口的时候碰到了许琳达，两人手挽着手进了班级。

上课铃很快打响。

周一学生的状态都很慵懒，好好的早课上得瞌睡连连。

祝云雀却很精神。她打算下课就把手串给陆让尘送过去，结果下课铃一响，郑国雄就出现在班级门口，让庞硕和斜后排的赵奇嘉换座位。

赵奇嘉诧异地看向祝云雀，赞叹道："可以啊祝云雀，你赢了！"

喧闹的班级安静下来，所有人都意外地朝第一排看，就连高歌眼里都是满满的意外。

许琳达连厕所都不去了，眨巴着眼过来凑热闹，问郑国雄："真的假的啊，老师？"

"这有什么假的，我又不是老眼昏花。"郑国雄恨铁不成钢地瞥了眼庞硕，"比人家低了快五十分，也不知道怎么考的。"说完就把昨天考完的卷子扔到他桌上。

庞硕被批得没了斗志，像个霜打的茄子垂着头。

郑国雄转身走了。

许琳达相当解气地抱住祝云雀："啊啊啊啊，恭喜啊我的雀！看以后谁还敢在背后嚼舌根说你考试作弊！"

她声音很大，恨不得让在场所有人都听到。

127

不仅全班人蒙了，祝云雀本人也蒙了。

她是真没想到成绩公布得这么快，甚至郑国雄连让她跟谁坐在一起都决定好了。

因为要换座位，祝云雀下课后根本没时间出去找陆让尘。

因为这事儿，祝云雀的名声很快就在高二传开，说 B 班出了个"女学神"，凭一己之力洗刷了作弊的冤屈。

总之，牛是真的牛，莽也是真的莽，清秀也是真清秀。甚至还有人说，其实论颜值，祝云雀一点儿都不比高歌差。她只是存在感太弱，从来不打扮罢了。

祝云雀倒没亲耳听到这些说法，只是觉得第一节课下课后，在 B 班门口晃荡的人莫名其妙多了许多。她全然不在意，心里只记挂着要把东西还给陆让尘。

然而到了 A 班，碰到周闯，她才知道陆让尘今天没来。她的心脏倏地往下沉了两分："他是生病了吗？"

周闯耸肩："不知道啊，今天突然就没来，我也不知道怎么回事，发微信不回，电话也打不通。"

周闯看她似乎有点儿失望，热心地问："你找他什么事啊，不然我帮你转达？"

祝云雀的确可以让他帮忙转交的，毕竟只是一条装在盒子里的手串，放在谁那里没什么不同。

可是……她就是不想。

祝云雀捏紧手中的盒子，摇头："没事，我等他来了再说。"

回到教室，祝云雀给陆让尘发了条消息，问他怎么没来。结果直到三节课过去，陆让尘都没回消息。就连许琳达在小群里嚷嚷祝云雀赢了庞硕，陆让尘也没出现。

祝云雀让许琳达帮忙找邓哲打听，邓哲倒是很快给了答复，说他也不知道陆让尘干吗去了。

看着群里的聊天，祝云雀忍不住问：他是不是生病了？

问出这句话时，她已经做好被调侃的准备。邓哲却见怪不怪的：也有可能啊，不过那家伙身体好得很，很少生病。

周闯就在这时道：刚刚林知念也来找他了，也说发消息、打电话都找不到他。

许琳达：她还挺关心让哥。

邓哲：关心让哥的人可多了，你要不要对每个都这么义愤填膺？

许琳达：你懂什么！

祝云雀看着两人斗嘴，心情五味杂陈，说不上是因为林知念也在找他，还是庆幸林知念也找不到他。

赵奇嘉就在这时拎着半瓶水回来，在她眼前打了个响指："想什么呢？都想呆了。"

祝云雀回过神看他。赵奇嘉笑起来很阳光开朗，嘴角有个浅浅的梨涡，模样有点儿帅，是和陆让尘截然不同的类型。

这种如沐春风的感觉，让祝云雀沉闷的心情稍稍好转了些，她勾了下嘴角说："在想下节课老师要讲什么。"

她把下节课要用的教材拿出来，赵奇嘉也跟着找起来。

或许人和人之间的气场真的可以互相影响。祝云雀就觉得，现在的氛围远比她和庞硕坐在一起时轻松。

刚好这会儿，手机又响了。邓哲在群里问她换的新同桌是谁，顺不顺眼。

祝云雀还没来得及回复，许琳达就突然冒出来：赵奇嘉啊，算是我们班最帅的男生了。

看到这话，祝云雀愣了下，没忍住看向赵奇嘉。她还是第一次遇到八卦对象就坐在自己身边的情况。

赵奇嘉发现她在看自己，笑了："看什么，我脸上有东西啊？"

"……没有。"祝云雀摇头，薄薄的两片耳朵在阳光下仿佛透着光。

赵奇嘉不知不觉多看了她两秒，又忽地抬手挠了挠后脑勺，兀自笑了笑。

祝云雀心思全然不在他身上，只顾低眸看群里的对话。

许琳达这会儿已经开始说赵奇嘉的性格和人品了。简而言之，就是脾气很好的小帅哥，跟祝云雀本来关系就不错，不可能欺负她。

邓哲来了句：这还差不多。

然而周闯嘴欠得要命：听你这么说，我怎么感觉他和祝云雀还挺搭？

这观点挺突然的，祝云雀直接哽住。

群里的许琳达和邓哲则默契十足地发了两串省略号。

祝云雀连忙在聊天框里打了句"不要胡说"，可还没发出去，就被另一条消息抢在前面。

陆让尘：哪儿搭？

这三个字出现得突然，愣是隔了好几秒，群里才死灰复燃般再度有了动静。

邓哲：阿让？

周闯：你"活"了？

许琳达：让哥你干吗去了啊？我们都担心死你了。

三人真情实感地关心他，只有祝云雀猝不及防地呆住。

她删掉聊天框里的字，重新输入：你为什么没来学校，是生病了吗？

她似乎天生就比别人打字慢，这次依旧是还没发出去，就被陆让尘抢了先。

陆让尘说：就上次篮球赛输我三个球那个？

祝云雀指尖顿住，好几秒才意识到，陆让尘的关注点依旧在赵奇嘉身上。

那次篮球赛，赵奇嘉好像确实输了陆让尘三个球。邓哲是真没想到这家伙这么执着，直接取笑他：差不多得了啊。

周闯也说：就是就是，攀比心不要太重。

许琳达：哇，让哥，你真是的，枉我们几个这么关心你。

祝云雀红着脸，终于发出一串省略号。

陆让尘云淡风轻，像早就对这几个损友的调侃免疫：都说她是妹妹了，当然要在意。

结果又被起哄。

祝云雀很没出息地在夹缝中又发了一串省略号。

这次陆让尘懒得和那几个聒噪的人废话，直接私聊祝云雀。

陆让尘：今天早上突发意外，回北城了。

消息令祝云雀心口一突。

130

祝云雀：所以你是上了飞机，电话才打不通？

显示正在输入，几秒后，陆让尘：你给我打电话了？

祝云雀：……没。

祝云雀犹豫几秒又说：他们说林知念给你打了，打不通。

说完，祝云雀耳根燥热起来，无比鄙视自己的小心思。

陆让尘却说：哦，我故意的。

指尖顿住，祝云雀忽然很想问，如果是她打呢？如果是她打，陆让尘是不是也会不接？然而她并没有这份勇气问下去。

此时的她只有勇气说：那你什么时候回来？手串还在我这儿。

陆让尘：先放你那儿吧，我暂时回不去。

祝云雀微微怔住：为什么？

陆让尘：奶奶突发心脏病，要陪护她一阵。

祝云雀：奶奶还好吗？

陆让尘：脱离了危险期。

胸口那种闷闷的感觉再度涌上来，祝云雀和他一样低落。

祝云雀：那你要好好陪着她。

陆让尘：嗯。

隔了几秒，他又道：手串就拜托你好好保管了。

祝云雀看着这行字，像是得到一点点慰藉，终于弯起唇角。她说：好。

陆让尘已回北城这件事，伴着南城迟来的冬季，很快便在校内传开。

据许琳达说，这阵子林知念消停不少，都没见她往楼上跑。往日门庭若市的 A 班门口萧条许多。

祝云雀对此没什么感知。自打知道陆让尘回了北城后，她的心反倒神奇地安静下来。

但她还是会关注小群里的聊天，期待陆让尘每天能出现说几句话。

可实际上，陆让尘出现的次数并不多。即便出现，也只懒懒搭上一句。再不然，就被许琳达和邓哲拉去打游戏。祝云雀几乎很难真正单独和他说上什么。

131

每次看到许琳达晒游戏战绩，祝云雀就特别羡慕。可许琳达每次劝她学，她都毫不犹豫地拒绝。学不会是一方面，另一方面打游戏也太费时间，很快就要期末考，祝云雀不敢影响成绩。

许琳达对她的理智佩服得五体投地。

但其实不然，祝云雀根本没有许琳达想象中理智，她只是习惯把自己的心事隐藏，习惯一个人默默惦念。那本夹着陆让尘给她的一百块钱的日记本，不知不觉成了她的"手账本"。

她会把有关陆让尘零零散散的记忆，通过文字的方式记录在上面。也会把她四处搜寻来的陆让尘的照片打印出来，贴在日记里面。比如她从邓哲朋友圈里发现的陆让尘；比如校网球队的大合照里，他那稍显模糊的身影。

她还偷偷用冯艳莱的手机看程丽茹的朋友圈，偷看和他有关的消息。

在陆让尘"消失"的那段日子里，制作"手账"成了祝云雀消除学习疲劳的唯一乐趣。

转眼十二月来临。南城下了入冬的第一场雪，祝云雀的生日也即将到来。

那天是十二月二十九日，她生日的前一天。雪很白很厚，整个南城三中都沉浸在浪漫的氛围里。

为了让学生放松，课间操改成休息。第二节课下课后，许琳达拉着祝云雀出去打雪仗。

刚巧在操场上，她们俩碰到了赵奇嘉和班上另外一个男生，四人挺熟的，就干脆玩到一起去。

赵奇嘉无意间听到许琳达说起明天祝云雀过生日的安排，直接愣住："那你是摩羯座啊？"

祝云雀穿着白色短款羽绒服，戴着白帽子，冻得鼻头红红的，像个糯米团子。她点头："不像？"

赵奇嘉："像，看你脾气就是标准的摩羯座。"

祝云雀并不认为这是什么好话，毕竟网上对于摩羯座的形容是木讷保守，自闭孤独。

有些累了,她叫许琳达一起回教室。

赵奇嘉和朋友也跟着她们俩一起上楼,他三步并作两步走,笑着问她:"你就不好奇我是什么星座吗?"

祝云雀瞥他一眼,看在他是自己同桌的份上,很给面子地问:"你是什么星座?"

赵奇嘉笑得有点不好意思。

身后的许琳达忽然嚷了声:"你们先回去吧,我去找邓哲。"话说完,她就跟一阵风似的下了楼,朝C班方向走去。

祝云雀猜她应该是和邓哲吵架了,没说什么,转身和赵奇嘉往三楼走去。

赵奇嘉说:"这许琳达还真是风一阵雨一阵的。"

祝云雀岔开话题:"你还没说你是什么星座。"

"我啊,"赵奇嘉终于得到关注,笑得很开心,"我是处女座啊。"

话落,祝云雀忽然就明白,他刚刚为什么突然扭捏。

上了三楼,祝云雀嘴角的笑意不自觉浮动着,正想吐槽赵奇嘉什么,余光却无意间瞥见A班门口某道慵懒颀长的身影。

他个子太高了,就只是靠在那儿,也远比别人惹眼。偏偏一身恣意,让他存在感更为浓烈。即便站在几个男生的边缘,也依旧耀眼得宛如高岭之上的冷月。

隐约感知到对方投来的幽深目光,祝云雀心跳不平静地顿住脚步,胸腔里的氧气像瞬间被抽走,呼吸急促起来。

祝云雀直直对上陆让尘的目光。只见少年穿着温暖的白色高领毛衣、宽松牛仔裤,就这么双手插兜,垂着薄薄的眼皮,状似不经意,却又不偏不倚地盯着她。

别的男生嘻嘻哈哈地说着话,他却全然无心参与,只半瞬不移地盯着祝云雀。

不知道是不是错觉,祝云雀总觉得,他那眼神就好像在质问。

祝云雀陷入短暂的迷茫。她动了动唇,想叫他一声,却不巧上课铃就在这时打响。

陆让尘漫不经意地收回目光,像什么都没发生般,就这么面无表情地站直身，转身回了教室。

看着他的背影，祝云雀再次体会到那种空落落的滋味。

赵奇嘉叫了她一声："怎么不进去？"

祝云雀抿唇回过神，也转身进了教室。回到座位上，她摘掉帽子、手套，机械地脱掉外套，挂在椅背上，发了几秒的呆。

忽然手机振动两声。

老师还没来，祝云雀眉心轻蹙，低眸朝手机看去。却怎么都想不到，发来消息的人，居然是陆让尘。

陆让尘先发给她一个冷脸微笑的表情，紧跟着问：才一个多月不见，就不会叫人了是吧？

祝云雀压抑着无声加快的心跳，紧紧蜷缩着指尖，说不上委屈还是悸动，她很快敲字：明明是你先看到我的，也是你先进班级的。

陆让尘答非所问：刚刚那个是赵奇嘉？

祝云雀不懂他为什么总关注赵奇嘉，她说：是，怎么了？

陆让尘：没怎么，也就一般。

两句话说得云里雾里，祝云雀不是很明白：……什么一般？

然而陆让尘并没有解释，而是说：上课了，说话不方便，等会儿下课见。

祝云雀再一抬眼，英语老师进来了。她将手机关机，匆忙放回桌肚里。后来课上了好一会儿，她才后知后觉地解读出那句话的意思。如果没猜错，陆让尘指的是……赵奇嘉这个人，也就一般。

英语课从不拖堂，一下课，同学们便稀稀拉拉往外走。

祝云雀没急着出去，她先把下节课要用的书本准备好，才从桌肚最深处，取出存放了好久的方形小礼盒，里面保存着陆让尘的那条手串。为了有仪式感，祝云雀还往里面放了个小香包。

这一个多月以来，她时不时拿出来看看，权当无形的精神寄托，没想到今天刚好派上用场。

祝云雀把小方盒握在手中，还没出去，就被许琳达叫住："让哥回来了，你知道吗？"

"知道，在走廊碰见了。"祝云雀说，"你要不要跟我一起去找他？"

许琳达心情不好,再加上生理期不舒服,摇头说:"你去吧,我就不去了。"

说完她大摇大摆地回座位。

赵奇嘉闻言无声地朝祝云雀看了眼。

祝云雀全然不知,只顾着套上外套匆忙离开教室。

深冬的走廊弥漫着明显的湿冷。祝云雀按捺着如坐针毡的心情,没几步就来到A班后门。

周闯看到她,扬声喊道:"让哥,祝妹妹找你!"

他这一嗓子太刺耳,A班好些人都朝她投去八卦的目光。祝云雀根本不知道,她早就在不知不觉间成了年级里的新红人,A班有不少人想认识她。

她就像往常一般,安静地站在那儿,默默看向最后一排靠窗位置的陆让尘。比起一个多月前,少年似乎瘦了些,就这么单手撑头,懒懒地看着手里的悬疑小说。

直到被周闯叫了声,他才朝她淡淡地瞥来。

视线相触的一瞬,祝云雀像被电流击中般微微屏息。陆让尘注视着她,眼底淌过很轻的笑意。

到了门口,陆让尘插兜,懒懒地倚在门上,低眸冲她摊开掌心。

祝云雀把东西交到他手上。

陆让尘打开盒子,扑面而来的栀子香让他眉梢轻扬。

祝云雀眼神轻闪,问:"……怎么了?"

陆让尘垂眸把手串戴到手上,又递到她鼻尖下示意她闻。

动作很突然,祝云雀心神一荡,视线就只顾定格在他腕骨处那颗滴墨般的痣上。

陆让尘面不改色地说:"跟你身上的味道一样。"

他说这话时神色清正又坦然,没半点歪心思,可越是这样,越能搅动旁人的心思。祝云雀默默红了耳根:"嗯,那个香包是我一直用来熏衣服的。"

陆让尘点了下头:"挺好闻。"

祝云雀翘了下嘴角。走廊上人来人往,她略显客套地问:"你是什么时候回来的？"

"昨天。"陆让尘把玩着盒子，云淡风轻道，"你没看群？"

祝云雀摇头："昨晚作业很多。"

陆让尘勾了下嘴角："也是，你眼里就只有学习。"

祝云雀听出一点讽刺的意味，却不敢深想。只是忽然想起明天是自己的生日。原本她打算和许琳达还有妈妈一起过，但陆让尘回来了，她的计划一下就乱了。

她不知道陆让尘明天会不会有时间。如果可以……她希望自己今年的生日，能和他一起过。

思及此，祝云雀稍提一口气，想问他明天晚上有没有事，可还没来得及开口，就被身后一声清脆的"陆让尘"打断。少女如黄鹂鸟般的声线在走廊荡开，透着明晃晃的欢喜。

祝云雀心头像被潮水眨眼间淹没，一扭头就看到林知念不知何时来到陆让尘跟前。

她对祝云雀视若无睹，惊喜地问陆让尘："你今天就来上课了啊？怎么不提前跟我说一声？"

陆让尘稍怔了下，眉头轻蹙："你来三楼干什么？"

"来找我朋友啊。"林知念无论何时都高高兴兴的，"这不正好看到你了。"她上前一步，笑容甜美，眨着眼看着陆让尘，"正好跟你说一声，我爸明晚过来接咱俩，我妈还要给你做你喜欢吃的菜呢。"

似乎才想到还有这么一回事，陆让尘面露不爽。

林知念察言观色，也皱起眉，说："你别告诉我你又要反悔啊，你爸爸答应让你给我补习的，这都欠了多少次了？"

陆让尘轻抬眼梢，看向被挤到后面的祝云雀："你刚要跟我说什么？"

隔了个林知念，两人之间的气氛微妙地生疏起来。

祝云雀指尖颤了下，轻声说："没什么。"她只是觉得，自己实在不应该成为那个搅局的人，她说，"你们聊吧，我先回去了。"

说完她转身就朝B班的方向走去，走得丝毫没有留恋。

陆让尘目光幽深地望着少女单薄秀气的背影，眸底看不出情绪，却也没挪动身子。没几秒，他忽地扯了下嘴角，像不爽，更像自嘲。

林知念隐约察觉到什么，脸色不悦地道："陆让尘，你和这个祝云雀——"

话还没说出来，陆让尘眼风凉凉地扫向她："还有事儿？"

不知道是不是那场雪仗的缘故，祝云雀一整天都头昏脑涨的。

许琳达笑说两人是难姐难妹，当晚放学后，还特意让司机多送她一程，又顺便问她和陆让尘"沟通"得怎么样。

祝云雀不是个情绪外露的人，只是轻描淡写地说给他送了个东西，没沟通什么。

许琳达唉声叹气的："这让哥也真是的，一个多月没见，回来也没说叫咱们聚聚。"突然她眼神一亮，"对了，你跟他说了你明天生日没？"

祝云雀摇头："他明天有事。"

许琳达悻悻地"啊"了一声，感叹时机不巧。要不是这阵子她和邓哲闹矛盾，肯定早就攒局了，想想又道："不然就我们几个过呢，不叫邓哲？"

祝云雀无奈地笑："别了，这样搞得我们好像在孤立邓哲。"最主要的是，她怕陆让尘即便知道明天是她生日，也依旧选择不来。

许琳达不知道她真正的想法，只是在琢磨过后觉得确实不大好，末了就只是轻哼，说："没事，我陪你一起过！"

于是第二天的安排就这么定下来，许琳达和祝云雀说好了，当天放学后陪她一起过生日。至于是在家里吃，还是去外面吃，由冯艳莱决定。

然而计划永远没有变化快，第二天中午刚过，祝云雀的感冒就加重成发烧加咳嗽。

最开始发现祝云雀不对的是赵奇嘉，他先是给祝云雀倒了杯热水，又给她找了点感冒药。祝云雀吃了两片，不但没好转，整个人还昏昏沉沉的。

郑国雄知道她病了，特意从别的老师那儿借来体温计，一量才知道烧到三十九度。

当天校医还不在，郑国雄只能给冯艳莱打电话，让她把祝云雀接走。

可冯艳莱那会儿店里生意正好,忙得根本抽不开身,就只能让祝云雀自己打车回家。

电话被挂断,郑国雄很无语:"你妈做什么的啊,就这么忙?"

祝云雀默不作声。到最后,还是赵奇嘉和许琳达自告奋勇地把祝云雀送出学校,顶着不小的风雪陪她一起等出租车。

本来这两人还打算把她送到家门口,但祝云雀拒绝了。

从小到大,她发烧感冒不在少数,还是扛得住的。而且她家小区楼下就有一家诊所,下车走几步就到了。

许琳达拗不过她,只能算了。倒是赵奇嘉,见她今天穿得不多,也没戴围巾,干脆把自己的围巾摘下来,二话不说绕在她脖子上。

这举动直接把许琳达弄傻眼了。

祝云雀迷迷糊糊的,还没反应过来,就听赵奇嘉认真道:"你别嫌弃啊,这围巾我前两天刚洗,很干净。"

许琳达继续傻眼。

被瞧得有些不好意思,赵奇嘉尬笑了下,给自己解围:"谁让她穿这么少,还不戴围巾。"

好像确实也没毛病。许琳达扭头对祝云雀道:"也是……你戴着吧。"

祝云雀烧得迷迷糊糊的,哪还有心思管那么多,只觉脖子被围住起码不那么冷了。

赵奇嘉担心她一个人不行,最后还是跟祝云雀一起上了车。

风雪交加的,又有赵奇嘉陪着,许琳达被成功劝退,独自回了班级。后来天色渐黑,最后一节课结束,终于放了学。许琳达磨磨蹭蹭地出教室,刚走没几步,就看到邓哲站在A班门口等陆让尘。

两人视线撞上,许琳达一翻白眼,径直朝前走。

邓哲拿她没办法,叹息一声,上前拽住她:"行了啊大小姐,我都把礼物还给人家了,你怎么还跟我生气啊。"

大约是这几天委屈,加上心疼祝云雀,许琳达心里憋闷,眼眶一下就红了。也不管周遭有没有人,她冲邓哲嚷嚷:"礼物你爱收不收,关我什么事!"

邓哲顿时被噎住,哭笑不得。

就是这会儿，陆让尘从 A 班出来，跟在他身后的还有高高兴兴的林知念。

陆让尘看向他们俩，第一反应不是这两人闹什么矛盾，而是少了某个人。

许琳达也注意到陆让尘和林知念，一下更生气了。她冷笑一声，开启群嘲模式："你们都一个德行！"说完转身就走。

邓哲都气笑了："许琳达你差不多得了啊，骂我就骂我，关别人什么事？"

本想随便她的，但想想还是堵得慌，邓哲就追上去，揪住她胳膊，想和她好好掰扯清楚。

身后的林知念看到，嫌弃地说："她有病吧，你又没招惹她。"

陆让尘没搭理林知念，微拧着眉，朝前面两人走去。正想开口问一声祝云雀哪儿去了，结果许琳达忽然扬声对邓哲道："还过什么生日啊？今天雀雀都病了，回家打针去了，再说就算过生日我们俩也不带你们。"

她说的是"你们"，不是"你"，陆让尘脚步顿住，下一秒就和气头上的许琳达对上视线。陆让尘喉咙微紧，目光凝着股难以掌控的浮躁，诧异道："祝云雀今天生日？"

"是啊，很奇怪吗？"许琳达梗着脖子看他，"你还知道关心雀雀啊？不过关心也晚了，赵奇嘉把她送回家了，还给她系了围巾，可贴心了。"

许琳达还想说，哪料陆让尘根本没听，眉峰一拧便擦过她的肩膀，步伐生风地下了楼。

那架势，谁也不敢拦，谁也不敢问他干什么去。

许琳达蒙了。

还是林知念回过神，狠狠白了眼许琳达，吼她："你神经吧！"说完一跺脚，立马跟个牛皮糖似的粘上去。

许琳达无语，几秒后，和邓哲面面相觑，她问邓哲："……我是不是惹事儿了？"

"你说呢？"邓哲"呵呵"两声，"自求多福吧你。"

第六章·
难忘的生日

赵奇嘉把祝云雀送到诊所后才走。他本来是想陪祝云雀打完点滴,是祝云雀不让,坚决让他离开。

不过走归走,围巾倒是留下了,厚厚的羊绒材质,绕在脖子上很暖。祝云雀因而稍稍舒服了些,整个人缩在座位上昏昏沉沉的。

就这么打到第二瓶药时,手机响了。是冯艳莱打来电话。祝云雀撑着疲惫的眼皮按下接听键,听到冯艳莱在电话那头关心她情况好不好,现在还难不难受。

难受肯定是难受的,也不会因为她的关心就变得好受。可祝云雀从不是愿意给人增添负担的性格,即便是自己的妈妈,所以她也想也不想便说自己没事。

冯艳莱听到她说没事,顿时放心许多,随后又说自己会尽快回去的。祝云雀已经不把她的话当真了,只是机械地随口应付。

没多久,电话终于打完。祝云雀想把手机塞进羽绒服口袋里,继续睡觉,手机却再次响了起来。

祝云雀低眸一看,视线定住,"一百块"三个字在屏幕上来回闪烁。滚烫的指尖微蜷了下,有那么一瞬间,她以为自己烧糊涂了,以至于怔然好一会儿,都没按下接听键。

直到小诊所的玻璃门被推开,与此同时,来电铃声中断。

陆让尘就这么裹挟着一袭风雪，突如其来地坐在她身边。清冷的空气混着好闻的乌木沉香，铺天盖地间，让人有种天旋地转之感。

祝云雀呼吸一滞，扭头望向眼前少年。

陆让尘正目不转睛地看她，深浓的眸像翻涌的海。那双狭长深邃的眸子里，好似酝酿着深不见底的情绪，但他只是面无表情地将自己脖子上那条围巾利落果决地摘下来。

祝云雀微微张嘴，还没来得及吐出一个"你"字，就见陆让尘把她脖子上的围巾取下丢到一边。

脖颈的皮肤感知到一抹冷空气，下一秒，那条温暖的围巾就这么绕在了祝云雀纤细的脖颈上。

顷刻间，两人距离仅有两个巴掌那么近。

祝云雀烧得双颊通红，眼神也生出几分呆滞，目不转睛地看着他，以为在做一场不真切的美梦。

陆让尘却低眸定定锁着她，像是情绪终于尘埃落定般，眼波多出几分温暖。

他蓦地开腔，是种不失少年感的温柔低哑嗓音："今天你生日？"

要怎么形容这一刻的感受呢？祝云雀在脑中想了一遭，最终得出的结论是，她形容不来。

学过的所有词汇都不足以描绘她此刻的心情，她只是觉得，自己好像被困在一场虚幻的梦中。

梦里，陆让尘会为她计较一条无伤大雅的围巾，也会问今天是不是她的生日。

眼看祝云雀不知所措地怔住，陆让尘轻挑眼梢，眼底透着点儿无可奈何，说："怎么，烧糊涂了？"

祝云雀的意识这才归位，睫毛颤了下，她吐息温热："已经好多了。"

虽然语气平淡，胸腔里却好似绽开无数道烟花，升空，再爆炸。

陆让尘自然看不出她在努力稳住心神，只是感觉她很不舒服。他敛了敛眸，瞥了眼被他丢在一旁的围巾，问："就你一个人？赵奇嘉呢？"

"……你怎么知道的？"

"许琳达说的。"

祝云雀张张嘴，紧接着慢半拍地答："他回去了，刚扎针的时候，我就让他回去了。"

陆让尘看似不经意地看她一眼。祝云雀眉眼清淡素净，没有半点撒谎的痕迹。被她眸底的清白晃到心神，陆让尘咽了下嗓，后知后觉地撤回越界的姿态，他说："阿姨知道吗？"

"知道的。"

"那她等会儿来陪你？"

"不一定。"顿了下，祝云雀温暾道，"你怎么过来了？还有，你是怎么知道今天是我生日的？"微小的希冀像火苗在她眼中闪烁。

陆让尘斜睨她："你觉得呢？"

避重就轻的回答，四两拨千斤。就好像事实摆在眼前，至于怎么想，全由她自己决定，他不负责。

可祝云雀又哪里擅长这种，她指尖微微收拢，有一丝微妙的泄气。她自然不会觉得陆让尘是专门过来看自己的，所以便理解为是许琳达告诉他的。

于是她说："我没让许琳达告诉你。"

陆让尘眼神意味深长地一顿："弄了半天是故意不告诉我的啊？"

"……他怎么会这么认为？祝云雀无奈地看他："我没故意不告诉你，我想过告诉你的……但是……但是林知念出现了。"

祝云雀眉头轻蹙了下，尽力掩饰那份不舒服，淡声道："我以为你今天要去她家吃饭的。"

陆让尘哼笑了声，腔调慵懒又倨傲："想请我可没那么容易。"

这话好似一语双关，祝云雀心神微凛，扭头看他。

他正低眸回着消息。祝云雀又扭头看向吊瓶。吊瓶里还剩三分之二药水，这瓶打完，还有两瓶，也不知道要打到什么时候。

陆让尘顺着她的视线看去，轻描淡写地问："吃东西了吗？"

祝云雀指尖随着心悸蜷了下，低声说："没吃呢。"

陆让尘应声起身。祝云雀有那么一刹那以为他要走，可一转头就发现他的书包仍旧放在座位上。

可伸出的手收不回来，祝云雀也不知自己怎么就头脑发蒙，直接拽

142

住了陆让尘的羽绒服。

祝云雀薄薄的面皮瞬间又窘又烫，她几乎一刹那就收回手去。

陆让尘似将她看穿般轻笑："怎么，以为我要走？"

祝云雀紧抿着唇，垂着眸不说话。

"我不走。"陆让尘勾了下嘴角，"我去买点儿东西，就回来。"

不知道是不是错觉，祝云雀竟从他口中听出一丝哄人的意味。她嘴角噙起极浅的笑容，乖乖点头，再恋恋不舍地望着陆让尘的背影。直到那玻璃门再度关上，她才轻舒一口气，有了没在做梦的实感。

陆让尘走后没多久，许琳达给祝云雀发来消息。

许琳达：宝贝你怎么样了？

许琳达：让哥去找你了吗？

心情或许是影响疾病的重要因素，祝云雀比之前舒服许多，打字也有了力气，她说：他来了。

许琳达：！！！

许琳达：不愧是我让哥，真说到做到啊！

祝云雀：什么说到做到？他说什么了？

许琳达直接打来语音电话详细描述。

就是放学那会儿，林知念过来堵陆让尘，想带他回家吃晚饭。结果陆让尘听许琳达说今天是祝云雀生日，还生了病，直接撂下林知念走了。

林知念急得不行，赶紧去拦他。没想到陆让尘直接把话说明白了，说不会给她补习，也不会去她家吃饭，对她更不会有别的意思。

林知念的眼泪一下就掉下来了。

那会儿许琳达和邓哲就在楼梯上看着。等林知念哭着走掉，陆让尘才想起什么，转身问许琳达祝云雀什么情况。

许琳达马上挺直腰板，告诉他祝云雀发生了什么，又见缝插针地问他是不是要去看祝云雀。

"当时他挺微妙地停了一瞬，那态度我也有几分拿不准，就没告诉你。"许琳达平心而论，"不过现在看来，让哥还挺会制造惊喜的哈。"

祝云雀没吭声，胸腔里奄奄一息的火苗却早已躁动起来。她不知道这意味着什么，毕竟陆让尘本就对她还不错。

她惊讶的是陆让尘对林知念的态度，就仿佛那根刺被他亲手拔掉再扔开。

忐忑又浮躁的心情无端爬上来，祝云雀声音绷紧："也不一定是制造惊喜吧，也可能是他刚好想过来。"

"哪有那么多刚好啊？"许琳达才不信，"你这个人啊，就是对自己太没信心，反正我觉得让哥对你最不一样了。"

说到这里，诊所的门再度被推开，是陆让尘回来了。少年一身黑色，气质似远山冷雾般凛冽，只在看到她时，眼神才会稍显柔和。

祝云雀嘴唇微抿，小声说了句"他回来了"，便匆匆挂断电话。再抬眸时，陆让尘已经将那一塑料袋零食放在椅子上。

祝云雀没想到的是，他的另一只手还拎着一个六寸的小蛋糕。白色裱花奶油上点缀着两个红草莓，很简单的款式。

祝云雀心跳快了两拍，呆呆地看向陆让尘，忽然就记不清这是今晚的第几次惊喜了。

陆让尘很轻地笑了下，冲她扬眉说："这是我在附近能找到的最好的蛋糕了，凑合吃吧。"

在她旁边坐下，陆让尘把蛋糕盒拆开，又将细细的蜡烛从包装纸里抽出来，瞥她一眼："十八岁了？"

祝云雀目不转睛地看着他的动作，隔了好几秒，才反应过来他是问自己的年纪。

祝云雀眼神轻晃，说："没有，还没有到十八周岁。"

陆让尘挑着眉，打趣道："那许琳达上次说你也是十七周岁。"

"她什么时候——"

话到嘴边，祝云雀忽然想起许琳达生日那天几个人在音乐餐吧，许琳达当时说了句，雀雀也是十七周岁。

那都是多久之前的事了……他怎么还记得。

心里暗起波澜，祝云雀摇头说："她的意思是，我如果过生日的话，也是十七周岁。"

陆让尘听闻略一点头，也不知道怎么想的，随手插了两根蜡烛在上面，和她的年纪完全不相干。

144

陆让尘懒懒散散地睨她一眼："那怎么，你来插？"

祝云雀嘴角抖了抖，有点想笑，但硬憋了回去。

陆让尘嗔怪又无奈地轻叹："谁让你不提前说，现在只能凑合了吧？"

似乎受了点小风寒，他嗓音微哑中透着一点鼻音，听起来比往日更温柔两分。

祝云雀默了默，小声咕哝："那就下次呗。"

陆让尘闻言看她："嗯？"

祝云雀迎着他笔直的目光，鼓起勇气："下次过生日，我一定提前告诉你。"

少女眼神真挚诚恳，是最纯粹的可爱。无声对视两秒，陆让尘唇角蓦地一勾。

祝云雀被他那不经意的一笑闪得心脏高高悬起，她以为他会痛快地说句"好"，不承想那个笑容便是点到为止。

陆让尘没再应声，修长的手从外套口袋里，抽出一只廉价的打火机，"啪嗒"一声，将两根蜡烛点燃。

突然跳跃的火光，瞬间将少女漆黑的眸底点亮。

祝云雀视线不自觉地落定，神色像森林中初见萤火的精灵，满眼的欣然、雀跃，和开心。

陆让尘视线落在她白皙的面庞上，没忍住多逗留几秒。蓦地，他轻声说："祝云雀小朋友。"

心尖一颤，祝云雀越过火光怔怔地望向他。这一瞬，少年缓缓垂落的视线仿佛将她的心房撞破，他缓缓弯唇道："生日快乐。"

那晚的蛋糕和燃烧的蜡烛，最终成了祝云雀十七周岁崭新的记忆里最难以磨灭的存在。

她不仅亲耳听到陆让尘对她说"生日快乐"，还在陆让尘的催促下许了愿。

蜡烛不经烧，所以祝云雀只许了一个愿，那就是，希望明年她生日，陆让尘还在。

许下这个看似没有任何难度的愿望，祝云雀吹灭蜡烛。陆让尘帮她把蛋糕切开，放在椅子扶手上，方便她吃。

祝云雀没有什么胃口，但因为是他准备的，便乖乖拿起塑料叉。

陆让尘也吃了一块，吃进去第一口，他好看的眉毛便蹙了起来，是真的很难吃，他干脆不让祝云雀吃了。

祝云雀却天真地拦住他："不能浪费食物。"

陆让尘被她逗笑："你还挺知道节俭。"

祝云雀装没听见，把剩下的一点儿吃完，回头还不忘用纸巾擦了擦嘴角的奶油。

陆让尘怕她吃不饱似的，随手扯过旁边的零食袋放到她那边的空座位里。

祝云雀愣了下："给我的？"

"不然呢，我又不爱吃那些东西。"

祝云雀顿感几分受宠若惊。她看了眼袋子里的零食，都不便宜，全是她平时舍不得买的。

沉默了两秒，她说不上是什么滋味，轻声说了句"谢谢"。

陆让尘似乎想说什么，可话还没说出口，程丽茹的电话就打了过来。

离得近，祝云雀认出他妈妈的声音。陆让尘低眸盯着光滑的地板，垂着眼梢，神色倦怠地"嗯"了声，说收拾好就回去。

程丽茹似乎还嘱咐了什么。陆让尘没再吭声，简单敷衍几句便挂断，心情不是很好的样子。

再抬眼时，祝云雀怔怔地看他："要回去了吗？"

陆让尘眼神有几分戏谑地说："怎么，舍不得啊？"

她反应过来，陆让尘今晚并不是专门为她过来的，而是回来收拾什么，顺便看一眼她。虽然她本也没觉得陆让尘是专门为她过来的，但不代表她不失落。

眼底淌过淡淡的失意，祝云雀稍稍别开目光说："那你快回去吧，已经很晚了，别让阿姨担心。"

"那你呢？"陆让尘轻抬下巴，"还剩两瓶药，自己打？"

"我没事，还有大夫在。"祝云雀说，"我妈等会儿也要回来了。"

她没骗陆让尘，冯艳莱刚刚给她发了消息，说路上堵车，等会儿就能回来陪她。

陆让尘闻言静默须臾,眸底意味不明,看不出在想什么。

有那么一瞬,祝云雀以为他要跟自己说什么,可那种参不透的情绪,只在他眼底逗留了很短的时间。她还没来得及弄懂,陆让尘就云淡风轻地说:"有人陪你就行了。"

话落,他起身,将书包随意挂在肩膀上。祝云雀目不转睛地看他。

陆让尘抬手,在她头顶揉了揉。祝云雀呼吸滞住。

陆让尘长眸微垂,浓长的睫毛将情绪遮掩。他蜻蜓点水地一笑,说:"走了。"

冯艳莱将近九点才来接祝云雀回家。她买了个很大的生日蛋糕,说回家给祝云雀烧几道拿手菜。

夜里寒风刺骨,祝云雀没什么力气再庆祝,拎着陆让尘给她买的那一大袋子零食跟着冯艳莱上了楼。

进家门前,她特意看了眼对门。棕色的防盗门紧紧关着,里面没有任何声响,看不出家里有没有人。

祝云雀想,或许陆让尘已经收拾好回去了。不过没关系,他们明天还会见面的。

大抵是病毒感冒太严重,当晚祝云雀只简单跟冯艳莱吃了口,便洗澡上床睡觉。

没有意外地,陆让尘又一次来到祝云雀的梦中。

梦里,她追着陆让尘上了65路公交车,前方人影憧憧,不论她怎么往前挤,都无法追上他。到最后,只能眼睁睁看着少年颀长高大的身影随着人流下了公交车,再消失于茫茫人海。

梦中的失落感像一场大雨兜头落下,淋得她心头潮湿一片。醒来时,已是凌晨三点。

祝云雀微微喘着气,对着漫无边际的夜色发着呆。

第二天,冯艳莱确认祝云雀状态还可以后才出门。临走前,她还嘱咐祝云雀,说实在不舒服,就跟老师请假回家休息。

祝云雀乖乖应着,心里却像较着劲儿似的,想着不管怎么不舒服,都要上学。还有不到十天就要期末考试，祝云雀没那个心思偷懒，她必须考进 A 班。

抱着这个信念，祝云雀拖着疲乏的身体到了学校，把赵奇嘉的围巾还给他。

赵奇嘉看着被她叠好放进纸袋里的围巾，有些好笑地说了句"你还挺有心"，抬眸就看到祝云雀脖子上围着另外一条。灰黑拼接的款，垂下来的一头上面印着个 Logo，这个牌子很贵，且只卖男款。

赵奇嘉愣了愣，眼看着祝云雀摘下来，小心翼翼地叠好，放在桌肚里。他没忍住问："你新买的啊？"

祝云雀拿出书本后才看他："什么？"

"围巾。"

祝云雀顿了顿，隔了好几秒才说："别人的。"

赵奇嘉想问是陆让尘的吧，可看着祝云雀眼底浅淡的不自然，没再问下去。

早读下课，祝云雀拎着围巾去 A 班找人。她从家里带了冯艳莱从老家买来的蜜饯，又贵又甜又好吃，她自己都舍不得吃太多，却拿了整整一盒，只想让陆让尘尝尝。

然而现实让她再一次失望了，陆让尘早读又没来。

祝云雀攥紧手中的袋子，脑中短暂空白了一阵。她一下就想起，昨晚陆让尘欲言又止的模样，还有那个让她失落的梦。她忽然很怕，怕陆让尘又消失。

没来由的患得患失感在无形中支配着她。祝云雀在 A 班门口多逗留了几秒，看到陆让尘的课桌上还放着两本书和杂物，看起来并没有"卷铺盖走人"的架势，仿佛是唯一的安慰。到最后，她只能告诉自己不要多想，也许陆让尘只是临时有事，便转身回了班级。

两节课后，照旧是课间操。气温回暖，雪也差不多融化，所有学生都要出去。祝云雀跟着人流出了班级，直到站好队列，都没看到陆让尘的身影。

他的位置空空荡荡，仿佛压根就没有那个人。

难以言喻的失落像冬日里的雾霾让人透不过气，祝云雀隐约有种不好的预感。

回去的时候，许琳达劝她，说或许他只是犯懒不想来上课呢，还说再帮她问问邓哲。

这一次祝云雀没让，她想自己问。

回到教室，祝云雀趁老师没来，拿出手机给陆让尘发消息。

本以为陆让尘会很久以后才回，没想到他回复格外快。

陆让尘：今天有事，东西可以放周闻那儿。

祝云雀指尖被手机震得一麻，悬着的心脏却瞬间落了地。她想问陆让尘"有事"是什么事，可字敲好，又觉得没分寸，便删掉，改发了一句"好的"。

陆让尘问她：病好了？

祝云雀抿抿唇：还没完全好。

陆让尘：那多吃点药。

祝云雀刚刚还泛凉的指尖渐渐回了温。

祝云雀：等你回来，我请你们吃饭，当补过生日。

发完这句，走廊传来两个老师的说笑声，其中一个就是郑国雄。

祝云雀赶忙把手机收起来，也就是在手机放到桌肚里的前一瞬，陆让尘回了个"好"。

因为他的几句话，她的心情很快就由阴转晴。祝云雀还算专心地上完郑国雄的课，铃声一打响，许琳达就过来找祝云雀一起上厕所，再顺便告诉她自己从邓哲那儿打听来的情况。

邓哲说陆让尘今天好像有事请假了。

祝云雀听闻，点头说："我知道。"

许琳达睁大眼睛："你问让哥了？"

祝云雀浅淡地勾了下嘴角，说："是啊。"

许琳达："他可真不够意思啊，我也给他发了消息，他都没回。"

祝云雀稍稍意外。

还没从厕所的隔间出来，祝云雀就听到外面传来林知念的声音。

"我好难受啊，陆让尘过几天就要走了。"

话落的瞬间，祝云雀神经一麻，连呼吸都忘了。

惊讶的远不止她一个，林知念的朋友也意想不到地"啊"了一声："他要走？去哪儿啊？"

"当然是回北城了。他奶奶这次病得重，年纪又大，他放不下他奶奶，就回去陪着了。"

女生声音里透着惋惜："那他还回来吗？"

"怎么可能还回来？人家去的可是北城，哪儿都比南城好，再说高中只剩不到一年半了，他陪完都毕业了。"

说到此处，另一边的许琳达沉不住气，"砰"地推开门，扬声就问："你听谁说的啊？"

林知念被她吓了一跳，捂着胸口，眼神嗔怪地看她："你怎么突然蹦出来？"

祝云雀也推开门出来，比起许琳达夸张的反应，她平静太多。

林知念视线在她身上扫了扫，嘴巴瞬间闭上，表情又高傲起来。

许琳达登时翻了个白眼："不说拉倒。"她拉着祝云雀一块儿去洗手台那边洗手。

林知念却直勾勾地盯着她俩。本来她不想说的，可见祝云雀几乎没有任何波澜地去洗手，林知念忽然就憋不住，煞有介事地开腔了："当然是陆让尘亲口告诉我的，不然还能有谁？"

丢下这话，她"砰"的一声关上厕所门。

祝云雀垂眸，看着冰冷的自来水冲刷着泛红的指尖，心口倏地一疼。

陆让尘要回北城的事，当天中午就传开了。其中有一部分功劳还是许琳达的。为了证实这个消息，她去食堂找邓哲和周闯，没想到这两人都挺诧异，完全不知道还有这个事。

许琳达蒙了，她扭头看祝云雀："会不会林知念说的是假的啊？"

话音刚落，坐在对面发消息的邓哲就开口了："陆让尘回我了，他说确实要回去。刚定下来没多久，就这两天。"

说着，他表情无措地看向祝云雀。

三人神色各异，目光统一落在祝云雀身上。尤其是许琳达，她蹙眉欲言又止,像是想安慰几句,又迫于两个男生在不好开口。

祝云雀却只是淡淡垂着眸,拨弄着饭盘里的青椒炒鸡蛋。沉默了几秒,她轻声说:"挺好。"

那天的午饭格外难吃,可破天荒地,祝云雀吃了一整份。

或许是被陆让尘要走的事影响,回教室的路上,气氛稍显沉闷。

作为陆让尘在这边最好的兄弟,邓哲和周闯都不大开心。周闯还说陆让尘一点儿都不够意思,这么大的事,他们几个居然没一个知道。

邓哲替陆让尘说话:"兴许是没来得及告诉。"

"没来得及告诉,那林知念是怎么知道的?"许琳达相当不服,特意说出来替祝云雀出口气。

她说这话时,祝云雀脸上几乎没什么表情。

邓哲视线在俩姑娘脸上扫了一圈,悠着道:"那可能……可能人家家里关系过硬呗。"

许琳达眼神质问:"让哥跟你说的?"

邓哲无语地摊手:"姑奶奶你饶了我行吗?我只是猜测,我又不是他。"他看向周闯,"你觉得呢?"

周闯这人比较迟钝,傻里傻气地说:"我觉得什么?"

邓哲翻了个白眼。

许琳达侧头看向祝云雀,用只有两个人能听到的声音问她:"不然你问问呢?"

祝云雀插着外套口袋,仍旧不咸不淡的,敛着眸完全看不出心里在想什么。沉默了几秒,她摇头说:"不想问。"

"有时候我真怀疑,你到底在不在意陆让尘。"临进班级之前,许琳达摇头叹气地留下这句话。

祝云雀脚步在门口顿了瞬,只是很快,就再度恢复如常。

然而那只是她伪装的表象,没人知道那个下午对祝云雀来说,有多么晦涩难熬。她明明眼睛在看黑板,耳朵在听老师讲课,可心思却早已不知飘到哪里。胸口也很闷,很难受。整个人仿佛被抽走所有力气,只剩麻木的躯壳。

就这么浑浑噩噩地熬到放学，祝云雀才反应过来，今天晚上是跨年夜，第二天是元旦。

虽不是过年，学校气氛却很喜庆，同学之间互相说着"新年快乐""年后见"，再挥手告别。只有祝云雀，一点也感知不到开心。

感冒没完全好，她不知不觉又烧到三十八度，收拾好卷子准备回家。

刚出教室，就接到冯艳莱的电话。说是今晚跨年夜，商业街那边人流量巨大，她店里生意很好，晚些回去，让她想吃什么自己买。

祝云雀并不意外，说了句"好"。

没走几步，身后的赵奇嘉叫住她，说他今天也要坐地铁，一起走。

祝云雀也不知道在想什么，一时间竟忘了拒绝。

于是那个飘雪的夜晚，两人就这么不紧不慢地从教学楼一路走到校外，再一起上了地铁。

就在同一时间，司机开车穿过大半个南城，送陆让尘回学校取东西。

转学手续办得很快。本来他们一家三口可以早点回北城陪程家老人过元旦的，可陆让尘却始终懒懒散散，硬往后拖了几天。

程丽茹不满意，但又拗不过陆让尘，就和陆鼎忠坐飞机先回去了。走之前嘱咐他，明天早点回去吃团圆饭。

陆让尘在电话那头半应不应的，电话一挂，就给司机打了个电话，让司机送自己回学校。

司机姓陈，是将近四十岁的老大哥，平时就跟陆让尘处得不错。眼见这大晚上的，陆让尘还出来，司机就说他去帮陆让尘拿，或者让同学帮忙收拾一下，回头他给邮寄。

没想到陆让尘在电话里直接给拒了，也没说为什么。

就这样，两人四点半碰头出发，以为五点之前能到南城三中，却不巧碰上了堵车，愣是堵了二十来分钟。

等司机把陆让尘送到学校门口时，祝云雀已经跟赵奇嘉一起上了地铁。

冬日的南城天黑得很早，空气清凛而凉薄。在淡黄色路灯光的点缀下，城市仿佛笼罩着一层清浅的雾。

谁也没想到，一切会那么巧。陆让尘刚在群里发了几条消息，抬眸就瞥到车窗外的地铁口处那两道眼熟的身影。

祝云雀穿着奶白色的短款羽绒服，深蓝色的紧身牛仔裤包裹着一双笔直修长的腿。兴许是冬天眼镜容易起雾的缘故，最近两次见面，她都没戴眼镜，因而眉眼更加清亮。

旁边的高个子男生侧头垂眸视线灼灼地看她，不知说了什么，她听后嘴角淡淡一弯。

那是陆让尘从没在祝云雀脸上见过的神色，松弛、清甜、淡然。

车子被短暂地堵在那处，陆让尘喉结轻滚，眸底似有浓稠墨色化开。他就这么一直盯着两人的身影，直到两人进了地铁站，他肩膀微塌着往后一靠。

静默几秒，陆让尘抬手摸了摸有些僵硬的脖颈，自嘲般哂然一笑。

回到家后，祝云雀第一时间吃了退烧药和感冒药。不多时困意袭来，她不得不早点儿上床休息，也就因此错过了群里的消息。

群里这会儿正因为陆让尘的出现炸开了锅，仿佛离别前的最后狂欢。

在得知他明天就要回北城后，邓哲那叫一个不乐意，埋怨他不够意思，要走也不提前说。周闯跟他唱双簧似的，一起谴责陆让尘。

陆让尘受不了这两人叨叨，直接说：我在饭点订了包间，再咋呼就别来了。

邓哲：就咱仨？

陆让尘：想得美。

周闯：那还有谁啊？

陆让尘：队里的几个兄弟，还有李铁和周槿。

许琳达就在这会儿冒出来：让哥你好没良心，都不想着我！

陆让尘是真无奈了，他把凑不齐一个书包的东西丢到后车座，给她回消息。

陆让尘：我不想叫你何必在这个群里说？

许琳达：这话说得一点儿诚意都没有。

浮光掠影在昏暗的车内闪过，陆让尘满是少年气地哂笑，瘦削的下颔微低，他打字：别耍嘴皮子了，快点儿过来见我。

前面那句话是对许琳达说的，至于后面那句，他也不清楚自己究竟在对谁说。

只是他莫名其妙地在聊天框内打出"祝云雀"三个字，又删掉。扭头望向车窗外流光溢彩的街景，视线放空几秒，他收回视线，在聊天框里@所有人，发了饭店的地址。

后来那天晚上，几乎所有人都去了，除了祝云雀。

她在家里稀里糊涂地睡了好久，好多人都给她打电话，有许琳达、邓哲，还有祝平安和叶添。最让她想不到的，是陆让尘。

凌晨三点醒来，祝云雀在漆黑的夜里对着来电显示茫然地发呆。

有那么一瞬间，她以为自己在做梦。直到她看到群里那一大堆未读消息，还有陆让尘给她单独发的消息。

时间是昨晚八点半。

陆让尘说：我要走了，不来见一面吗？

看到这儿，祝云雀眼眶倏地热了。酸呛感猛烈地直冲脑门，好像一瞬间，躯体就恢复了知觉和痛感。她抬手捂住眼睛，努力平复呼吸，可滚烫的液体就是不听话，顺着眼角无助地往下淌。

她人生中第一次感知到，无能为力的绝望。

绝望于，属于她的浓烈夏天，就这么结束了，也永远不会再为她到来。

她想，或许这辈子都不会再遇到那个耀眼的少年。

原来之前那一面，便是别过。是她太愚钝，竟然才意识到，那是命运馈赠给她的最后的礼物。

心口传来闷闷的钝痛。不知过了多久，轻微的耳鸣声才渐渐消退，祝云雀睁开泪水模糊的眼睛，终于重新拿起手机。

那个深夜，她给陆让尘发了三条消息。

第一条：抱歉，我吃了药很早就睡了。

第二条：很高兴在这个夏天认识你。

第三条：祝你未来平安顺遂，金榜题名。

还有一句，被她藏了起来，藏在梦里，藏在心里，藏在大雨滂沱也炙热滚烫的青春里。

154

陆让尘是第二天早上八点的飞机。

他没什么东西可带走，从饭点开始跟那几个人待到后半夜，就直接打车去了机场。

许琳达家里管得严，她没跟着熬通宵，不到十点就被家里人接回了家。她本想第二天送陆让尘去机场的，结果邓哲在电话里告诉她，陆让尘后半夜就走了。

许琳达愣了愣："那怎么办？我还没联系上祝云雀。"

邓哲倒是乐了："你联系人家干吗？人家又没想见陆让尘。"

许琳达没太理解他的意思，说："你怎么知道人家不想见，兴许是昨天她生病了呢。"

"这你就不知道了吧，"邓哲意味深长道，"凌晨的时候，她给陆让尘回消息了，说了几句祝福的话，到最后都没来见他一面。"

那语气似有不解和轻讽，邓哲要笑不笑的："就这么跟你说吧，她那会儿要说过来，陆让尘都能亲自去接。"

许琳达沉默了，有些无语，她想到昨晚在包间里尤为沉默的陆让尘。

包间里，认识的不认识的，一起热闹。唯独他这主角，眼皮子都不抬一下，始终眸色慵懒地看着手机，桀骜的姿态也好似颓然伏低，像在等待什么。

许琳达忽然很迷茫。她是真不懂这两人，但又按捺不住好奇心。于是在电话挂断后，她给祝云雀发消息问怎么回事。

那会儿临近中午，祝云雀和冯艳莱难得回到烟柳巷吃饭。是祝平安让两人回去的，说好久没见祝云雀，就邀请冯艳莱一起过来。

冯艳莱不想搭理祝平安是真，但也不想让祝云雀和父亲生分，只能顾全大局地过来。

好在这次祝平安事情办得还算妥帖，邓佳丽准备了一桌好菜，老太太态度也没之前那么恶劣。

祝云雀胃口小，吃了没多少就下桌。

刚拿起手机，许琳达的消息一股脑地发过来。

许琳达说：让哥走了，早上八点的飞机。

似乎很无奈，她连最喜欢的感叹号都没打。

许琳达：我不懂你。

许琳达：邓哲说你昨晚要是去吃饭，让哥都能亲自去接你。

许琳达：你为什么不来啊，见他一面不好吗？

即便知道她找自己要说什么，心尖还是猝不及防地颤了下。祝云雀避无可避地看着屏幕上的字，嘴唇抿得泛白，等心绪彻底平静下来才回答。

她说：没必要见。

许琳达：……为什么啊？

握着手机的指尖微微攥紧，祝云雀轻吸了下鼻子，垂着酸胀未消的眼睛，一个字一个字地敲：见了，就再也忘不掉了。

她不想忘不掉，那些该腐烂的情绪，该藏匿的心事，早就在昨夜连根拔起。它不该再影响未来。

人类的记忆似乎也分轻重缓急，每当回想起那段年少青葱的时光，祝云雀印象最深的永远是和陆让尘认识的那几个月。

除此之外，回忆都是乏味无趣的学习和考试。

但也算如愿以偿，高二下学期，祝云雀以格外优异的成绩进了 A 班。

不像 B 班，A 班学习气氛尤为紧张，许琳达也少了很多时间和她在一起，仅在放假时，两人才能凑到一块儿。

同样的，自那之后，祝云雀几乎没和邓哲、周闯再有什么来往。邓哲和许琳达同在 C 班，周闯成绩则掉到了 B 班。

没了陆让尘这条纽带，祝云雀和他们的关系似乎变得生分，换句话说，是她的主观意识在左右——她并不想听到有关陆让尘的消息。就连五人小群，她也退了。

许琳达想过把她拉回来，但一想到她和大家一起出去玩的时间都没有，就干脆算了。

虽然和以前的朋友变得有些疏远，但祝云雀也不算特别孤独，毕竟和她一起考进 A 班的还有赵奇嘉，两人在 A 班也是同桌。

巧的是，两人坐的位置，正是曾经陆让尘坐过的，倒数第一排靠窗。赵奇嘉坐的位置，刚好是陆让尘的。

有几次，祝云雀刷题刷累了，一抬头，看到趴在课桌上睡觉的赵奇嘉，忽然就有种她身旁坐着的是陆让尘的错觉。

而那时的她，已经和陆让尘断联半年有余。可她仍能清晰地体会到，那种遗憾又酸涩的滋味。

就这么熬了又熬，高二下学期终于度秒如年般过去。祝云雀升入了高三。

冯艳莱精神一下就紧张起来，开始疯狂给祝云雀买补品。最夸张的一次是祝云雀吃桂圆干吃到流鼻血，在食堂吃饭的时候吓坏了一帮人。

许琳达为这事儿特意发了条朋友圈。就是当晚，消失很久的陆让尘，突然冒头，在那条朋友圈下点了个赞。

祝云雀盯着他的名字，发了好久的呆。

自那之后，陆让尘三个字，仿佛不受控制般再度出现在她的世界里。

她听说陆让尘奶奶去世了；听说陆让尘刚参加完网球联赛，取得了很好的成绩；听说他高中毕业后打算出国留学；听说他元旦前会回南城跨年。

许琳达把这事儿告诉她后，问她："你要不要和我们一起去见他一面？"

祝云雀笔尖停住，脑中零件仿佛生锈了般，忽然就不会思考。

许琳达看着她的模样，不断叹气，也不知道该不该劝。毕竟现在是高三，不是高二，再过半年就要高考，祝云雀分钟都不能耽误。万一和陆让尘见了一面，再影响她的情绪和状态，那可就罪孽深重了。

不过就算她想拉着祝云雀也没机会。那年的最后，陆让尘并没有回来。

据说邓哲和周闯等了个空，好大的怨气。但总归不算白等，陆让尘为了弥补他们，给每个人都买了礼物。包括祝云雀。

只不过她的礼物比别人迟了几天才收到。她记得很清楚，那天是十二月三十日，她十八周岁生日。

和去年不同的是，今年的生日，还有祝平安和叶添陪她一起过。冯艳莱为了补偿去年的缺憾，也早早空出时间订好餐厅。

许琳达不能陪她，所以就在当天放学前，把生日礼物送给祝云雀。

大大的粉色方形礼盒,里面铺满了黑色的拉菲草,礼物是一瓶崭新的香水和一个小小的首饰盒。

香水是许琳达精心挑选的,说只有这瓶才符合祝云雀身上的清冷气质。

至于那个首饰盒,祝云雀打开,发现是一条项链。细细的银色链条,吊坠是一只造型精致、振翅欲飞的鸟,上面镶嵌着饱和度很低的彩色宝石。极为漂亮仙气的款式,握在掌心分量十足。

祝云雀回家拆开礼物后,第一时间给许琳达打了电话,问她怎么送自己这么贵重的礼物,还是两样。

许琳达笑嘻嘻地说:"香水不便宜没错啦,但项链可不是我送的。"

祝云雀心潮无声起伏,还没说出那个名字,许琳达就提前说了出来:"项链是让哥让我帮忙转交的。"

祝云雀沉默了好几秒。

许琳达一副懒得管的样子:"反正东西我带到了,至于你俩怎么沟通,那是你俩的事了。"

眼看她要挂电话,祝云雀没忍住问:"他送你们的是什么礼物?"

许琳达:"我的是乐高,邓哲的是机械键盘,周闯的是一双运动鞋。"

每样都是他们各自喜欢的,不过是他们自己发过去链接,陆让尘付的款。

只有祝云雀的,是真正意义上,陆让尘亲自挑选的。

祝云雀忽然失语。

许琳达说:"我要是你,就给他打个电话,问他到底什么意思。"

晚上,祝云雀看着那条项链,看了很久都没能入眠。许琳达的话,也在她脑中一遍遍循环。踌躇到最后,她还是爬起来,给陆让尘打了个电话。

她永远记得那晚月亮很亮也很圆,她望着窗纱外清寂的夜色,紧张得呼吸都要停住,却在电话接通的下一秒,听到一个陌生女人的声音。

女人声音里有股慵懒的甜,很年轻的声音,又有种贵气包含在里面。

祝云雀一瞬屏息,再开口时,咬字都磕巴起来。她没有说自己是谁,也没说要找谁,而是说自己打错了,跟着便匆忙挂断。

那时候,她不是没有过希冀,希望只是一个微妙的巧合,希望陆让尘会再打过来。

可最终没有,陆让尘没有再打过来。

她似乎也没有再问的必要。她只是蓦地想起,一年前,陆让尘在诊所陪她过生日时,她许下的愿望——希望下次生日,他还能在身边。

或许,陆让尘只是为了实现她的愿望,遵守对她的承诺,才送她那条项链。她真的没必要再多想什么。

总体来说,那个新年祝云雀过得并不好。浑浑噩噩地跨年,浑浑噩噩地刷题、复习,即便是寒假,也没时间放松,像个只会学习的机器。

眨眼冬去春来,高考也在新学期开始后提上日程。

所有人都像上了发条般紧迫,祝云雀终于体会到箭在弦上的压迫感,丝毫不敢懈怠,更别说去想陆让尘。

好像恍惚间,陆让尘已经成了她人生中关乎过去,却又无关紧要的标点符号。只有那条项链,证明他曾在她的人生中出现过。

又熬过几个月,时间终于辗转来到高考。

努力的人总是值得嘉奖,最终祝云雀的高考成绩没有辜负她这三年的努力,突破了往日模拟测验的水平,以658的高分在A班排第22名,年级第22名。

冯艳莱高兴得不行,祝平安也欢天喜地地四处炫耀,后来还专门找了个老师,帮她参谋报考志愿的事。

最终两人没拗过祝云雀,她选择了自己的舒适圈——报了北城一所很知名的双一流大学的英语专业。

她从不是一个喜欢挑战与冒险的人,她只想要平稳顺遂的人生。

志愿报完,一切都变得轻松起来。祝云雀在家"好吃懒做"了几天,不是吃就是睡,再不然就是奔波于各个同学的升学宴和谢师宴,聚会忙到飞起,想不玩都不行。

可有人欢喜就有人愁,她相熟的人里,只有她和赵奇嘉考得不错。周闯考试失利,被家里安排复读,邓哲和许琳达两人成绩勉强够个三本。

高考成绩公布的晚上,祝云雀和许琳达见了一面。两人在公园里的篮球场边吹风,祝云雀手托腮,一面望着打篮球的人群,一面听许琳达诉说着自己的心事。

许琳达怅然地说,邓哲可能要去天津上大学,她家里却想让她出国,态度很强硬。

但其实这都不重要,重要的是,邓哲从没认真回应过她。

许琳达有时候觉得邓哲是在意她的,有时候又觉得不是,他只是把她当作很好的朋友。

许琳达叹了口气:"我现在算是理解你当初为什么不敢对陆让尘表明心迹了,没有十足的把握,说出来只会让自己难堪。"

祝云雀对着天边的晚霞笑了笑,像是忽然看开了什么,扭头对她说:"说不定未来还有更好的风景呢,为什么不去看看?"

许琳达也是个看得开的,起码不愿意在朋友面前做什么青春文学女主角,听到这话欢脱一笑:"也是,说不定未来能找个外国帅哥,不比邓哲强?"

几句话逗得两人哈哈大笑,放肆是青春里最漂亮的模样。

许琳达这人看着咋呼,其实没什么主见,于是最终,她还是听从家里的建议,准备去英国留学。

据祝云雀所知,她和邓哲的关系是从那时候就慢慢淡了,到后来都不怎么联系。

祝云雀也不敢问许琳达两人什么情况,只是从善如流地和她一起去旅行,她说去哪儿就去哪儿。

最后一站是云南大理,赵奇嘉也参与进来。

三人玩得还挺欢乐,赵奇嘉很照顾她们俩,脏活累活都是他干。

因为是穷游,最后他们三个坐了卧铺回去。

大晚上睡不着,上铺的许琳达爬下来,非要挤着与祝云雀坐在一起。她凑到祝云雀耳边,用气声道:"我感觉赵奇嘉喜欢你。"

祝云雀捏着书的指尖一顿,扭头既无语又好笑地看她。

赵奇嘉就在上铺睡觉。

许琳达使了个眼神:"我觉得这家伙人不错,长得也还行,可以考虑,虽然没让哥帅吧,但也拿得出手。"她又拱了拱祝云雀,"最重要的是,他也去北城上学,你们俩不谈一场简直暴殄天物。"

祝云雀是真拿她没办法,抬手摸小猫脑袋似的,拍了拍许琳达的后脑勺:"你就这么想吃窝边草?"

许琳达沉默了两秒,说:"祝云雀,你比我想象中野多了啊!"

祝云雀但笑不语,也算是用一种奇特的方式,把话题岔过去。

第七章·
命运般的重逢

那时她想得远没有那么多,只想安然平静地度过每一天,不留遗憾,却不知命运早已悄然运转,自作主张。

就在祝云雀快要忘记自己曾经那么炽热又虔诚地在意过一个人时,像躲不过的宿命般,她再一次听到了陆让尘的消息。

不是从许琳达口中,也不是从南城三中的校友群,而是在大学开学后的一个月。

那一个月,大一新生刚经历完磨人的军训。就在最后一天,全体学生和教官们在食堂吃散伙饭时,祝云雀从隔壁桌的女生口中,忽然听到"陆让尘"三个字。

那女生长得不错,说到陆让尘时,眼底蕴藏着明显的得意。隔壁桌似乎是在讨论这届学生哪个男生最帅,还没讨论出个所以然来,就被她否决。

"等你们见到他就知道了,那帅得根本不是一个层次,当明星都得是顶流级别。而且家世也特牛啊!"女生压低声音说。

"他家里肯定是想让他出国的,回来后继承家业嘛。但他不乐意,和家里置气好像,便随手报了个大学。

"不过也有说是为了女朋友,说女朋友好像考的咱们学校,他就过来了。

"对啊，就是咱经济系。"

祝云雀不可思议地怔住，那女生却没再往后说下去。几秒后，众人声音再度归于嘈杂。仿佛刚刚那些话，只是她恍惚间的一缕错觉。

祝云雀呆了又呆，后来还是同宿舍关系不错的梁甜问她怎么了，她才回过神。

这会儿学生们都酒足饭饱，女生们则三五成群地聊天。和那些人比起来，内敛的祝云雀像个沉默的局外人。

她神思微顿几秒，摇头说："没什么，就是想出去透口气。"

梁甜是个标准的甜妹，贴心地说："要我陪你吗？"

祝云雀笑了笑，说不用，她想自己待一会儿。

梁甜看出她心里有事，也不好打扰，耸耸肩说"好吧"，让她记得给自己打电话，等会儿要和她一起回宿舍。

祝云雀点头说"好"，随后起身离开食堂。

九月末的北城风很清爽。祝云雀一边沿着大操场朝超市那边走，一边给许琳达打视频电话。可打了很久，电话都没打通。

就这么来回几次，祝云雀肩膀微松，决定放弃。她想，也许只是重名吧，不然怎么会那么巧，那么多好大学不去，他硬要来这所学校。

可就算真的是他又怎样，对她来说又没意义，他毕竟是为了"女朋友"才过来的。

这么想着，祝云雀嘴角后知后觉地浮出一丝苦笑，忽然就嘲笑自己的不自量力。明明曾经靠那么近，都没有如愿以偿，重逢又怎么可能得偿所愿。

迎着晚风轻吸一口气，祝云雀像是忽然想通一般，吐出释然的气息，强迫自己不要再胡思乱想。

随后她不紧不慢地绕过操场，去超市买了两瓶冰镇饮料，打算原路返回。

却不想路过逸夫楼时，三道人影正从楼里出来。

两矮一高的身影。

"两矮"是女人，两人年纪都不小，有说有笑的，顺着高高的台阶往下走，关系明显很亲近。

祝云雀注意到他们的时候，三人已经停在台阶前说话了。

或许命运就是那么迫不及待地想要捉弄人。祝云雀只是随意一瞥，就和那道高大挺拔的身影，对上视线。

宽松的深色系衬衫、牛仔裤，头上戴着同色系的渔夫帽，撩人得仿佛要和夜色融为一体。稀薄的月光下，几乎看不清正脸。可又因为那精妙绝伦的下半张脸格外轮廓分明，以至于一瞬间，祝云雀就如同被子弹击中般，怔在原地。

与此同时，陆让尘也认出了她。他微微抬起下颌，深邃的眸光像是穿越万重山海般，定定落在她眼中。

祝云雀忽然就想起了很久之前大热于网络上的一句诗——

"所爱隔山海，山海皆可平"。

所以，是要"多爱"，陆让尘才会甘愿平山海？

微妙又壮烈的情绪在这短暂的两秒千回百转，祝云雀忽然眼眶盈热，红着眼睛别开头。

她想，不需要了。不需要说那句"你好，好久不见"，也不需要上去自讨没趣。

她和陆让尘，早就是彼此人生中不重要的陌生人，连说话都没必要。

思及此，祝云雀脚步坚定地掠过三人，倔强地径直朝前走去，却不知道陆让尘目光一直粘在她身上半分不移。

发现她完全没有认出自己的意思，陆让尘浓眉蹙起，几秒后是真气笑了。

这一声惹得正和教导主任说话的程沁芳转头看向他，问了句："笑什么呢？"

陆让尘慵懒地哼笑了声，目光没舍得收回来，说："遇到一个熟人。"

程沁芳皱眉："你在这学校还有熟人？"

"是啊。"陆让尘拖腔拿调的，"熟得不行呢。"

才一年半不见，见到自己都不会说话了，本事长得是真不小。

越想越觉得不爽，陆让尘拿出手机看了眼，冲程沁芳道："你们先聊，我过去一趟。"

程沁芳脸色一变："什么人这么重要，非得现在过去。"

说话间，她似想到什么，微微睁大眼："你说的不会是那个……"

陆让尘挑了下眉，厚颜无耻地笑："就是她，你外甥的未来女朋友。"

朦胧的夜色乌沉得仿佛一幅柔美的泼墨画。祝云雀却无心欣赏，只脚步虚浮地朝食堂那边走，可还没走几步，手机就响了。

是个陌生号码。

祝云雀脚步不由得顿住。她没有接陌生人电话的习惯，可这一刻不知道为什么，莫名就有种这个电话她必须接的直觉。她甚至想，会不会是他？

心潮不受控制地起伏着，祝云雀踌躇两秒，微微吸气，到底按下接听键。

也就是在这个时候，身后不轻不重的脚步声已然逼近。

几乎没什么悬念的，就在电话接通的瞬间，里外两条声线错落着重合，混合成那道让人为之心颤，磁性又蛊惑的嗓音。像是跨越了五百多个日夜，超越时间和空间，缓缓落在她耳边。

陆让尘直直地盯着她的背影，问："上哪儿去？"

祝云雀指尖蜷紧又松开，喉咙也没来由地紧涩。她侧过身，眼神木讷地向后看。

陆让尘就站在那儿，站在路灯淡金色光芒和柳梢剪影的交错点，站在她人生新轨道的起点。

光影昏暗，他神色模糊看不清，祝云雀却莫名感受到一股深沉的压迫感，像是等待猎物许久的猎人，耐心，胜券在握，又那样霸道和笃定。

视线相交几秒，陆让尘认定她不会先开口，阔步朝她走来。

那几步不算远，陆让尘不急也不缓，仿佛一点儿不担心她会再次逃跑，直至在她面前悠然站定。

一年半时间，他又高了些，瓷白的皮肤在月色下有种冷玉般的质感。

祝云雀微微费力地仰头看他，眼神看似清亮，里头却藏着如坠梦中的恍惚。

陆让尘开了口，他一笑："怎么，还真不认识了？"那腔调透着点意味深长。

面对他，祝云雀心跳依旧很快，却又和从前不同，最起码这刻的她能很快冷静下来，不再那么慌乱无助。

祝云雀冲他点头："没忘。"

"没忘不知道叫人？"

"没看清。"说这话时，她直直地和他对视，再也不似以前那样小心翼翼。陆让尘说不上自己是满意还是不满意，垂眸端详她两眼，语调放柔："军训完了？"

祝云雀说"是"，心跳"怦怦"，她主动挑起话题说："你怎么会在这儿？"

陆让尘云淡风轻道："追你啊。"

祝云雀心口一突，耳尖刚有发烫的趋势，就见陆让尘挑眉道："这不是追上了？"

他嘴角几不可察地翘了下，摆明是故意戏谑她。

祝云雀又怎么会不知道，她只是没办法不在意，没办法潇洒地转身走开，但也不甘愿再像以前一样落入他的陷阱。

她抿唇，不咸不淡地说："都是成年人了，以后这种话还是少说。"

也不管陆让尘什么反应，她转身就走，十足高冷。

只是那步子不大，也不快，陆让尘几步便能追上。

陆让尘没给她怅然的机会，稍顿了下，便插兜悠然地走在她身侧。

夜色静谧。两人距离不远不近地走着。

陆让尘漫不经心地瞥她一眼，说："那成年人之间该怎么说话，你教我？"

他语气有点欠扁，有几分找碴的意味。

祝云雀也不知道自己有什么资格窝火，转头看他时，发现陆让尘早就好整以暇地等她瞥来视线。那张脸好看到让人完全招架不住。

祝云雀顿时有种拳头打在棉花上的无力感，乌黑的眸子也在努力压着什么情绪。末了，她收回视线，垂眸看路说："你为什么来这边上大学？"

祝云雀以为陆让尘不会正面回答，没想到这人挺坦然地耸肩："不想出国，不想听别人的。"

166

别人自然是程家人。程家家大业大,三代男丁却不多。即便陆让尘是外孙,也一直是孙子的待遇。这也是为什么,按理应该称呼"外婆"的老太太,一直被陆让尘叫奶奶。

祝云雀莫名就想起曾经许琳达跟自己说的这些,短暂地失神。

"而且这个学校网球队不错。"陆让尘低磁的声音将她拉回神。

祝云雀一愣。

黯淡的路灯光线下,陆让尘偏头瞥她一眼,眸色深沉没半点玩笑的意味。

他说:"你也在,不是吗?"

和教官们的散伙饭很早就结束。见祝云雀还没回来,梁甜便打来电话问她在哪儿。

陆让尘把人送到操场,插兜站在祝云雀身边,听别人在电话里打趣她是不是又被男生要了号码。

陆让尘闻言挑了下眉,眼神煞有介事的。

祝云雀没看他,也没正面回答,只说马上就回去。

电话挂断,没等她开口,陆让尘就悠悠地说:"还那么抢手呢?"

祝云雀知道他在揶揄自己,抬眼波澜不惊地回击:"没你招风。"

一句话直接把陆让尘逗笑。他笑了两声,玩世不恭地睨她,眼神不算清白:"一年多不见,都会挤对人了。"

祝云雀心潮被他几句话折腾得起起伏伏,喉咙无声地咽了咽,她说:"我要回去了。"

陆让尘略一点头:"记得把我号码存上,方便以后联系。"

这句"方便以后联系"很微妙,轻飘飘就给人期待,吊人胃口。

祝云雀顿了下,最终在他深邃又强势的目光下默默存上。

只是这次,不再是特殊的称谓,而是规规矩矩的"陆让尘"。

回到食堂时,梁甜已经等了好半天。祝云雀把其中一瓶饮料给她。两人手挽手回宿舍,梁甜用绵软的江南口音跟她讲方才发生的好笑的事。

等进了宿舍,她才发现祝云雀不对劲,往日令人羡慕的冷白皮透着淡淡的粉,红晕从耳根一路蔓延到纤瘦的脖颈。

梁甜睁大眼："祝云雀你怎么了，发烧了吗？"

祝云雀后知后觉地摸了摸发烫的脸，这才发现自己有多夸张。她忙摇头说没事，拎着干净的换洗衣物，到卫生间洗澡。

军训那么多天，她都没怎么晒黑晒过敏。可就这一会儿，只和他对视几次，说了几句话，她就紧张成这样。

祝云雀站在莲蓬头下揉了几下脸，忽然无比挫败。

当晚临熄灯前，许琳达终于给她回了消息，问她找自己什么事。

祝云雀爬起来去隔壁的活动室给她打语音电话。

许琳达听说陆让尘也在京大时，惊讶得直接叫了起来："他疯了吧！不去顶级学府，不出国，来京大？"

祝云雀简直被她气笑："你是有多看不起京大，好歹也是双一流大学好吗？"

许琳达"呸呸"两声："我不是那个意思，我就是感叹，陆让尘明明有更好的选择，他怎么会来这儿。而且就这么巧和你一个大学，他不会专门为了你过来的吧？"

祝云雀不说话了。她想到陆让尘那会儿看她的眼神。即便心里清楚这样的桥段就算在小说里也很扯，可原本内心坚定的否认就是不受控制地动摇。

她真的不知道陆让尘想干什么，一想到未来四年，她都要活在他的"阴影"下，祝云雀内心就一阵惆怅。

许琳达倒是兴冲冲的："我怎么觉得你俩要旧情复燃呢？"

祝云雀苦笑："别，我听说他有女朋友。"

许琳达噎住："让哥，有女朋友？我怎么不知道？"

祝云雀说："不知道不是很正常吗？你不是也不知道他来这所学校？"

许琳达："……好吧。"但她又不甘心，"不过说不定又是谣言呢，你以前不也闹了乌龙以为他有在意的人？"

是这么个道理没错，但两次都是乌龙，未免也太巧合了。

祝云雀从不觉得自己是幸运的那个，她望着清冷的月亮和夜空中明亮的星星，淡声道："有没有都无所谓，也与我无关。"

既然已经决定放下,就不会再轻易重蹈覆辙。

这就是祝云雀,喜欢时轰轰烈烈,放弃时干脆利落。

许琳达知道她在感情上有多决绝,想想也只能叹气:"那就随缘吧,要是你俩真有缘,躲也躲不开,就看造化了。"

祝云雀眼神放空地垂了垂眸,忽然想到什么:"不过我觉得,他和以前不一样了。"

"哪里不一样?"

"气质,气场,眼神。"祝云雀形容不太精准,"以前感觉他这个人是收着的,但是现在就感觉……他放开了。"

许琳达"扑哧"一笑:"你这是什么回答,什么叫放开,我只听说过作风放开。"

作风这词算是给了祝云雀一点灵感,她抿了下唇,说或许就是作风吧。从前的陆让尘,桀骜清凛,收敛锋芒,对任何异性都克制有分寸,也不会感觉到他对恋爱这种事有任何兴致。可重逢后的他,明显比从前放浪形骸,像是不再刻意拘着,肆意的眼神里,总会若有似无地发散什么。

但这些话,她没有对许琳达说,她不想让自己再自作多情,就当陆让尘对每个女生都这样吧。

祝云雀心想,她不想再尝到一丝失望的滋味。

当晚和许琳达打完电话,像疏通了心头淤堵的气血,再加上军训结束,身心放松,祝云雀没一会儿便睡着了。

第二天是开学后第一天正儿八经地上课,宿舍里的人都很早就起床开始收拾,准备去教室抢座位。

第一节课下课后,室友韩笑和梁甜手拉着手去厕所。

祝云雀仍旧像高中那会儿,在课间安安静静地整理笔记。

没一会儿,许琳达给她发来微信。也不知道她那边是几点,反正她一直是能熬夜的。

许琳达:我问到了!

她随即发来一张图片,祝云雀点开那张图片,眉心一皱,怎么都没想到,那居然是一张她和陆让尘聊天记录的截图。

许琳达:你跟我说实话,你在京大是不是有女朋友?

陆让尘：她让你问的？

许琳达：谁？

陆让尘：祝云雀。

许琳达：当然不是啊，我自己问的，雀雀都不在意好吗？

十分钟后。

许琳达：怎么不说话啊，人呢？

陆让尘：没有。

许琳达：真的？

陆让尘：嗯。

陆让尘：但有目标了。

许琳达：那人啥样啊，我认识吗？

陆让尘：你话有点多。

陆让尘：不说了，马上下课，得去找她。

许琳达：你那个目标吗？

陆让尘：还用说？

许琳达：再见！

截图到这里戛然而止，祝云雀无声地看着陆让尘的那句"有目标"，思绪短暂地空白了一瞬。

所以，他真的已经有喜欢的人了。脑中蹦出这个答案，祝云雀指尖微微泛凉。

偏偏许琳达又给祝云雀发来消息。

许琳达：唉，我就不该对陆让尘抱有希望，亏我还以为他是为了你来的京大。

许琳达：不过也好，省得你惦记。

许琳达：别灰心，明儿姐就给你介绍个英国小帅哥，谈个轰轰烈烈的跨国恋！

三条消息蹦到眼前，祝云雀心口像是灌满海水般往下坠。

就是在这会儿，韩笑和梁甜回来了。这两人也不知道遇到啥好事，兴奋地快步走上台阶，叫祝云雀，说："雀雀，门外有帅哥找你。"

梁甜是个标准的花痴，眼睛都要放光："可帅可帅了！"

170

旁边的韩笑狂点头:"真的超级帅!点名找你呢,快点过去吧!"

也不管祝云雀神色茫然,两人说完就直接把她拽起来往外推。

祝云雀脑袋蒙蒙的,只能放下手机脚步虚浮地往外走,却无论如何都想不到,等在教室门口的那个人……是陆让尘。

秋高气爽的天气,空气清爽微冽,走廊上的阳光都是明媚的。陆让尘穿着浅色衬衫、牛仔裤,懒懒地倚在阶梯教室门口。

188cm的身形松弛却挺拔,清俊又桀骜。路过的女生都一副被惊艳的模样,眼睛一个劲儿地朝他身上瞥。

陆让尘却无动于衷,就这么垂着眸,漫不经心地拨弄手机,直到祝云雀站在他面前。

抬眼看到祝云雀讶然而秀气的脸,他视线一定,长腿漫不经心地站直,嘴角噙起一抹暗度陈仓的淡笑。

祝云雀心口狠狠一突,答案就在这瞬在彼此心中了然。

陆让尘缓慢地眨了下眼,眼神耐心而勾人:"中午一起吃饭吗?"

这一幕发生得太超乎想象,以至于很多年过去,祝云雀每次回想起来,都能清晰地记起这时的悸动有多汹涌。

谁又能想到呢?根本不会再有交集的人,此刻就站在那儿,站在她眼前,触手可及的地方,发着光般,和她呼吸着同一片空气。

再后知后觉的人,在那一刻也不至于冥顽不灵。

祝云雀只是不懂,不懂为什么陆让尘会来找她,更不懂不长不短的一年半过去,她为什么还是没能将他忘记。

一切似乎变得身不由己,祝云雀眼波轻晃,听到自己微微屏气的声音说:"你怎么在这儿?"

周遭人来人往,两人俊男靓女的,不少人都朝他们俩看。

陆让尘却始终淡然着,目光沉静,他眉梢轻扬,说:"许琳达没跟你说吗?"

祝云雀指尖攥得很紧,忽然就不知道怎么回答他,也不知道他想要的答案是什么。

陆让尘:"今天几节课?"

"满课。"

171

陆让尘"嗯"了一声，说："我只有上午这一节。"

这话颇有几分报备的意味。祝云雀轻轻吞咽了一下，不知怎么就答应了。她说："吃饭可以，但只能去食堂，不然时间不够。"

陆让尘见怪不怪地笑，似呢喃似低语："上了大学也不够你学的。"

祝云雀正眼看他："你住几号宿舍？"

"不住。"

祝云雀略微一怔。

陆让尘抬手摸了摸脖子，懒懒地说："昨天刚来，还没办住宿手续。"

他军训那一个月都没来。那会儿跟家里闹得厉害，根本没心思管学校这边，等到了学校，才发现宿舍都安排得差不多了。

似乎有了名正言顺的理由，陆让尘视线落在她身上，眸色意味深长，语气都正经了："新环境，哪儿都不熟悉，挺不方便的，就想找你带着转转。"

说这话时，他喉结滚动着，祝云雀目光不自觉就落在他锁骨处悬挂的那条若隐若现的黑绳上。黑绳里混着金线，两头交错着隐入衣领，分辨不出下面挂着什么，却让祝云雀眼熟。

怔了好几秒，她回过神慢半拍地道："我尽量。"

陆让尘略一挑眉："晚上呢？"

祝云雀抬眼："晚上？"

陆让尘淡淡道："晚上总不至于还要上自习吧？"他语气有几分调侃，勾了下唇，"我没请人吃食堂的习惯。"

思来想去，似乎没有不答应的理由，祝云雀只好点点头："那就晚上吧。"

陆让尘神色平淡如常，尾音却浅浅上扬："行，下课之前告诉我，我来接你。"

祝云雀心跳都快了，点头说"好"。

短暂的碰面最终以陆让尘看她进了教室才结束。

这一幕吸引不少人，且不说祝云雀那出众的外貌，就陆让尘那气质、皮囊就够抓人眼球。再加上他又是传言里家世很厉害的"空降兵"，一下就引起不少人注意，好奇他们俩是什么关系。

当然最八卦的无疑是宿舍那三个。祝云雀刚坐下，三人就眼巴巴地看她，期待她讲点啥。

梁甜忍不住问："雀雀，他是你男朋友吗？"

耳尖渐渐退却的温度被她问得又飙升起来，祝云雀抿唇，重新拿起圆珠笔，按了两下，才心不在焉地说："不是。"顿了顿，她又说，"就是高中同学。"

很清淡的语气，不像在撒谎，但听着总感觉有什么猫腻。

这解释瞬间让韩笑和李月清面面相觑，两人交换了一个夸张的眼神。李月清有些期待地又问一句："那他现在有对象吗？"

祝云雀也不知道自己在想什么，鬼使神差地道："有吧。"默了默，她又摇头，"不是很清楚。"

李月清怅然，咕哝一句"好可惜"。

韩笑倒是见怪不怪："很正常吧，长得那么极品，一看就是到哪儿都被女生围绕的主儿，怎么可能没对象呢。"

李月清想了想，说："也是。"她自我安慰，"说不定还是个花心大萝卜呢。"

祝云雀想说他不是。

他是一个很好很好的人。

可想是这么想，开口说出来却很难，最终她只能选择不吭声，默默听那两人聊着。

还是梁甜温温软软地凑过来，挽着她的胳膊，小声道："他是在追你吧？"

这音量只有她们俩能听到。

祝云雀睫毛颤了下，扭头看向梁甜，一时竟说不出否认的话。就这么对视两秒，祝云雀不知所措地摇头："……我不知道。"

哪承想梁甜忽然笑起来，眼睛狡黠又亮晶晶的，像个小狐狸，古灵精怪。她说："什么不知道啊，你肯定知道。'爱人的眼睛是第八大洋'，这话听过没？"梁甜老神在在，气音压得很低，"他看你的时候就这样。"

那句话落在祝云雀耳边，麻酥酥的。后来她没忍住搜了那句话的意思，可最后也没真正搞清楚出自哪里，只知道这句话在网络上流传很广。

173

祝云雀为此兀自失神好久。在最后一节课结束之前，她终于将陆让尘的朋友圈"解封"。

那一年半里，为了切断对他的念想，祝云雀只有这一个办法，就是屏蔽他的朋友圈，哪怕她知道陆让尘很可能不会更新。

渐渐屏蔽久了，她还真戒掉偷看他朋友圈的习惯，也从没想过未来还会再点开。

这感觉就像打开潘多拉魔盒，不点开还好，一点开，就再也不想关上，窥探欲也涌了上来。

然而这么久过去，陆让尘的朋友圈还是和以前一样，没什么内容。要说唯一不同的，就是换了头像。不再是那张背影照片，而是一张脖子以下的自拍。照片里，他穿着白色T恤和浅色条纹衬衫，脖颈上挂着条黑绳墨玉无事牌，是画面里唯一的重点。

那条经过特殊编织独一无二的黑色挂绳，就在刚刚，她还在陆让尘的衣领间瞥见。

祝云雀心下一"咯噔"，因为这条挂绳，正是她高三那年寒假编了整整一晚的那条。

那时候她的手很笨，又是第一次编，金刚结照着视频学了好多次都学不会。后来编恼了，就想着干脆去网上买一条结实的算了。

但转念又想到那块墨玉无事牌是她亲自去寺庙求的，很可能是她送给陆让尘的唯一礼物，她就不死心地半夜爬起来，一个人对着视频编了又编。

皇天不负苦心人，就这么练了三个晚上，黑绳终于变得规整结实。

墨色透绿的无事牌挂在上面，远比当初请来时自带的绳结精致好看。

可祝云雀又哪里想过，陆让尘真会戴上这块无事牌，且一直戴到他们重逢的这一天。

陆让尘上完上午那节课后，回家喂了趟猫。

这一年半里，他为了陪家里老人，一直在北城住。程家老爷子、老太太都拿他当个宝，专门给他在五环外买了套别墅。

老太太没去世那会儿，别墅一直低价租给他在北城搞音乐的哥们儿彭远，等老太太去世后，他才搬过来。

别墅不大不小，两人一只猫住着也算合适，但问题就在于这地方离京大太远了。

陆让尘懒得折腾，就托彭远给他在京大附近找房子。

彭远还挺有人脉，没多久就给他问到了，说与京大隔两条街有个不错的公寓。

陆让尘正给猫滴眼药水呢，看到消息的时候，抱着猫去了沙发上，直接打电话给他。

彭远声音嘹亮，一听中气就很足："你不就自个儿住吗，要两室干什么？"顿了下，他诧异，"你一个晚上就搞定她了？"

陆让尘把猫撂地上，胖猫"刺溜"一下跑了。

陆让尘开口时没什么好气儿地笑："我买东西呢？一个晚上就搞定。"

"吓死我了。"彭远说，"我还以为我这么快就有弟媳了呢。"

作为在北城这边关系最密切的一个兄弟，彭远是唯一一个知道陆让尘去京大上学私心的人。

不想出国是真，想继续打网球也是真，还有个放不下的人也是真，更别说对方还来北城上学了。

彭远对那姑娘了解不多，只知道她是陆让尘在南城那边认识的，挺内向挺文静的，不像陆让尘会惦记的类型。

在他印象中，陆让尘会比较欣赏气场强一点、势均力敌的类型，再不然也要有趣，能玩到一块儿去。所以他从没想过，陆让尘会喜欢这种清纯乖巧的。

彭远说："你要是为了以后和她住一块儿，那就更没必要租两室了，住一室不是更腻乎？"

陆让尘被气笑，说了句"滚"："你以为谁都跟你一样。"

彭远说："那行吧，两室就两室，反正你也不差钱。"

陆让尘淡应了声。

彭远又问："对了，你还没跟我说呢，那姑娘见了你什么反应啊，高兴不？"

陆让尘靠坐在沙发里，晃了晃水杯里的冰块，眼皮一垂："没看出来。"

是真看不出来她高不高兴，她总是那么平静。但确实也能感觉到，她身上细微的变化，最起码不像以前那样，看到他就很紧张。

那时候陆让尘对她的印象，就只有她很乖，又很冷淡，对谁都清清冷冷的，保持着一定的距离，好像只对那个赵奇嘉不一样。

似是听出他语气里的淡淡自嘲，彭远笑："我说弟，你对自己的魅力能不能有点儿信心？这才见面呢，说不定人姑娘看着平静，晚上都激动得睡不着觉了。再说你那哥们儿邓哲不是都跟你说了这姑娘以前很在乎你吗，你瞎担心什么？"

指腹在杯壁上轻敲两下，陆让尘懒声嗤笑："你能闭嘴吗？喝多了跟你说点破事儿，你全能给我抖搂出去。"

彭远笑得直抽抽："哈哈哈哈，陆让尘，你也有今天！"

陆让尘不耐烦地骂了句滚。

挂断电话，他从茶几上摸出水果糖，拆了一颗，放进嘴里。忽然就想起那个冬天，祝云雀一个人孤零零地打着点滴，他过去找她，试探着问她一句，是不是舍不得他。

他也不清楚自己那会儿在期待些什么，所以语气都掺着点儿故意使坏的逗弄。等他意识到自己越界时，已经晚了，祝云雀也回避了。

他记得很清楚，她说时间不早，让他快点回去。

就是那会儿，陆让尘忽然觉得，有些话告不告诉她都没意义。这姑娘可能一开始就不需要他。

说不上什么滋味，反正就觉得很没意思。

他这个人骄傲惯了，从来都是别人围着他跑，他没围着谁转过。他觉得自己这辈子也不可能围着一个姑娘要死要活地转。所以，他没提前告诉祝云雀，连个苗头都没有。在群里说聚会的时候，他也没单独找她，而是叫了所有人。

陆让尘其实很清楚自己在怄气。但他就是想试试，试试祝云雀到底在不在乎。

后来一群人聚会，祝云雀没来。

他听邓哲说，祝云雀那天中午听说他要走，就说了两个字——"挺好"。

陆让尘想到那晚无意间碰到祝云雀和赵奇嘉一起进地铁的画面，忽然什么都懂了。

冬日里指尖凉得厉害，一群人在包间里闹腾得厉害，陆让尘却从头到尾没应过声。

回想起来，那天算是陆让尘在南城最落寞的一天，没一点儿天之骄子的样儿，但那才是真真正正的他。

所幸睡了一觉，回到北城，生活仿佛翻到新篇章。

到了第二年，奶奶去世后，陆让尘正式准备参加新一届的网球联赛。

也就是那段时间，突然有一天邓哲大晚上的给陆让尘打电话。他无奈地说，许琳达跟他吵架了，一直哭。

陆让尘并不意外，随口应付两句，问他怎么处理。

邓哲焦头烂额地说："能怎么处理啊，先把她送回家，再受她一顿折磨呗。"说到这里，他顿了顿，"你倒是不用担心我，她总这么发疯，我都习惯了，就是挺意外。"

陆让尘兴致缺缺："意外什么？"

话音落下，电话那边传来许琳达的叫喊声，好像说了句"你们都是浑蛋"。

邓哲深吸一口气："看，又来了。我真想把她这德行录下来。"

陆让尘闷出一嗓子笑。

邓哲嘲讽他："您就别笑了吧，她又不是骂我一个。"

陆让尘"哦"了声，看热闹不嫌事儿大："还有我的份儿呢？"

邓哲无语："再这样我可不跟你说了啊，到时候你自己后悔去吧。"

陆让尘哼笑，倒真想看看他能翻出什么浪。

没想到那天晚上，邓哲还真给他来了个大的。

邓哲告诉他，许琳达说，其实祝云雀一直很在意他，从很早开始，就很在意他。

话落，电话那头安静了，陆让尘紧捏着手机，眸底漆黑。

就这么寂然两秒，他"哧"地一笑，不可置信地说："邓哲，你是不是疯了？"

邓哲怎么会疯呢,他那人,情绪稳定得很。即便大晚上的许琳达又哭又号地折磨他,他也还是条理清晰、表达明确。

倒是陆让尘,听完他的话,整整一晚没睡。

隆冬深夜,他全然不在意第二天要集训的事,一个人在阳台放空。

陆让尘弓着身子,望着北城茫茫夜景,忽然就想起第一次见祝云雀那会儿。

其实对他来说,两人的第一次见面,并不是他找她帮忙那次,也不是祝云雀做课间操转身看他被抓住的那次。

而是在65路公交车站。

那会儿陆鼎忠的父母,也就是陆让尘真正的爷爷奶奶,他们家就住在烟柳巷附近。陆让尘闲来无事过去住了几天,有天家里司机临时被调派,他就去了公交车站。

清早公交车站人不少,大多数都是神色麻木的打工人,不然就是早起闲来无事的老人,庸庸碌碌地挤在那儿。和他们比起来,穿着三中蓝白校服的祝云雀,就显得尤为清新脱俗与醒目。

那时候祝云雀头发不长,扎着低低的马尾,头发不算厚,只有一小束。薄薄的齐刘海垂着,有两缕搭在银边眼镜上,看起来睡眼惺忪,却又拿着一根吃一半的油条强撑。

说不清是被她那根油条吸引,还是被那画面吸引,总之陆让尘拨弄手机的指尖顿住,忽然没来由地盯着她看了一会儿。

祝云雀五官精巧秀气,侧脸轮廓立体清丽,皮肤是那种细腻透亮的白,紧致又饱满,是那种很书卷气的长相,安安静静的,有种同龄人身上少有的故事感。那会儿还迷迷糊糊得可爱,甚至纤细的指尖上还沾着油条外包装上浅浅的油星。

陆让尘看了两秒,嘴角不经意一勾,就这么眼睁睁看着祝云雀真睡了过去,困得好像几年没睡过觉。

到后来,陆让尘秉承着来自同学的一点善心,实在没忍住,在车到站的时候叫了她一声。就那一声,把祝云雀解救了。

他也没想过,两人还能见面。

后来两人在凉亭那边交换微信,回去的时候,周闯还玩笑了一嘴,说那女生不就是之前课间操偷看你的那个吗，当时老师还拿话点她，两个班的人都笑开了。

陆让尘记得自己当时呵笑了声。毕竟从小到大围在身边的人太多，他懒得费心揣摩别人的心思，只是觉得祝云雀挺特别的。

纤瘦柔弱的乖乖女，身上却没来由的总有股让人捉摸不透的感觉，让人忍不住多注意两眼。

只是注意来注意去，就不知不觉变了味道，陆让尘也说不清那种感觉意味着什么，就是觉得自己在她面前总是很被动。

无论他怎么靠近，祝云雀只留给他点到为止的距离，更不会主动。明明她看他时眼睛里也有不一样的神采。

可不知道为什么，他们好像就只能这样。那种隐隐不快的滋味，从他回北城陪护程家老太太开始，一直都没停过。

更恼火的是，就这么在北城待了一个多月，祝云雀一条消息都没给他发，就连群里说话也不怎么参与，冷漠得明明白白，好像压根就不在意他这人。

陆让尘那会儿也挺倔的，她不说话，他就不说，反正没什么紧要的。

而且她那边有个风吹草动许琳达都能在游戏里当个话题跟他说，他想知道什么问就行了。

只是不知道怎么回事，两人中间忽然多了个赵奇嘉。

陆让尘对这男生的初印象就是个子挺高，篮球打得不错，再往后，就成了祝云雀的同桌。

听许琳达说，他人挺好的，也很照顾祝云雀，祝云雀自从跟他当同桌舒服多了。

如果是普通朋友，肯定会为祝云雀舒心，可不知道为什么，每次听到这人，陆让尘都莫名心堵。

大概就是从那时开始，赵奇嘉这名字彻底烙在陆让尘心里，成了坎儿，过不去。

走之前的那天晚上，陆让尘看着祝云雀那句冠冕堂皇的"平安顺遂，金榜题名"，"哧"地一笑，像是忽然释然了。

不然还能怎样，不释然也得强迫自己释然。

那时的陆让尘想，他跟祝云雀，也就到这儿了。

可他又哪能想到，在未来的某一天，喝醉的许琳达居然会把祝云雀藏在最深处的秘密抖搂出来。

——原来祝云雀喜欢的是他。

——只喜欢他。

或许当晚和陆让尘一起吃饭的约定对祝云雀来说太不真实，她从上午开始就隐隐紧张。

不止课听得心不在焉，还偷偷拿出手机看一些美妆博主的视频。但转念一想，自己连个眼线都画不好，就默默关掉。

等中午回到宿舍，又不自觉地对着柜子研究。但她看来看去，发现自己的衣服来来回回也就是那种风格。不出错，不惊艳，也不难看，文文静静，有点儿书卷气，一看就是乖巧姑娘。

祝云雀自己看着都乏味，但又没能力改变。到后来干脆不打算换了，下午还是穿着那条白裙子去上课。

其间也不是没想过，把这事儿告诉许琳达，但看了眼两地的时差，她又打消了这个念头。

最主要的是，她不想让自己多想。万一又是碰巧和错觉，是她自作多情，许琳达不尴尬她都尴尬。

于是到最后，祝云雀都选择一个人消化。

就这么熬到最后一节课。

祝云雀犹豫要不要提前告诉陆让尘一声时，陆让尘先给她发来消息。

陆让尘：我回学校了。

陆让尘：在几教？

祝云雀捏着笔的指尖微微收紧，忽然有种时光回溯的恍惚感，就好像两人还处在高中那会儿。

在书上记下几个重点，她回：文学院北边的思学楼。

陆让尘：嗯。不用急，我有地方待。

祝云雀被他的耐心弄得不知该说什么好，转头忍不住朝窗外看，发现思学楼斜对面有个小篮球场，也不知道他是不是要到那里去。

祝云雀神情不属地上完最后一节课，铃声一打响，她就收拾东西准备走。韩笑叫她一起去食堂吃饭，她直接拒绝了。

韩笑暧昧地笑："这是准备约会去啦？"

梁甜一听眨巴着大眼睛："是和今天那位帅哥吗？"

李月清正补着气垫霜，听到这话也朝她好奇地看。

祝云雀却摇头："不是约会。"把包斜挎在身上，她抱起书本，尽量平静道，"就是老同学聚餐。"

她匆匆下了楼，刚走下台阶，就看到陆让尘等在大厅里。他面前的白桌上摆着两杯咖啡。

人还是那副慵懒闲散的模样，坐在位置上，敞着长腿，手肘搭在扶手上，盯着前方不远处正在播放的学院宣传片。

装束也换了一套。明明上午是简单的浅色衬衫、牛仔裤，到了这会儿又变成很有设计风格的拼接款衬衫，发型似乎也打理过，精致又俊朗。

祝云雀止不住地微微屏息，脚步也刻意放慢了些，直到来到他面前，才叫他一声。

陆让尘闻声挑眉，径直朝她看。

只见祝云雀穿着宽松文艺的白色连衣裙，脖颈修长，小腿纤细，长发柔柔地披在肩头。薄薄的刘海样式和以前差不多，但看着又比以前灵动。

眼镜也确实不再戴了。陆让尘记得程丽茹说过，冯艳莱在她高考后，带她去做了视力矫正手术。

陆让尘起身，用下巴朝桌上的咖啡指了指："喝哪个？自己拿。"

祝云雀低眸看了眼，选了一杯带奶油的。陆让尘拿起另外一杯。

两人默契地朝外面走，他状似不经意地问："喜欢喝甜的？"

祝云雀说了句"还行"，又看他。

陆让尘问："看什么？"

祝云雀掌心有点潮，不确定是不是因为这杯冰咖啡。她抿唇轻轻道："不太习惯你这样。"

陆让尘煞有介事地抬眉，笑："我怎样？"

祝云雀心说当然是这么主动贴心的样。她低眸用吸管喝了口咖啡，再开口时，嗓音微沙："你想先从哪里逛？"

两人站在思学楼外，夕阳的余晖将两人的影子拉得很近很长，又暧昧地交叠在一起分割不清。

她很有向导精神地环视了一圈儿，说："文学院我很熟，但对你应该没什么用，或者我可以带你去看看食堂、超市、体育馆什么的——"

话还没说完，就见陆让尘懒懒地垂着眼皮，自然地拿走她抱在怀中的那几本厚厚的教科书。

怀中一空，祝云雀后面想说的话突然全忘了。

她愣愣地看向陆让尘。

陆让尘冲她吊儿郎当地挑眉说："怎么没用了？"他垂眸定定地看她，嗓音像上好的黑胶唱片播放出大提琴音，"你想让我以后来找你把自己弄丢？"

祝云雀是真花了好几秒才捋清他话里的逻辑，恍然的同时脸也不知不觉红了。她把这归因于夕阳太晒，很快错开他的目光，说："我平时课很多，没什么时间闲逛。"

陆让尘见招拆招地扯了下嘴角："没事，我有。"

他那调子不像在开玩笑，偏又好整以暇地盯着她的反应。

祝云雀双颊温度越升越高，蹙了下眉，似有几分迷茫与认栽，她只能说："那就先从文学院这边开始逛吧。"

早点逛完，早点结束。她抬脚要走，不想陆让尘突然变卦，朝前懒懒地迈了一步，直接挡在她面前。

陆让尘语调慢悠悠的，像故意拖着什么似的："但是，我饿了。"

不知道为什么，这语气听起来竟隐约有种撒娇耍赖的意味。

祝云雀心尖不受控制地一颤，看他的目光变得很无奈。

陆让尘嘴角噙起明显的坏劲儿，像早就把她心里的盘算看得明明白白："这样吧，"他看起来心情不错，"我先带你出去吃个晚饭。"说话间，他微微俯身，距离很近地盯着祝云雀的眼睛，拖腔拿调道，"回来我们再慢慢逛。"

第八章
是朋友还是恋人

不知道是因为心绪紧绷还是怎么，祝云雀路上有点儿晕车，脸色明显不大好。

陆让尘把车停好后，偏头看到她神色隐忍，微微蹙眉说："想吐？"

祝云雀那表情说不上埋怨还是委屈，默默看了他一眼，结果这一眼反倒将陆让尘看笑了。

祝云雀无语："你笑什么？"

陆让尘扯着嘴角，低眸从中央扶手箱里拿出几颗话梅："难得见你生气。"他慢悠悠地看她一眼，"还挺新奇。"

说话间，那几颗青绿色包装的话梅，已经放在祝云雀手里。

指尖滑过男生指腹温润的触感，祝云雀心跳微妙地漏掉一拍。

"吃点话梅，能好受点儿。"陆让尘深邃的眼眸多了几分正经，抬手揉了下她的头，"等出去再给你买药。"

久违的悸动撞击着心脏，她只能拆开话梅塞进嘴里，含着点了下头。

下车后，祝云雀才注意到陆让尘开的车很贵，因为七月的时候冯艳莱也买了辆这个牌子的车。即使是折价的二手车，她都心疼得不得了。

祝云雀盯着崭新的白色车身，忽然有种不同以往的心境。

从前她只会在意自己与陆让尘的差距，诸如成绩、外貌、能力，可从那刻开始，有些物质层面的事，她就再也没法忽略。

两人吃饭的地点选在一家法式餐厅。菜式都是提前定好的,祝云雀并不知道这些菜的价钱,只觉得这家餐厅实在是"华而不实,口味一般"。

陆让尘听后说:"行啊,下回你选。"

这话乍听像在挤对,可仔细一琢磨就知道他没在开玩笑。

望着昏黄灯光下他那双眸色漆黑又似笑非笑的眼,祝云雀心绪忽有几分慌乱。她垂下眼,吃着服务员送上来的不知道第几道菜,好一会儿才道:"那我只能请你吃麻辣烫了。"

陆让尘倒挺看得开:"麻辣烫也不是不行,起码八菜一汤。"

祝云雀嘴角没忍住抖了下,绷着表情看他。

陆让尘腔调带笑:"用这种眼神看我做什么?"

祝云雀收回目光说:"没发现你还会开玩笑。"

陆让尘:"你没发现的还多着呢。"

说这话时,他视线笔直地锁着她。祝云雀被他看得心跳忽然很快,只能转移话题说:"其实你现在这样,真挺好的。"

陆让尘扬眉:"哪里好?"

祝云雀说:"你家在这里,想回去就能回去,不用被学校约束着。而且就你的家世而言,对别人来说见世面的事,于你而言却是家常便饭,无论哪里都是你的舒适圈。"

陆让尘眼梢轻挑,似是有点儿意外她这么说,顿了几秒,他笑:"还好吧。"

说话间,他目光轻描淡写地落在眼前的鹅肝上,语气淡淡:"对我来说,随时能见到想见的人,才是最重要的。"

祝云雀捏着汤匙的手一顿,抬眼的瞬间便撞上陆让尘不知何时投来的幽邃视线。

隐而未宣的某种情绪,似在两人中间秘密发酵。

最终的结果是,祝云雀这顿饭吃得食不知味,心律不齐得仿佛得了什么心脏疾病。

陆让尘看她不是很爱吃,没多久就提出去商场逛逛。祝云雀对这里不熟,只能听陆让尘安排。

给她买完晕车药,陆让尘就带她去了卖金饰和玉石的柜台。

祝云雀以为他要买金子，没想到他只是想找个地方给挂坠重新编绳，就是那块墨玉无事牌。

祝云雀眼睁睁看着他将黑绳从脖子上摘下来，微微诧异："为什么要重新编？"

"磨损了。"陆让尘摘下来给她看，"不编马上就会断。"

突然，他靠得很近，个子又比她高出太多，以至于祝云雀有种整个人被他半拥着的错觉。

祝云雀无处可躲，只能垂着纤长的睫毛，煞有介事地看了看。

他没夸张，拴着无事牌的绳头处确实磨损得只剩很细的一点。祝云雀脑中蹦出的第一个想法是，这家伙到底把这块玉贴身戴了多久？

似是瞧出她脸上的疑惑，陆让尘几不可察地勾了下嘴角，若无其事地把玉牌递给柜姐。

柜姐算是陆让尘的老熟人，说话没什么遮拦。她摸了下玉牌，眨眨眼："这块玉看着也不值钱啊，你居然能戴这么长时间。"

倒不是这柜姐眼高于顶，而是陆让尘身上的东西，没有哪一件是千元以下的。这玉牌看着也就几百块钱，所以她是真的不理解。

可并不是每个人都像她一样了解陆让尘，或者玉石。祝云雀眼中闪过一丝局促，转眼就听陆让尘意味深长地开口："值不值钱的，也要看送的人是谁。"

他蓦地看向祝云雀，眼神有种轻拿轻放的暧昧："你说呢？"

祝云雀呼吸有些不平静，错开陆让尘的目光，她嘴唇抿得很紧。有那么一瞬，她很想摊牌，跟他说不用拐弯抹角了，这块玉就是她送的。可不知怎么，话到嘴边就是说不出来。

这会儿陆让尘倒是悠闲，他敛眸看向柜姐手里那块玉，模样闲散，修长干净的手指有一搭没一搭地点着透明玻璃。

祝云雀忍不住多看一眼。似是余光抓住她的视线，陆让尘嘴角几不可察地掠过一丝笑容。

柜姐看出猫腻，也跟着笑了。她一边剪掉原来的绳子一边改口："那确实是，要是喜欢的人送的，就是塑料都比黄金贵。"

这话陆让尘倒是没接，他只是冲祝云雀挑了挑眉说："要不要吃冰激凌?"

那语气有种不加掩饰的宠溺,嗓音微哑,尾音咬得很轻,像哄小孩。

祝云雀微微怔了下,薄薄的耳朵红红的,点了下头。她正欲起身跟陆让尘一起去买,不想这家伙直接按着她的肩膀把她按回座位。

"等着就行。"抬手轻拍了下她的后脑勺,陆让尘起身插兜,直接去了斜对面的那家甜品店。

柜姐忍不住笑说:"没想到这大少爷还有这么细心的时候,未来也不知道谁能驾驭得了他。"

祝云雀默默望着远处那道顾长高大的身影,没接话。过了好久,小鹿乱撞般的心跳才渐渐平息。

祝云雀吃着并不便宜的抹茶甜筒。高高的冰激凌上,装饰了一片很薄的金箔纸。

陆让尘不爱吃这种东西,所以只给她买了。很大的一份,祝云雀握在手里都有点儿夸张。

等柜姐编完绳子,祝云雀也吃得差不多了。就算祝云雀原来编的那根绳子已经编得很好了,可看起来还是没有柜姐这条好。

为了更配这块无事牌,柜姐用了好几种绳结,还绑了金色的线,以至于这块并不值钱的玉一下就变得上档次起来。

等陆让尘要付钱的时候,柜姐却没要,她看起来就很会做生意:"你下次要买什么首饰金子啊,再来找我就行,就当帮我完成绩效了。"

陆让尘把无事牌重新戴上,说:"行。"

下一秒,陆让尘耐人寻味地看祝云雀一眼,扯了下嘴角说:"等我再找个机会。"

两人从柜台出来,陆让尘问她还有没有别的想逛的地方。

祝云雀想着明天的课,拒绝说:"我想回去了。"

陆让尘略一点头,反正回去逛校园也是一样。于是两人径直下楼,只是没想到刚到一楼,就被一个年轻姑娘拦住。

姑娘望着又高又帅的陆让尘两眼放光,求他扫个码关注公众号。

当然不是白扫,扫一次可以抓一次娃娃。

陆让尘轻抬眼梢,看了看她身后整整一排的娃娃机,扭头看祝云雀,问:"抓吗?"

他突然的询问,让祝云雀有点儿无措。那感觉就好像,他做什么都可以听她的。祝云雀有一瞬出神。

可那姑娘见缝插针地怂恿她:"抓一个嘛抓一个,你们俩一人扫一次,能抓两次呢。"

那姑娘实在太热情。祝云雀皱了下眉,鬼使神差地拿出手机,扫了码。

她一扫,陆让尘也跟着她扫了。

姑娘高高兴兴地给他们俩一人一个币,让他们俩去抓娃娃。

陆让尘干脆把币给祝云雀,让她去抓。

祝云雀玩过一两次,但玩得不好,从来没抓到过。

陆让尘轻扬眼梢:"你要是想玩,我可以先给你买一千个币。"

祝云雀默默把第二个币投进去,无语地看他一眼:"你就是给我买一万个币我也抓不到。"

说话间,她随手操控起来,根本没多想,就按下落爪。结果惊喜就是这么突然,这一下就抓起来两个,更离谱的是,这俩娃娃还都抓成功了。

眼看着两只粉色的大头驴从出口掉出来,祝云雀呆了呆,还没来得及反应,旁边的小孩儿就蹦起来:"抓到啦,抓到啦!"

祝云雀看了看小孩儿,又看了看陆让尘,蒙蒙的表情有点儿可爱。

"可以啊。"陆让尘拿起两只小玩偶,眸子里沁着玩世不恭的笑。他像那么回事儿地挑了下眉,说,"看来我真应该给你买一千个币,把你按这儿抓一晚上。"

祝云雀被他微烫的目光灼了一下。眼波流转间,她偏开视线,不经意地牵了下嘴角。

这是今晚第一次,陆让尘在她脸上看到这样放松的神色,像沁过薄霜的月光,清冷却让人沉溺向往。

眼底清辉荡起,陆让尘勾了下嘴角,忽然就觉得,这一晚的"坑蒙拐骗",还挺值的。

两个同样的粉色大头驴玩偶,最终两人一人一个。祝云雀那个一直拿在手里,陆让尘的则留在车上。

吃了晕车药，回去的路上祝云雀好受许多，跟陆让尘说的话也不知不觉变多。

两人听着音乐，有一搭没一搭地聊着，从学校的琐碎，到高中共同经历的人和事。祝云雀也是从他口中得知邓哲去了天津上学，在那边过得似乎还不错。至于周闯，他留下来复读了。

陆让尘冲她稍偏了下头："等过阵子邓哲过来找我，一起出去吃个饭。"

他语气不是疑问，而是祈使，这会儿倒是跟以前一样霸道。

祝云雀抖了下嘴角，突然就想和他唱反调。捏着小粉驴的腿，她望向车窗外流光溢彩的夜色，不咸不淡地道："看情况吧。"

陆让尘瞥她一眼，没好气儿地笑了，也不知道在笑什么。

回到学校，陆让尘把车停在校外，跟祝云雀回学校。

天黑得厉害，路灯也没那么亮，很多地点和建筑物都看不清。祝云雀只能尽量给他介绍。

陆让尘却听得心不在焉，单纯珍惜和她独处的机会。

夜色静谧又撩人，两人在校园中漫步，一呼一吸间都是她身上清浅的栀子香。

不知过了多久，祝云雀知道的地点终于带他逛完。陆让尘没再强求，或者说，他蛰伏得很没有压迫感，只提出送她回宿舍。

祝云雀是有一瞬间犹豫的，毕竟送女生回宿舍这件事，在他们这个阶段来说很暧昧。

可她却无法抵御这种诱惑。

最终陆让尘把她送到九号宿舍楼下。

月色下，他的身形依旧清俊挺拔，桀骜不驯的气质也从未改变。他习惯性地插着兜，薄唇轻挑："走了。"

祝云雀点头，转身进了宿舍楼。就这么平平静静地上楼，走到二楼，她脚步忽然顿住，扭身朝窗外望。

晚风清凉，月华很浓。陆让尘的身影与茫茫夜色融为一体，再渐渐消失在视线中。

注视着这一幕，祝云雀无声无息地弯起唇角。

那种她从未体会过的滋味,像汹涌的潮水般,一刹那灌满胸腔。

祝云雀是最后一个回宿舍的。白天虽然上了一整天课,可0921里的几个姑娘却依旧有精神折腾。

韩笑和李月清两人坐在电脑前打游戏,梁甜则和男朋友打视频电话。

祝云雀没她们那么有精神,她安安静静地洗了澡,再安安静静地收拾好,爬上床准备睡觉。

大概是晚上带陆让尘逛得太久,困意袭来得很快,在熄灯前祝云雀就睡着了。

难得一夜无梦。等到第二天醒来,已经将近十点。

手机在枕边"嗡嗡"振个不停,祝云雀在迷蒙间翻了个身,刚拿起手机就看到许琳达发来的消息。

许琳达:你昨天干吗去了,怎么不回我消息?

许琳达:你不会伤心到自闭了吧?

祝云雀无奈地敲字:我看你想象力丰富得都可以续写《红楼梦》了。

许琳达:你终于肯理我了。

许琳达:你现在啥情况啊?要不要跟我说说?

祝云雀脑中忽然闪过昨天早上她跟自己说的那些话,还有陆让尘那张脸,一时间竟不知道该怎么解释。

犹豫几秒,她只能说:没情况,也没自闭。

许琳达松了口气:没自闭就行。

许琳达:他不值得咱自闭!

这姑娘语气义愤填膺的,祝云雀没忍住笑了下,下床去洗漱。

等回来的时候,许琳达自己聊得正嗨,祝云雀把手机放到桌上,低眸扎辫子,一瞥眼就瞧见"陆让尘"三个字。

许琳达:陆让尘简直跟邓哲一样,刚上大学就玩得没边儿。

许琳达:他还秀恩爱!

祝云雀眸色微顿,这才点开她发来的那张截图,结果发现,居然是陆让尘的朋友圈。

而朋友圈里的那张照片,正是昨晚放他车上的粉色小驴,文案写着——"爱是天时地利的迷信"。

皮筋在这瞬断掉，"啪"一下，抽得指腹发麻，祝云雀眼神滞住。

许琳达的消息还在往外冒：你说他这是和那目标谈上了吗？

祝云雀耳郭微妙地发热。

也说不清这刻是什么心情，祝云雀抿唇，在输入框里输了几个字，隔几秒又删掉，最后她说：不知道。

她不是不愿意和许琳达敞开心扉，而是她真拿不准陆让尘想做什么，他这个人，太难懂了。

祝云雀退出聊天界面，点进朋友圈，果然看到陆让尘发的那条。

两人的共同好友总共就只有那几个。排除许琳达，她能看到的评论只有两个。

一个是周闯，他留了句：什么情况？

另一个是邓哲，什么都没说，只点了个赞。

祝云雀平复着微微悸动的心绪，看了几秒，最终决定当作什么都没看到。

临近中午，梁甜回来，叫祝云雀一起去食堂吃饭。

去的时间早，食堂人不多。两人点了两份米粉，面对面坐着。

本来梁甜是打算和男朋友一起吃的，结果两人吵了一架，气得梁甜回来找祝云雀。梁甜说她对象得知她花两万买了套单反很生气。

祝云雀闻言一愣："你花他的钱？"

梁甜眼睛睁得大大的："怎么可能，那是我的钱。"

祝云雀蹙了下眉，很不理解："那他凭什么管你？"

"就是说啊。"梁甜微噘着嘴巴说，"他说我不节俭，不把他当回事，做重要决定都不跟他商量，搞得好像我嫁给他了一样。"

祝云雀默默抿唇，正犹豫要不要劝"醒"她，结果梁甜白眼一翻，那叫一个嫌弃，说："真是诡计多端的男人！我花自己的钱还要给他报备，这还没结婚呢先管上我的钱了！"

她磨着后槽牙，越想越气，干脆拿出手机给对方发了条分手消息。

祝云雀见过痛快的，但还是头一次见到这么痛快的，简直哭笑不得。

当然梁甜也不需要她安慰，就这么潇洒挥手不带走一片云彩，吃了两口米粉便把话题转移到祝云雀身上："还没问你呢，昨晚跟那极品帅

190

哥约会怎么样啊？回来也没见你跟我说。"

祝云雀顿时一噎。

见她不说话，梁甜抢答："你喜欢他吗？"

梁甜眼神清亮，洞悉意味十足。

祝云雀就觉得，倾诉一下也不是不行。搅动着碗里的米粉，她轻声道："曾经，偷偷在意过。"

"那现在呢？"梁甜果然不意外，眼神都兴奋起来，"他也喜欢你呗？"

"不知道"三个字已经被祝云雀说得有些麻木，可又不知道该用什么词汇来替代，想想只能说："我不确定。而且我跟他之间差距太大了。"

"他家境太好了？不过家境好也没问题啊，谁找对象找条件差的。"

祝云雀摇头说："凡是超过一定界限的差距，都不是好事。"

梁甜不可思议地张嘴："你这态度倒真让我好奇他家啥样了。"

"大概就是，"祝云雀也不知道怎么形容，"未来婚姻由不得自己，早早就定下联姻对象的那种。"

梁甜干巴巴地扯了下嘴角："你们这是在拍豪门偶像剧吗？而且你又是怎么知道的，他亲口跟你说的？"

"高中的时候听另外一个女生说的。"祝云雀语气很淡。

就在陆让尘离开南城后的一年，祝云雀收到他送的生日礼物。这事也不知道从谁的嘴里传开，传进林知念的耳朵。

两人本来八竿子打不着，却因为当时快要期末考试，祝云雀被叫去帮忙贴考场学号，和林知念在美术班意外碰了一面，林知念一下就注意到她。

即便祝云雀面对林知念时眼皮子也没抬一下，林知念还是叫住她。

那会儿教室里已经没几个人了，就林知念那天不怕地不怕的性子，有什么话直接就在班级里说了。

当时她直接从领口里拽出一条银色项链，打眼一看，就知道是祝云雀那条的同款。

祝云雀确实愣了下，下一秒就听林知念说："陆让尘送的。"

但很奇怪，她那气势不像以往那般趾高气扬，倒像一种消极的忠告。

林知念扯着嘴角说:"是不是很意外?我也很意外。"她叹了口气,"大概那些男生就是这么敷衍吧,送人东西都不换样的。"

说着,又神色慵懒地把项链塞回衣领里。

祝云雀已经明白她要表达什么,眼眸一敛转身就走。

林知念却没完没了,干脆拽住她:"祝云雀,我劝你还是早点对陆让尘死心,他跟我不可能,跟你也不可能。你知不知道他家里很早就给他订了婚,他未来是要和青梅竹马的姐姐——"

后面那三个字还没来得及说出口,就被祝云雀一个眼神打断。

或许是她的眼神太过森冷,林知念被吓了一跳,但也还是坚持说:"你见过他手上戴着的那条黑曜石手串吧,他们俩一人一条的。"

这句话像锤子,瞬间将仿佛石化的心脏敲得龟裂。祝云雀情绪近乎麻痹地站在原地,就这么和她面面相觑了几秒,她开口道:"我跟他从来就不可能。"

那时的窒息感,像冬日里浓重的雾霾压得她透不过气,祝云雀从头到尾都没对任何人提起,也不愿提起。

而那条陆让尘送给她的项链,自那之后,她一次都没戴过,可即便如此,她也还是送了陆让尘回礼。

就在高考前的几个月,冯艳莱带她去寺庙祈福,求了好些东西送朋友。其中有一份就是送给程丽茹和陆让尘的。

冯艳莱那会儿忙,让祝云雀帮忙邮寄,祝云雀因而知道了陆让尘在北城的收件地址。后来她自己又去了一次寺庙,给他额外求了一块墨玉无事牌,又偷偷寄了过去。

她没指望陆让尘会真的戴她送的东西,那只是她一点回礼的心意。可她没想到,陆让尘真就一直戴着,戴到现在,戴到两人重逢。

似乎消除淤堵的最佳方式就是倾诉。当祝云雀跟梁甜说完这一切时,心情居然在无形中轻松几分。

梁甜却听傻了眼,甚至有点儿好笑,她说:"祝云雀,原来你这么好骗啊?"

祝云雀稍怔了下。

梁甜一语中的:"你从头到尾都没和那帅哥沟通过,别的女生说什么就是什么啊?万一是她自己买来气你的呢,你也说她在意陆让尘。"

"还有那个青梅竹马的姐姐啊,订婚啊,你都没问过他本人,怎么就能确定呢?"

这些话犹如醍醐灌顶,祝云雀瞬间茫然无措。

梁甜托腮叹气:"你啊你,天生不争不抢的性子,到手的鸭子都能飞走。我看着都着急,这要换成是我,我才不管,直接上去和他掰扯清楚。"

祝云雀顿时慨叹不已,思绪复杂,她想想说:"其实也不完全因为这两件事。"

"还有呢?"

"还有,"祝云雀说,"我想不通,他为什么突然就对我这样?"

明明高中时,两人根本算不上暧昧,他离开南城去北城,都没想过告诉她,除了那条项链,两人也没有多余的联系。

可就是这么突然,他和她上了同一所大学,他还主动接近她,像梦一样令人措手不及。

听到这里,梁甜微微张嘴,像是忽然明白了祝云雀的顾虑。

她点头软乎乎道:"也是,谁知道他是不是一时见色起意,寂寞了想找你玩玩。如果你不喜欢他还好,可你以前在意他哎,以你的个性,肯定不想再因为他难过。"

梁甜的每句话都仿佛说到祝云雀心坎里。

祝云雀垂了垂眸,看向碗中漂浮的油星和葱花。静默须臾,她像在对梁甜说,也像对自己喃喃:"就算再喜欢,我也不要昙花一现,更不要被抛弃。"

午饭就这么吃成姐妹谈心。

也许是有了比较,梁甜怎么看自己的男朋友怎么不顺眼,结果闹分手也变成了真分手。

当天晚上那男生就拿着花跑来宿舍楼下求和,梁甜这人说不下去就真不下去。因此她被韩笑称为英语系最不恋爱脑的女人,呼吁大家都向她学习。

然而只有梁甜知道,她才不是对感情最理智的那个,祝云雀才是。

梁甜本以为祝云雀会因为陆让尘变得少女怀春,可接下来的两天,她都没再听祝云雀提过这个人,一切按部就班得仿佛那天的谈话根本不存在。

后来她实在忍不住,问两人啥情况。祝云雀只淡淡地说:"没什么情况,没联系。"

梁甜想想觉得也合理,毕竟以两人的亲近程度,似乎也并不是能天天说话的关系。

按照这情况,她觉得这两人可能真没戏。

可就是这么戏剧化,她刚在心里下定论没多久,周三那节选修课就疯狂打脸,陆让尘居然和祝云雀上了同一节选修课!

陆让尘穿着宽松的黑衣长裤,宽肩腿长,皮肤却白。颀长挺拔的身姿一进教室,骨子里的那股贵气瞬间就震慑全场,阶梯教室刹那便安静下来,几乎所有人的目光都朝他看去。

当然也包括祝云雀。她坐在第四排采光最好的位置,一抬眸便看到他的身影,错愕的目光已经不止有些惊讶。

旁边的梁甜比她还震惊。她捏了捏祝云雀的小细胳膊,语气诧异道:"什么情况呀?他怎么还上讲台了?"

她说这话时,陆让尘确实上了讲台,手里还拿着一本薄薄的册子,低眸翻开。

祝云雀不由自主地怔住。不想下一秒,陆让尘忽然抬眼,视线朝她身上不轻不重地一落。

他神色很淡,目光却如有实质,坠着沉甸甸的力道,看得人无端觉得浮躁,心跳都加速。

好在对视不过须臾,陆让尘便收回视线看向讲台上的点名册,开始念上面的第一个名字。

磁浑嗓音在教室里荡开:"张硕。"

直到这会儿大家才反应过来他应该是过来替老师点名的,那个叫张硕的男生很快喊了声"到"。

陆让尘抬眸看他一眼,还挺负责地在点名册上打了个钩。

从祝云雀的方向看去,他五指修长有力,即便只是低眸云淡风轻地写几个字,也轻易就撩人心扉。

就连情场高手梁甜都感叹："哇，雀雀，他也太帅了吧，怎么看起来比那天还帅啊。"

她捏紧小拳头，看祝云雀："我现在理解你为什么那么没安全感了，这么个大帅哥，换谁都没有安全感啊！"

祝云雀有点想笑，但又碍于陆让尘间歇性扫过来的目光，不得不薄唇轻抿。心跳在不知不觉中加快，直到陆让尘点到她的名字。

也说不上是不是故意，陆让尘念她的名字时，眼梢轻挑，尾音上扬，就连目光也是明目张胆又玩味的。

对上他的视线，祝云雀嘴唇翕动，轻轻吐出一个"到"字。

本以为陆让尘会在本子上打钩，不想这人也不知道发什么神经，不着痕迹地蹙了下眉，跟没听到似的，又懒懒散散地喊一遍："祝云雀。"那调子颇有几分玩世不恭的味道。

教室又安静下来，好几排的人都朝她身上看，目光跟镰刀似的。

祝云雀第一次觉得陆让尘这么无聊，但也只能硬着头皮再喊一声"到"。

这次的音量挺大，似乎还带着一股不满。

陆让尘这回倒是听清了，不止听清，还挺满意地扯起嘴角，在本子上画了个钩。

旁边的梁甜一副小花痴的样儿："看看看，他故意引起你注意呢。"

祝云雀好笑又无语地看了梁甜一眼，没说什么。

结果呢，还真像梁甜说的那样。陆让尘点别人名字的时候那叫一个一笔带过，到后来连头都懒得抬，就这么给点完了。

他点完名，老师也进来了。

正是那天晚上和陆让尘一起从楼里出来的女人，原来是人文地理选修课的老师，储兰。

祝云雀略有些意外，再回过神时，陆让尘已经下了讲台。

阶梯教室很大，第一排也有空位，可他偏偏无视，长腿迈到第四排，在祝云雀身边停下。

淡淡的乌木沉香落下，他单手插兜，另一只手忽地敲了敲祝云雀的桌面，响起轻轻两声。

195

里边的梁甜眨巴着眼睛率先朝他看去,可陆让尘的目光却只定定地垂落在祝云雀身上。

那眼神似笑非笑,意味深长,有点克制的不爽,又像是想吃了祝云雀,却碍于场合硬生生忍着。

梁甜听见陆让尘开口了:"往里让让?"

挺正常的话,可不知道为什么,居然有种暧昧的味道。

梁甜满眼期待地朝祝云雀看去,发现她的耳朵不知道什么时候红了。

然而她是真犟,人都送到眼前了,她也只是平淡地抬眸看他,也说不出里头藏着什么情绪,跟着就站了起来。

要是她自己站起来也就算了。

问题是,她还拉着梁甜一起站起来。

梁甜蒙了,"啊?"了声。

眨眼就听祝云雀扭头对她说:"让一下,他要进去坐。"

话音落下的瞬间,空气诡异地安静了。

陆让尘就这么盯着她,"哧"的一声笑了。

虽然不了解这两人什么情况,但梁甜还是凭借本能做出正确的选择。

她非常机灵地一个闪身又坐回去了,可怜兮兮地看着祝云雀,指了指窗户,眼神好像在说——"这边空气好。"

没等祝云雀反应,旁边的陆让尘唇畔溢出一抹轻笑。也不管前头的储兰马上要讲课,他眼睛促狭地睨过来,语调云淡风轻的:"到底坐哪儿?"

不轻不重的一嗓子,惹得众人频频看来,包括站在讲台上的储兰。

祝云雀神色微僵,只能把书本往里推。剩下的那个挨着过道的位置,自然给了陆让尘。

两人紧挨着坐下。

祝云雀还是那副书卷气好学生的乖巧样儿,陆让尘却什么都没带,就这么敞着两条长腿,慵懒地往后一靠,像个来视察的领导。

似乎对他这个样子早就见怪不怪,储兰收回视线,没两分钟就正式开讲。

因为是选修课,大家状态都懒懒散散的,就连祝云雀也没什么笔记要记。

刚巧有人给她发消息，振得桌子直响，祝云雀就拿起手机，结果发现是梁甜发来的消息。

小甜甜：现在是什么情况，他怎么坐你旁边也不说话？

祝云雀轻抽了下嘴角，一时也不知该对他们俩中的谁更无语些。

偏偏同一时间，左手边的陆让尘懒懒地扬声说："原来手机没坏啊！"

挺轻描淡写的语气，却又蕴含着一丝淡淡的嗔意。

祝云雀眼皮子生生跳了一下，抬眸就见陆让尘饱含意味地觑着她，嘴角牵起挺欠扁的弧度，摆明了刚刚在盯着她看。

祝云雀好不容易才掩饰住悸动的心神，平静无辜地回答他："谁手机坏了？"

陆让尘用下巴指了指祝云雀的手机。

祝云雀明知故问："怎么了？"

"你说呢？"陆让尘眼神意味深长，语气颇有几分控诉，"别人给你发消息秒回，我给你发就当看不见是吧。"

就在早上，他在微信上问祝云雀，国庆假期回不回南城。没想到祝云雀根本就没理他。

刚巧这节课是储兰的，储兰受程沁芳嘱咐，平时多盯着点陆让尘，别让他胡闹，就叫他过来帮忙点到。

陆让尘那会儿在新搬进去的公寓待着，没兴致过去。没想到储兰直接来了句：那个英语系二班的祝云雀也在，你去不去？

陆让尘收到这条消息的时候，本来正准备换衣服去学校堵祝云雀。

没想到储老师眼神非常犀利，那天晚上就那么一瞥，就能认出这姑娘是谁。陆让尘也是无奈了。

他回复储兰：她在您那儿有选修？

储兰：有啊。过不过来？

陆让尘：你怎么知道是她？

储兰：那姑娘是系花，系里很多男生都喜欢她，就连他们的辅导员都夸过她，说要让她当学委，可她不干。

陆让尘出了几秒的神,蓦地嘴角一扯。

厉害了,都成了系花,还很多男生都喜欢。

不爽的情绪像鼓噪的风,陆让尘干脆地要了储兰那门课的时间地点,人直接就"杀"了过来。

祝云雀自然不知道其中的细节,只是微妙地觉得,陆让尘好像真的和以前不一样了。

他不会无缘无故地消失,也会明目张胆地朝她靠近,哪怕是她故意不理,他也会耐心得像个猎人。只是不知道,他想猎捕的,到底是不是自己。

思绪不由自主地翻涌着,祝云雀蜷了下指尖,找借口说:"我没看见。"

陆让尘哼笑了声,明摆着不信。

祝云雀抿了下唇,转移话题说:"你怎么也报了这节选修课?"

"没报。"陆让尘看向讲台,"就是过来看看。"

祝云雀情不自禁地望向他的侧影,又收回目光:"选修课有什么好看的?"

陆让尘扭头看她,眸底仿佛有暗流在涌动,笑了:"你说有什么好看的?"

他声音很轻,在抑扬顿挫的讲课声中,有种引人遐想的暧昧,偏又一眨不眨地看着她,让她无所遁形,只能直面他。

祝云雀眸光一闪,忽然就领悟了什么般,绷紧唇角,目视前方。

陆让尘嘴角无声地勾起。几秒过后,他声音淡淡的,却很执着:"国庆到底回不回去?"

"不回。"祝云雀一副认真听课的模样,"有点远。"

"飞机也还行。"

"太贵。"

"我给你付。"

四个字说得祝云雀心尖一颤,她诧异地看向陆让尘。

陆让尘垂着薄薄的眼皮看她,似笑非笑的,却又耐着性子。

可祝云雀还是摇头:"别闹。"

才从南城过来一个月,她再回去也没什么意思,更何况还要陆让尘给买票。

陆让尘就不一样了,好不容易上了大学,有时间回南城探亲,程丽茹肯定要他回去待一阵。

知道她这是不打算回去,陆让尘敛了敛眸,顿了两秒说:"行。"

祝云雀蜷紧指尖,鼓起勇气,轻声打趣一句:"你这是失望了吗?"

这一句直接将陆让尘逗笑了。他明晃晃地斜睨她,故意下套似的,把皮球踢回来:"你想我失望?"

祝云雀没吭声,就这么招惹完别人又不负责地沉默着。

似乎也意识到这姑娘跟以前不一样了,陆让尘重新将视线放到讲台上,嘴角不经意地浅勾着。

眸色疏淡地看了会儿,他忽然开腔:"那国庆保持联系。"

说话间,他桌下的膝盖轻轻撞了下祝云雀,语气有种漫不经心的狎昵:"不回消息的是小狗。"

祝云雀无语,他真是幼稚死了。

选修课结束后,陆让尘跟着储兰走了。

梁甜挺意外,她以为陆让尘会请祝云雀吃午饭呢,结果他就这么大摇大摆地走了。

梁甜不满意:"不行啊,哪有这么追人的?"

祝云雀吃着食堂窗口打来的饭菜,似乎很看得开:"谁跟你说他在追我的?"

梁甜眨眨眼:"还不算追呢,都当那么多人面跑你旁边坐着了。"

祝云雀说得有鼻子有眼:"说明他跟我认识,有事儿要跟我说。"

梁甜把脆骨咬得"嘎巴嘎巴"响,还真找不到反驳的话。毕竟他们后头的对话声音太小,隐秘得跟发电报似的,她根本听不清,想想就只能说:"那你就看看他以后的行动吧。"

祝云雀面无表情地吃着西蓝花,从头到尾都不知道在想什么。

转眼国庆假期来临。

韩笑和李月清都打算回老家过节去,班上大部分人也都要离校。祝云雀和梁甜都不走,梁甜打算和另外一个宿舍的女生出去疯玩,祝云雀则找了个兼职干,就在国庆期间当校图书馆的管理员。

除了管理图书,还要和工作人员一起负责水吧的工作,主要就是帮忙做咖啡,再给客人送去,工资日结,也不算少。

这会儿还没离校,几人在宿舍里聊天。

李月清说:"你们知道吗,我最近听了个大八卦,就咱们班那女班长,被外系大帅哥主动要了号码!那帅哥你们也见过,就国贸三班的陆让尘,那天来找雀雀那个。"

此话一出,梁甜"啊"了声:"他找女班长要号码?不是吧?"

韩笑也傻眼了:"真的假的啊,陆让尘找她要号码?"

李月清喘了喘气,整理头发:"当然是真的,她们宿舍的人亲眼看见的,也亲口跟我说的,说就在学校超市,挺多人都注意到了。"

韩笑无语:"这帅哥口味这么奇葩吗?那要这么着的话,我觉得我也行啊。"

之所以说这话,是那女班长不怎么样,仗着自己是班长整天在班上摆架子,二班的人都不怎待见她。

和陆让尘放到一块儿,天差地别,令人匪夷所思。

梁甜就在这会儿看向祝云雀,弱声道:"雀雀,你知道怎么回事吗?"

祝云雀置若罔闻,神色淡到看不出情绪,很干脆地摇头:"不清楚。"

大概也察觉到气氛有些微妙,后来那三人都没再聊起这个话题。

祝云雀在当晚临睡前,突然接到赵奇嘉的电话,特意打来问她国庆回不回家。

祝云雀说不回,没想到赵奇嘉很开心地说:"行啊,那我也不回了,国庆找你玩去。"

两人学校所在的城区离得并不远。

赵奇嘉也是刚军训完没多久,连北城长啥样都不怎么清楚。

祝云雀嘴唇微动,想拒绝,图书馆的工作应该挺忙的,她没时间陪赵奇嘉。但话到嘴边,又收了回去,心思不知道怎么忽然就拐到陆让尘身上,脑中不由自主地蹦出刚刚几个姑娘聊到关于他的花边话题。

祝云雀视线放空两秒,蜷了蜷指尖说:"那你来吧,但我可能会很忙,图书馆那边有兼职。"

赵奇嘉全然不在意:"没关系,正好我去图书馆看书做作业,不会打扰你,等你下班我们再出去逛。"

祝云雀没什么意见,就这样,两人达成约定。

然而祝云雀怎么都没想到赵奇嘉这人这么勤快,第二天一大早就来京大图书馆找她。祝云雀蛮无奈的,只能找了个距离她工作台很近的地方让他坐下。

中午两人一起简单吃了食堂。到下午,祝云雀继续工作,赵奇嘉则仍是在图书馆陪她。

这举动让图书馆代班的那个学姐忍不住八卦,说:"这帅哥不错啊,男朋友吗?"

祝云雀挺平静地摇头,说:"就是普通朋友。"

既然是朋友,祝云雀想着他都陪自己枯坐一天了,便提出请他吃饭。

就在上次祝云雀和陆让尘逛街时看到的一家客人很多的烤肉店。

国庆节自然避免不了要排队等位,但两人运气不错,没多久就排到了。

吃饭的时候,赵奇嘉全程都很照顾祝云雀,但凡烤好什么,都第一时间夹给祝云雀。

两人就这么有一搭没一搭地聊天,聊天内容大多是新学校的事。只是说到一半,赵奇嘉试探道:"我听说了一件事,你知道吗?"

祝云雀抬眸看他一眼:"什么?"

话音刚落,桌上的手机就响了一声。祝云雀下意识地拿起来,竟然是陆让尘。心跳微妙地加快,祝云雀迟疑了一瞬,点开消息。

陆让尘:到家了。

陆让尘:在干什么?

语气平常的两句话,此时却显得暧昧无比。

祝云雀目光不受控制地停在上面,赵奇嘉的话左耳进右耳出,直到她听到"陆让尘"三个字。

赵奇嘉忙着给烤盘上的肉翻面,状似不经意地说:"我看校友群里有人说他也在北城上大学,还说是为了对象留下来的。"他特意看了眼祝云雀,"你们挺熟的,没联系吗?"

暗淡的光线下,她扎着低马尾,化着干净好看的淡妆,即便是死亡顶光,看起来也依旧秀气清丽。

也说不上这会儿怎么想的,祝云雀抬了抬眼,心不在焉地道:"不清楚。"

赵奇嘉闻言如释重负地笑了:"哦,这样啊,那不怪你不知道了。"他又说,"我之前还听说,他跟咱们学校美术班的林知念走得很近,有人说陆让尘的对象就是她,两人国庆还一起回南城来着。

"当然这也只是传闻,毕竟陆让尘那样的男生,"赵奇嘉隐约透出几分蔑视的笑,"有钱有样貌,玩得开着呢。"

牛肉片在烤盘上"嗞嗞"地烤着,祝云雀心口轻轻"咯噔"一瞬,她突然开口:"玩得怎么开?"

赵奇嘉动作一顿,看见她的表情都微妙地僵了几分。

认识这么久,这还是他第一次听到祝云雀用这么冷淡的语气对自己说话,还是因为陆让尘。

他表情尴尬,渐渐反应过来什么,忙说抱歉:"对不起,没照顾到你的感受。你们俩以前好歹也算朋友,我居然忘了……"

"不算朋友了。"祝云雀把那肉片夹到碗里,声音很轻。

她想,不能再算朋友了。如果这次还是做不成恋人,就再不可能是朋友。她不能,也没法,就这么单纯地看着他。

气氛在沉默中变得凝滞起来。

赵奇嘉有那么一瞬间,很想问她,那他们之间算朋友吗?还是……祝云雀也有些在意他。

赵奇嘉正胡思乱想着,祝云雀忽然拿起手机对着他的方向拍了一张照片。

赵奇嘉眉梢一蹙,"哎"了声,又笑:"你拍照怎么不跟我说一声,抓拍多难看啊。"

祝云雀轻轻摇了下头:"不难看啊。"

赵奇嘉抖了下嘴角,又有些不自在地挠了下耳朵,说:"那你发我,我看看。"

祝云雀点头，没一会儿，她把赵奇嘉的照片发给他。

不只是发给赵奇嘉，还转发给了陆让尘。

与此同时，远在近两千公里的南城。

从爷爷奶奶那边吃完晚饭回来的陆让尘冲了个澡，刚从浴室出来，就见茶几上的手机一直在闪。

自打那群狐朋狗友知道他回了南城，就一个劲儿地找他约酒。

陆让尘挺没兴致，一律没理。

可他不搭理不代表那群人能消停，邓哲就不提了，特别是李铁和周槿。李铁说周槿最近失恋了，让陆让尘找时间和他一起劝劝。

消息发得叠了好几层。

陆让尘靠坐在沙发上，漫不经心地看了两眼，还没来得及回复李铁，就见祝云雀回了消息，是一张图片。

消息弹出的瞬间，陆让尘的眸中终于渗出几分兴致。却不想，在他那句"在干什么"下面，回答他的是一张照片，一张赵奇嘉的照片。

祝云雀：在和老同桌吃饭。

陆让尘深邃的视线落在赵奇嘉的照片上，他眸色发冷地盯了两秒，忽然就有种把手机摔了的冲动。

没多久，李铁就打电话过来了。他见陆让尘也没个反应，有些着急，开口就是："你明天到底有没有时间啊，有时间我就订位子了啊！"

陆让尘直接来了句："没有。"

李铁愣住："真没有？"

"没有。"陆让尘嗓音低冷，眉宇间是从未有过的阴郁烦躁。

他随意扯了下领口，就这么面无表情地垂着眼，将那张照片放大又缩小。

李铁在电话那头笑着揶揄说："怎么，这是有漂亮妹妹要见啊？"

哪壶不开提哪壶，这话直接把陆让尘气得嗤笑一声，本想骂他两句，可脑子里忽然就蹦出个混账的念头，混账到现在他就想回北城去，想回去治治她。

沉默了两秒，陆让尘抬手揉了下肩膀："那就当有吧。"

多年好友，李铁不至于听不出他话里的真假，当时就蒙了："什么情况，怎么了，我怎么什么都不知道？"

"你不知道是应该的。"陆让尘脑子里浮出祝云雀那张又纯又倔的脸，嗓音慵懒，"我也是刚决定。"

"决定什么？"

"明天回学校。"

陆让尘语气像说吃个饭、睡会儿觉那么平常，撂下这话就起身朝卧室走去。

听筒里李铁无语地道："你才回来一天就回学校，不怕阿姨生气啊？"

陆让尘跟没听到似的，把上衣脱下来随手扔在床上，又从衣柜里捞出一件黑色衬衫。

落地窗映着他的身影，匀称瓷白的上半身赤着，宽肩窄腰。

视线对着穿衣镜顿了两秒，陆让尘脑中再度蹦出赵奇嘉的那张照片，一声轻哂。

真不知道她什么眼光。

压着口郁气，陆让尘把黑色衬衫穿上，对着镜子神色寡淡地扣着纽扣："她最近跟我爸在闹冷战，我在家待着也是烦。"

李铁听出他话里的意思："那今晚上？"

"订位子吧，"陆让尘说，"今晚喝一场。"

· 第九章

告白

烤肉没吃多久，祝云雀就没了胃口，两条消息如石子投入湖中，眨眼便没有音信。陆让尘没回她。直到赵奇嘉结完账，手机都没再有过动静。

祝云雀无意识地瞥了几眼，几次之后，也觉得没什么意思，跟着赵奇嘉从烤肉店出来，顺手把这顿饭钱转给了他。

赵奇嘉对她的见外是真挺无奈的："有必要这样吗？咱俩都这么熟了，快把钱收回去。"

祝云雀语调淡然："说好今天我请你。"

"行吧。"赵奇嘉玩笑般道，"那不如这样，明天我再请你吃一顿，地方也是你定，这样才公平。"

两人视线随着说话交错。男生目光试探中透着几分期许，似是被祝云雀直勾勾的目光看得有些尴尬，很快又自嘲一笑："没事，你不想去也无所谓，我就是提一句……"

"可以。"祝云雀淡淡开腔。

也说不清为什么，就这么答应了。

街上人特别多，本来赵奇嘉还想逛逛的，但祝云雀说有点累，两人就早早坐上地铁返校了。

其间赵奇嘉提出要把她送回学校再回去，但被祝云雀拒绝。她不想麻烦赵奇嘉，也不想越界。更何况，她今晚还利用了他，只是那利用似乎没起到什么作用。

或许是微妙的内疚感在作祟，祝云雀在下地铁前终于露出一个发自内心的笑容，和他说再见。

回到宿舍，只有她一个人在，梁甜今晚去朋友家住不回来。祝云雀洗去一身烤肉味，早早躺在床上用平板电脑看电影。

进度条被她拉得来回横跳，半个小时过去，愣是一点儿情节都没看明白，最终平板电脑被泄气的她扔到一边。

祝云雀在床上挺了会儿尸，最终拿出手机，点开陆让尘的朋友圈。

头像还是那个头像，朋友圈的背景也没换，唯一不同的是，多了条半小时前发的动态。

是一张在酒吧的照片，桌上放着横七竖八的酒杯和酒瓶，前方是一群光看着就很喧闹的人。

陆让尘去酒吧了。

脑中蹦出这个答案，祝云雀呼吸不经意地收紧，然后就想起，赵奇嘉对陆让尘的评价——有钱有样貌，玩得开着呢。

言语的力量似乎远超人的想象，轻飘飘的两句话，就能将好不容易构建起来的信心摧毁。

祝云雀思绪空白了一瞬，也说不上是平静还是不平静，就这么强迫着自己什么都不去想，熄灯睡觉。

然而睡意全无，翻来覆去到凌晨，零点刚过，手机就响了。

祝云雀心里的兔子狠狠跳了下。她慢吞吞地转过身，在漆黑的宿舍里拿起手机，果真看到"陆让尘"三个字挂在窄小的屏幕上。

似乎铁了心要她接，手机响了好久都没挂。

心率就是这瞬间飙升起来，祝云雀盯着那三个字，屏气凝神好几秒，才按下接听键，轻轻喊了声"喂"。

声音依旧是文文弱弱的，却不沾睡意，一听就知道还精神。

像料准了似的，陆让尘慵懒地轻笑，染着倦意的低哑嗓音磁性得仿佛带了电流，直往人心里钻，他说："还没睡呢？"

祝云雀抿唇不说话。

她不说，陆让尘也不急。任那边背景音怎么嘈杂，旁边的几个男的怎么嬉笑怒骂,他都不搭腔,只漫不经心地等着她。

浅浅的气息声顺着电流在耳边作祟,两人就这么神经质地彼此沉默好半天,直到那股躁动的情绪终于爬过坡,祝云雀才轻声说:"你不也是?"顿了下,又道,"酒吧挺好玩的吧?"

陆让尘听笑了,笑得咳了两声,又痞又浑道:"比你可差远了。"

祝云雀睫毛轻颤,没有说话。

似是怕这个没什么分寸的打趣惹她生气,陆让尘很快又改口,语气随意,也听不出到底在不在意:"你呢,晚上的烤肉好吃吗?"

祝云雀顿了两秒,很诚实地说:"不好吃。"

陆让尘哼笑一声,欠扁的调调:"我还以为有赵奇嘉在,你吃嘛嘛香呢。"

祝云雀忽然就觉得,再跟他这么聊下去,自己今晚恐怕就不用睡了。翻个身,她把手机贴到另一只耳朵上,柔声说:"陆让尘,我要睡觉了。"

她很少用这种调调说话,像撒娇哄人,像女朋友在你耳边低语。

喉咙微妙地痒了瞬,陆让尘淡勾起嘴角,腔调沉柔:"行,你睡。"

话音刚落,也不知道谁忽然叫了他一声,让他过去再喝两杯。

祝云雀闻言,那股不清不楚的躁动就涌了上来。她没挂电话,赶在陆让尘应声前,鬼使神差地道:"那你什么时候睡?"

祝云雀声音坚决,隐约透着股强势,也像试探,试探她在陆让尘心中,分量究竟有多重。

陆让尘显然没料到她会来这么一句,稍一怔后乐了:"怎么,管我呢?"

还是那种桀骜不驯的口吻,却又多出几分罕见的纵容。

祝云雀心跳奇快。她想说"你希望我管吗",可话到嘴边,又硬生生被烫回去。挣扎几秒,她说:"太晚睡对身体不好。"

挺实在的一句话,没什么情调。陆让尘也说不清自己在期待什么,垂着薄薄的眼皮,晃了晃手里的酒杯,他轻轻一笑:"行,那我早点儿。"

祝云雀抿住唇,她分不清这话是真是假,可以两人目前的关系,好像也只能到这儿了。

于是话题到此结束,祝云雀轻声说了句"拜拜"。

陆让尘云淡风轻地"嗯"了声，回她一句："晚安。"

电话挂断，祝云雀望着漆黑的天花板发呆。

也不知过了多久，她心血来潮地给许琳达发消息。

这会儿许琳达那儿是白天，收到她消息的一瞬间就回了。

许琳达：你问让哥的朋友圈干啥，他把你拉黑了？

祝云雀：没。

祝云雀：你就帮我看看。

许琳达：……行吧。

或许是在上课，许琳达没多问什么，直接给她甩来一张陆让尘朋友圈的截图，陆让尘的朋友圈里仍旧只有那条——"爱是天时地利的迷信"。

看到的瞬间，堵在心头的某种情绪，忽然就神奇地消散了。

祝云雀不可思议地望着那张截图，放大又缩小，再点回陆让尘的朋友圈。

只见那张在酒吧的照片，仍旧停留在页面的顶端——以仅她可见的姿态。

酒局比想象中散得要快。挂了电话没多久，陆让尘就跟被人捏住命门般把杯子里的最后一口酒喝完，杯子朝桌上一撂就起身走了。

他这主角一走，李铁也拽着喝多了的周槿跟他一起离开。

上了车，李铁还挺不爽，问他这人怎么回事，明明是两个人一起攒的局，他倒好意思先走。

陆让尘叫的代驾，他坐在副驾驶上，头微低拨弄着手机，琢磨着明早去机场的事。

直到李铁开始嘟囔，他才渐渐回神，漫不经心地来了句："太晚睡觉对身体不好。"

李铁顿时摆出一副翻白眼要吐的表情，他知道这家伙刚跟姑娘打完电话，就是没想到这一通电话能这么好使。别说为她提前回学校了，就那姑娘一句陆让尘都能回家睡觉。

李铁摇头叹息："你完了陆让尘，你这混账性子都能让这姑娘吃死，你肯定完了。"

陆让尘闻言指尖一顿，倏地偏头，眼风自带轻蔑地朝李铁浮皮潦草地扫了扫，慢悠悠地道："我看你还是先关心一下你怀里这个什么时候才能对你动心比较重要。"

扶着周槿的李铁气急败坏地说："陆让尘你够了啊！"

国庆节的第二天，祝云雀是晚班。工作时间要从中午持续到晚上七点闭馆。

不用早起，祝云雀放纵自己一觉睡到十一点。

等她到图书馆时，赵奇嘉也已经在老位置坐下了。

大概是精心打扮过，这天的赵奇嘉穿着白卫衣、牛仔裤，看起来青春盎然，甚至喷了淡淡的香水。

知道她起得晚，他还专门给她带了寿司和奶茶，递到她手里的时候，奶茶还是温热的。

祝云雀不知如何应对："我吃过了。"

旁边的代班学姐看到，笑得暧昧："吃过了也没事啊，留着晚上吃呗。"

赵奇嘉也笑："没事啊，不吃也行，你吃不了我吃呗。"

祝云雀神色有些不自在，最终只能接过来，放到一旁。

赵奇嘉转身一走，代班学姐就凑过来在祝云雀耳边嘀咕："你还有没有这种类型的？帮我也介绍一个。"

祝云雀有些无奈："把他介绍给你怎么样？"

学姐都吓傻了："开什么玩笑，我可没心思挖墙脚。"

祝云雀无所谓："他又不是我墙脚，只是好朋友。"

学姐听出猫腻，问她："什么意思，你没看上？还是你心里有人了？"

祝云雀清洗着咖啡用具，没接茬。

学姐边擦桌子边嘀咕："要我说他真挺好了，这么细心，早早就过来等你，你睡觉也没吵你，多痴情啊！现在这社会，有几个男生能这么痴情。"

不知道是不是自来水太冰，祝云雀指尖被水冲得疼了下，低眸一看，才发现不知何时上面划了道小口子。

209

她心不在焉地揉了揉，也不知怎么，心思一下就跑到陆让尘那儿，想到昨晚两人那通暧昧不清的电话，还有他那条仅她可见的朋友圈。

所以，两人到底算什么？

祝云雀想了好半天，都想不出答案。

或许这会儿，陆让尘才刚起床，会有很多人找他。男生叫他一起出去玩，女生则嘘寒问暖，主动给他送早餐。

脑子就这么乱七八糟地想着，直到系统来了一份点单。

祝云雀闻声回神。

"五排三桌有个要香草拿铁不加糖的。"代班学姐把单子念出来，刚念完第一行就愣住了，她眉毛拧得要打架，对着单子往下念，"备注是……让祝云雀亲自送？"

此话一出，祝云雀心口突了下。

学姐诧异地看她："点名叫你的，你认识？"

祝云雀摇头，心里却突然有种微妙的预感。

五排三桌就在斜后方，她从水吧出去稍稍看一眼就能看到。可不知为什么，双腿就像灌了铅般，一步都不愿意挪。

祝云雀既觉得离谱，又不敢相信，想想只能说："学姐，我做了你帮我送过去吧。"

代班学姐指了指自己："我？可他点名要你送啊。"

"……也不能他要我出去我就出去。"祝云雀双颊蕴热，斟酌后道，"你先送过去，帮我看看是什么人。他要是不满意，我再亲自过去。"

代班学姐表情复杂，但转念一想，可能祝云雀有什么难言之隐呢，比如纠缠的前男友，或者前男友的现女友什么的。

反正青天白日的，还是在学校图书馆，这么多人在，总不至于有危险。本着乐于助人的精神，学姐点头答应。她端着祝云雀做好的香草拿铁出去，顺带安慰对方："没事，别担心，我帮你看看怎么回事。"

留下这话，学姐步伐生风地走了。

祝云雀心不在焉地留在吧台，指尖有些发凉发软。

没几秒，手机突然一振。她条件反射般低眸看去，转眼就看到陆让尘的微信。

陆让尘：不愧是学霸，还挺会见招拆招的。

云里雾里的一句，却让祝云雀心中已经有了答案。她轻轻舒了口气，突然又无语又想笑，但占据主导的，还是雀跃和惊喜。心跳似乎也变得很快，她屏住呼吸，转身从保鲜柜里慢吞吞地拿出一份覆盆子蛋糕，放在餐盘上。

学姐就在这时回来："这家伙点名要你去呢。"她埋怨但又不是真埋怨地看着祝云雀，"不是我说，我是你们游戏中的一环吗？"

祝云雀压着嘴角，不知道该说什么，只说："麻烦你了，抱歉。"

"不用。"学姐赶忙把她往外推，"快点过去，不然一会儿帅哥着急自己过来了。"

祝云雀的耳朵红得更明显了，就这么端着覆盆子蛋糕离开吧台，转身朝斜后方走去。

陆让尘就坐在那儿，坐在五排三桌的靠窗位。他穿着一件设计独特的淡蓝色长袖衬衫，干净得近乎纯粹，桀骜清俊的气质十足惹眼。

似乎感知到祝云雀的目光，陆让尘缓缓抬起眼皮，深邃的目光径直朝她望来。直到走到他跟前，祝云雀才看到，他面前摆了一本还没翻开的《露水的世》。

然而陆让尘压根儿就没看这书的意思，那双眼从一开始就盯着祝云雀，似戏谑，似玩味，又暗含着说不清的东西。

祝云雀竭力维持着自己的表情，将蛋糕放在他面前。她正准备转身就走，陆让尘直接攥住她的手腕。

他滚烫的掌心紧紧贴在皮肤上，霸道又强势地包裹住她柔滑的腕骨。炙热的目光落在她身上，祝云雀无声哽住。

陆让尘眼梢轻扬，眸里仿佛带着缠人的钩子，嗓音轻到狎昵："就这么不想让我见？"

这是午后图书馆最静谧的一处，温煦的阳光顺着明净的窗子洒落进来，空气都金晃晃的。

祝云雀困在陆让尘眸中，像在荒漠中踽踽独行的旅人忽然见到绿洲，第一反应，就是怀疑眼前情景是不是海市蜃楼。

——他是专门为自己过来，还是只是碰巧？

然而陆让尘并没有给她深思的机会，见她不吭声，他轻抬眼梢，嗓音低沉地道："怎么不说话了？"

肃静的气氛被他磁性的嗓音渲染得暧昧丛生。

祝云雀忽然就发现，自己根本什么都不用说，就已经落了下风。眼底闪过一丝局促，她下意识地往回抽手。

陆让尘倒也没故意捉弄，顺势松开了。他瞥了眼桌上的覆盆子蛋糕，明知故问地开口："谁的蛋糕？"

"请你的。"祝云雀薄唇微抿，声音控制得又轻又软，"不知道你喜欢什么，就随便选了一块。"

陆让尘没想到还有这待遇，煞有介事地挑眉，慢条斯理地笑："还知道请我吃东西呢。"

祝云雀："你别得了便宜还卖乖行吗？"

陆让尘嘴角那股坏劲儿噙得更深了。

祝云雀不想理他，拿起桌上的餐盘转身就走。

这回陆让尘倒是没拦，毕竟是图书馆，说话都要控制音量，有什么想说的也不好展开说，他这人没那么不礼貌。

回到水吧，关注两人许久的学姐一脸八卦地问祝云雀两人什么情况。

双颊的红晕还没消退，祝云雀漏洞百出地撒谎："一个朋友，过来捣乱的。"

她的面色却没有半点懊恼，反倒有种飘忽的紧绷。

学姐才不信她的鬼话，推了推眼镜："你就骗人吧，就是傻子也看得出来这帅哥跟你关系不一般，我看这帅哥八成是看上你了。"

明明和之前评价赵奇嘉的话差不多，可主角换成陆让尘，分量就变得不一样。祝云雀默不作声地洗刷着工具，心跳很快，心思也早就不在原来的轨道。

偏偏学姐看热闹不嫌事儿大，笑嘻嘻地说："我现在明白你对之前那个男生为什么那么淡定了，有这么个大帅哥在，就是瞎子也知道怎么选啊。

"不过可惜了，唉，那男生怕是要为他人作嫁衣裳了。"

祝云雀用刚冲过水的手弹了学姐一下。

学姐"呀"一声,压着嗓子抗议:"我刚擦过的眼镜片。"

祝云雀忍不住笑。

忽然,桌上的手机振了一下,是陆让尘。祝云雀心里的小鼓蓦地敲了下,微微屏息。好像无论何时,面对喜欢的人找自己这件事,她都无法做到完全淡定。

点开发现是一张照片,她送过去的那块覆盆子蛋糕已经被陆让尘吃了一半。

祝云雀犹豫几秒,难得主动问:怎么样,好吃吗?

陆让尘秒回:好吃。刚好没吃早饭。

见他这么回答,祝云雀心里熨帖,想到他没吃早饭,又抬眸看了眼时间。这会儿已经将近下午一点,可这个时间陆让尘居然还没吃上饭……就很离谱。

脑中不由自主地蹦出"他到底会不会照顾自己",她敲字说:我这边还有三明治,你要不要来一个?不过不怎么好吃就是了。

陆让尘:没事,等会儿出去吃。

……行,算她自作多情。只是踌躇几秒,祝云雀没忍住又问:对了,你怎么会在这儿,不是回南城老家了?

陆让尘:就不能过来找你吗?

心率在无声中起伏不定,仿佛有什么秘密要藏不住。祝云雀指尖微微收紧,想说"傻子才信你的鬼话",可转念一想,陆让尘能在点单时说出她的名字,就说明他一开始就知道她在这儿。

祝云雀只能再问他:你怎么知道我在这儿兼职的?

结果发出去好半天,陆让尘都没回。祝云雀忍不住抬眸,目光不受控制地往后看。

陆让尘仍旧在那儿没错,身边却不知何时围了两个女生。看那两个女生的表情就能知道,他又被人要号码了。但是和以前一样,这家伙压根儿就没有要给的意思,嘴角吊儿郎当地挂着笑,略敷衍地拒了。

女生多少有些下不来台,但又没法说什么,只能悻悻离开。

两人一走,陆让尘视线没了障碍,就这么不偏不倚地朝祝云雀望来,眼神似笑非笑又暧昧不明的。

像被他突然抓包，祝云雀脸色尴尬，板着一张巴掌脸瞬间别开。手机却在下一秒亮了——

陆让尘：放心，没给。

话说到这种程度，俨然超过了普通朋友间的玩笑界限，像是堂而皇之地拿捏她。祝云雀抿唇看了两秒，红着脸故意没搭理。

刚巧吧台又来了几单，学姐那边也该下班了，祝云雀一下就忙了起来。等她再有时间看手机时，陆让尘的消息已经发来好半天了。

陆让尘：几点下班？

祝云雀回他：晚上七点。

陆让尘说：我先回去洗个澡吃个饭，到时候来接你下班。

祝云雀这才想起来还在图书馆的赵奇嘉……这两个人怎么可以这么凑巧。

祝云雀很无语，只能说：可我下班还有事。

陆让尘：什么事？

祝云雀：要和朋友出去吃饭。

说到这里，似乎没有再往下深究的必要，可陆让尘非要往下问：还和赵奇嘉？

心口仿佛中了一箭，祝云雀喉咙一哽，也说不上在怕什么，忽然心虚了。

她没敢承认，说：不是。

陆让尘：嗯。

陆让尘：那我先撤了。

说完陆让尘捞起外套起身，从后门离开之前，还特意朝祝云雀那边看了眼。

祝云雀穿着淡蓝色的衬衫裙，扎着低低的马尾辫，清秀板正地站在吧台里，一副认认真真工作的样儿，干净漂亮得任谁路过都会多看两眼。

似乎感知到他的目光，祝云雀也默契地朝他看来。

视线就这么对上，陆让尘玩世不恭地勾了下唇，给她递了个无声的口型，转身走了。

直到他身影消失在后门，祝云雀才渐渐反应过来，他说的是"明天见"。

从图书馆出来，陆让尘先是找地方吃了个饭，而后才回宿舍。

宿舍是国庆节前辅导员安排的，和班上另外两个男生住在一个不算大的三人间。

虽然认识时间不长，但三人处得不错，有两天陆让尘下课还会和他们一起吃饭。

这两人家离得远，国庆节就都没回去，只有陆让尘回去了，结果他在南城逗留一天就又回来了。

他一回来这两人最意外。叫杨涛的是他们班班长，知道内情，笑着打趣陆让尘："你不会是怕被人'偷家'提前回来了吧？"

一听这话，爱玩游戏的曲颂来精神了，直接从床上坐起来："什么'偷家'？一起玩游戏啊。"

"玩啥玩？"杨涛乐道，"我说的是妹子。"

陆让尘刚洗完澡出来就听两人在聊天，他没什么兴致搭理，靠坐在书桌前回程丽茹微信。

程丽茹不知道他回来，还是等第二天早上没见到人才明白怎么回事。大概是更年期到了，她脾气不小，直接打电话给陆让尘一顿臭骂。后来下了飞机也没饶了他，消息左一条右一条地给他发，不是骂他混，就是骂他没良心。

陆让尘这会儿才有心思看，看到最后挺无奈，只能给林稚打电话。

作为程丽茹的干女儿，外加那些长辈口中陆让尘的"未婚妻"，林稚在程丽茹这儿话语权很大。有时候陆让尘搞不定程丽茹了，就给林稚打电话让她处理，林稚三两句就能把人哄高兴。

林稚比陆让尘大个几岁，爱玩归爱玩，但人很精明，听了几句话就知道陆让尘为了个姑娘心血来潮地从南城回来，还挺幸灾乐祸。

她慢声细气的，要多气人就有多气人地说："你啊，就该骂，本来上京大就够让阿姨生气了，现在还搞这出，我可帮不了你，我顶多帮你劝几句。"

"能别这么烦人吗？"陆让尘轻哂，"又没让你帮，安慰她两句就成。"

林稚"嗯"了声:"我等会儿就给她打个电话,不过作为回礼,你是不是得请我吃顿饭?反正我也失恋了,需要人陪。"

陆让尘闷出一嗓子笑:"你还能失恋呢?"

林稚抬高音调:"怎么了,我就不是人?我就不能失恋了?而且这次我还是被甩的呢!"

她说得义愤填膺,就是听不出来难过。

陆让尘懒得听她废话,更懒得去找她,干脆让林稚过来,带她在校外随便吃点什么。

没想到这位千金大小姐还挺乐意,同意了。

陆让尘在宿舍休息到晚上七点,去学校门口接林稚。

林稚还是那夸张的风格,吃个烧烤也要穿一身复古连衣裙,大波浪,细高跟,就这么往位置上一坐,不少人都朝她看。

实话说,林稚很好看,是那种非常精致又有着极强攻击性的好看。

但这种好看从来入不了陆让尘的眼,两人从小一块儿长大,陆让尘只把她当姐,特别是在陆芝桃去世后。

这会儿,林稚声情并茂地跟陆让尘讲述了她的第二十八位男友是怎么把她给甩掉的。

倒也不是因为什么感情破裂,而是林稚和另外一个最近在追她的富二代背地里走得有点儿近,被她对象发现了。

林稚叹气:"要说我这个前男友,什么都挺好的,就是太纯爱了。我跟哪个男的稍微一走近他就受不了,这次气急了,直接跟我说分手。我就是谈合作吃个饭,连个手都没碰!"

说到激动处,她"哐哐"拍桌子,手腕上那条和陆让尘一样的黑曜石手串敲得直响。

陆让尘呵笑:"那你不是活该吗?"

林稚不服:"我怎么就是活该呢?要是换了你,就你为了她回来的那个女生,你非常喜欢她,她却和别的男生距离近一点,啥也没发生,你却问都不问就想分手。那你还是真喜欢她吗,真喜欢是什么?真喜欢就是痛也要爱,痛也要坚持!"

陆让尘被她说得嗤笑一声:"你这是给谁洗脑呢?"可不知怎么,

说完的下一秒他就想到祝云雀。想到那小姑娘动不动就红的耳朵,还有明明局促却故作镇定的样子,他几不可察地勾了下唇角。

放空几秒,他云淡风轻道:"别瞎扯,她跟你可不一样。"

语气中透着再明显不过的偏心。

林稚相当离谱地看他一眼,嫌弃直冲脑门儿:"陆让尘,你别告诉我你是个'恋爱脑'。"

陆让尘扫她一眼,没搭腔。气得林稚化悲愤为食量,大手一挥又点了三十串羊肉。

陆让尘吃得差不多了,起身出去透口气。

小烧烤店不大,他就靠在门脸那儿,黑帽子、黑皮衣、牛仔裤,随便往那儿一站就很惹眼,没一会儿就有在户外吃烧烤的女生过来要号码。

陆让尘低眸拨弄着手机,眼皮子都不抬一下,直接说:"有对象了。"

女生脸色一下就变了,也不废话了,扭头就走。

陆让尘扯了下嘴角,刚要进去,帽檐底下的那双长眸就瞥到一抹熟悉的身影。

清瘦的、秀气的,在夜晚像一抹荡开的水色。

他看到祝云雀的时候,祝云雀刚好也看到了他。她就站在烧烤店外的马路边上,神色微怔地注视着陆让尘。

两人之间只有不到五米的距离,但凡周围人说点儿什么,都能听得一清二楚,包括那句"有对象了"。

偏偏就在这个瞬间,林稚非常不巧地从店里出来,捏着嗓子喊了一声:"陆让尘,快去给我结账!"

空气仿佛凝滞住。陆让尘浓眉蹙起,像是有什么话要说,不想下一秒,就见祝云雀身旁冒出一个男生。一个从开始到现在,都像一个疙瘩长在陆让尘心上的男生。

比起祝云雀,赵奇嘉似乎更震惊。他诧异地看着陆让尘,愣了几秒,扭头看向祝云雀说:"啊这,你们约好的?"

话音落下,陆让尘目光紧锁在祝云雀身上,眸光冷冽,没说话。仿佛这瞬间,就只有祝云雀能引起他的注意。

然而祝云雀神色很快恢复正常,只是淡瞥了眼站在陆让尘身旁一脸蒙的林稚。瞧见女人纤细的手腕上戴着的那串和陆让尘同样的黑曜石手串，她眸光不经意地黯淡下来，又很轻地摇头，说："没约。"

清清冷冷地说完，她像完全不认识陆让尘一样，连个招呼都没打，就这么面无表情地转身走了，朝隔壁那家店的方向。

清凉的夜风轻轻吹拂着她的发丝，留下淡淡清香。

赵奇嘉很快跟了上去，却又忍不住看了眼夜色下气场危险的陆让尘。

察觉到不对劲，林稚这才偏头看陆让尘说："……什么情况？"

陆让尘却像没感知似的，就这么绷着下颌线纹丝不动地站在那儿，望着两人融在夜色里的身影，眯了眯眼。

他哪里知道什么情况，只知道自己嫉妒得快疯了。

烧烤店的隔壁是一家湘菜馆。正是客流量多的时候，祝云雀和赵奇嘉进去后就只有最里面的位置能坐。

或许是被刚刚的偶遇影响，气氛有些微妙，赵奇嘉打量着祝云雀的神色，好半天都没吭声。直到点完菜，他才找了个由头状似不经意地提起陆让尘："他怎么会在京大这儿啊，他上的大学难道是京大？"赵奇嘉边说边注意着祝云雀的神色，"还有旁边那个女的，是他女朋友吗？"

"女朋友"三个字像刺在指缝里的针，刺得祝云雀眸光轻晃。想到女人手腕上的那条手串，她眉眼微垂，唇缝里挤出三个字："可能吧。"

这句声音很轻，听不太出什么情绪。

可赵奇嘉对祝云雀太了解了，了解到她哪怕露出一个细微的表情，他都能品味出一二。眉心微微一敛，赵奇嘉也说不上为什么，心忽然就凉了半截。

安静片刻，他不尴不尬地扯唇说："其实你俩一直有联系，对吧？"

祝云雀抬眸，目光落在他脸上。

那是一张很干净的脸，即便上了大学，给人的感觉也还是从前那个阳光少年。那是和陆让尘完全不同的类型，也是祝云雀一直想要尝试接受，却无法心动的类型。

她内心很清楚，赵奇嘉这样的，才是她应该喜欢上的人。会对她好，会时时刻刻照顾她，在意她的感受，不会让她产生一点儿不安。

不像陆让尘，就只会揪着她的心，让她患得患失，让她敏感不安。

可就像陆让尘朋友圈里的那句歌词——"爱是天时地利的迷信",好像只要陆让尘在,她注定就看不到别人。

说不上来心里究竟是什么滋味,祝云雀心不在焉地"嗯"了声,说:"他也在京大上学。"

赵奇嘉欲言又止几秒,压下吃惊,选择不再追问。

很快菜就上齐。赵奇嘉依旧照顾着祝云雀,努力找新话题,让她开心点儿。

可没用,祝云雀始终神色淡淡的,像独自处在一个真空的玻璃罩里,任谁都与她沟通不了。

平常她也这样,清清冷冷的,不太爱笑,可从没有一次,她这样懒得应付。

赵奇嘉又怎么会看不出来。他心里更是清楚明白,她是因为谁,才会这么怅然。说不上是烦了累了,还是失望,几次三番下来,赵奇嘉的脸色有些维持不下去。

饭桌陷入沉默。

祝云雀顿了顿,抬眼看他:"其实你根本不用这样。"

赵奇嘉第一次露出一种近乎气笑的表情:"我怎样?"

祝云雀说:"你不用对我这么好。我们只是朋友。"

两句话像一盆冷水,直接浇灭本就偃旗息鼓的火苗。赵奇嘉神色僵硬,唇角抖了抖,好半天都说不出一句话。

祝云雀垂眸,拨弄着瓷碗里的白米饭,终于把酝酿已久的话说出来:"赵奇嘉,你很好,真的,但我们不合适。"

虽然已经预料到她要跟自己说这些,可亲耳听到,心口还是会觉得被刺痛。

赵奇嘉一下就笑了,笑得很苦涩:"我这是被发'好人卡'了吗?"

祝云雀嘴唇浅抿,没吭声。赵奇嘉又说:"是因为陆让尘吗?"

祝云雀还是不说话。赵奇嘉忽然就有些泄气,冷笑两声:"所以呢,你和陆让尘就合适?"

筷子顿了下,祝云雀睫毛轻颤,指尖血色很淡,有种苍白的破碎感。沉默了几秒,她摇头:"也不合适。"

赵奇嘉就没见过这么冷静的人,他根本拿她没办法:"但你就是喜欢他,不是吗?跟我喜欢你一样。"他激动起来,"可他能像我一样吗,能在图书馆干坐着,就为了等你,就为了多看你几眼——"

祝云雀直视他:"我不需要他这样。"

轻软的女嗓在不经意间扬高,清冷果决,没有任何转圜余地,劈得空气都瞬间静默。明明话里没承认一句喜欢,可字字句句都是对那个人的喜欢。

赵奇嘉红着眼眶,一下就笑了。

原来这就是她真正喜欢一个人的模样。她会在乎,会难过。

即便再淡然平静,也还是会有波澜起伏乃至失控的那一秒。

眸光黯淡下来,赵奇嘉忽然就不知道该说什么,或者说,他很清楚,再说什么都没用。

喜欢一个人,永远是无解的难题。

窒息了几秒,赵奇嘉拎着外套起身。

祝云雀看着他,眼眶渐渐发烫,轻吐出三个字:"对不起。"她声音很沙,"我想等你吃完再摊牌的。"

可她控制不了,每一秒脑中都是陆让尘和那个女生站在一起的画面,太难挨了,难熬到她根本没力气再照顾别人的情绪。

然而回应她的是一声自嘲的笑。赵奇嘉深深地看了她一眼,终究是什么都没说,攥紧外套转身走了。

座位瞬间空了,祝云雀像是被抽走浑身力气般,看着桌上的四菜一汤,索然无味。

发了会儿呆,她拿出手机,准备起身去结账。

不想就是这瞬,一道身影忽然出现在后方,迫人的气场像一堵密不透风的墙,就这么把祝云雀围住,随之而来的,还有那阵熟悉的乌木沉香。

捏着手机的指尖颤了下,祝云雀喉间一哽,猝不及防地怔住。再抬眸时,陆让尘已经抽开她左侧的椅子堂而皇之地坐下,一双狭长冷感的眸抑着波涛般凝视着她。

不满、隐忍、愤怒,还有怒火中烧的妒忌。

气氛陡然剑拔弩张。

他直勾勾地看着她，嗓音哑得厉害："他就这么丢下你走掉，值得吗？"

听到他的声音，祝云雀的心脏倏地被拎起，眼睛一下就红了。

不是没想过他会找自己，可当他真的出现在面前，还说出这种浑话，那种委屈又酸涩的感觉，还是会清晰地捅她一刀。

祝云雀嘴角紧绷，别开视线，当没看到他一般拎包起身。结果陆让尘也站起来，一脸肃杀地攥住她的手腕，强横又果断地把她拽走。

像是电视剧里才会出现的离谱桥段，祝云雀蒙了。偏偏陆让尘太高，腿也长，步子撒开了迈像是生了风。

祝云雀根本挣脱不开他，只能任由他拽着自己从后门出了餐馆。

那是一处不算新的住宅楼。小区里路灯光线很暗，有蝉在草丛里浅鸣。

祝云雀心思乱成一团，转眼就被陆让尘抵到一处看不清的角落。墙面冰冷，撞得祝云雀肩膀一疼。太多情绪在心底翻涌，她视线一下就起了雾。

眼泪大滴大滴地滚落，就在陆让尘亲过来的那一秒。

他的唇很软，有种没经历过缠绵青涩的凉，可烙在她唇上，却能在刹那间燃起烈火，再吞噬所有。

下巴也被他用力钳住，祝云雀不得不仰起头，迎接他掀起的浪潮。

然而她太软了，柔弱无骨得几乎嵌到他怀里。

不过一瞬间，陆让尘就被她的回应激得彻底失了控，紧紧把她扣在怀中，生涩而执着地吻她。开始是涩的，疼的，可渐渐地，那吻变得很烫，烫着舌尖，烫到骨子里，烫到人意识缥缈，只觉得恍惚。

眼泪却越掉越凶，像是要把这么长时间以来，所有的委屈、难过、心酸，一股脑地发泄出来。

她遥不可及的月亮，此刻就在她面前。

可凭什么呢，凭什么他过来了，她就得停下来，就得等。

倔强、委屈充斥着心房，祝云雀泪水汹涌，使劲儿回咬他，贝齿并不锋利，却像密密麻麻的针扎在心上。

陆让尘心口倏地一沉，犹如被撕开一道裂缝，灌进呼啦啦的风，就这么清醒了。

他退开,高挺的鼻尖抵着她的,重重呼吸着。

祝云雀睁着湿漉漉的一双眼,心跳快到呼吸都乱套,却还是给了他一巴掌。

"啪"的一声。

从没人敢这样对陆让尘。可陆让尘没躲,就这么直勾勾地盯着她,倏然笑了。低磁的嗓音染着欲,他语调温柔得几乎能将人溺毙:"打我就能消气?"

祝云雀抿唇不说话,明明睫毛都沾着水汽,却仍是满眼的倔劲儿,化不开似的。

陆让尘知道她在生气,他就是故意激她,想看看她那黑心肝里到底有没有自己。只是没想到,会把她惹毛到这个地步。

他抬起手,试探着在她唇畔揉了下。说话间温热的气息也拂过她的睫毛,他声音很轻:"要不要再打一次?"

祝云雀偏过头去,不看他。

陆让尘捏着她的下巴,把她那张小脸扳正,挑着眉一板一眼地吓她:"不说话是吧,不说话那就再来一次。"

他这话完全没有开玩笑的意思,刚说完就俯身过来。

祝云雀肩膀一抖,眼神直接和他对视,警告地来了句:"陆让尘!"

他直接闷出一嗓子笑。

祝云雀被他笑得面红耳赤,攥紧指尖,心慌得仿佛透不过气。

还是第一次,两人距离这么近,他根本就是早有预谋。

陆让尘却恬不知耻地近距离看她的眼睛,即便是冥冥不清的夜色,她的眸子也还是清亮得像星星一样。

克制着想要再亲她一次的冲动,陆让尘哑声说:"谈谈。"

祝云雀鼻腔酸得厉害,她低垂着眼眸,声音轻颤:"……谈什么?"

陆让尘慢条斯理地掰开她蜷成拳头的手,把手指塞进她的指缝,紧紧一牵:"谈我和你。"

看着两人十指相扣的手,祝云雀心跳如擂鼓。

盯牢她的眼睛,陆让尘俯身过来,耐心到像哄着她似的:"看我。"

祝云雀几乎不受控制地抬眼，视线避无可避地落在他那张极其好看的脸上。

什么都没变，眼睛鼻子嘴巴，就连耳垂上的那颗痣。

可又什么都变了，变得不那么有距离感，她随手可碰，近在眼前。

不自觉地屏气凝神，祝云雀目光纯粹而忐忑，像着了魔。

陆让尘就这么垂着眼皮淡而沉溺地看着她，仿佛要把她看透般，忽而笑了，嗓音暧昧而蛊惑："祝云雀，我在追你，看不出来吗？"

简短有力的一句话，沉甸甸地落在心上，震得祝云雀瞬间有种不受控制的眩晕感，她心脏发麻地望着陆让尘。

陆让尘牵着她的一只手捏了捏，眼睛一眨不眨地粘在她脸上："就这么不明显？"

夜色静谧而缱绻。月光轻柔地笼罩在他身上，祝云雀的心尖忽然就像初春刚冒出土壤的嫩芽，很轻地颤了下。

陆让尘望着她的眼眸越发深邃。

祝云雀被那目光灼得心律失衡，偏开目光说："想听实话吗？"

"什么实话？"陆让尘挑眉淡声，"说来听听。"

祝云雀屏息凝神地垂下眼梢，浓长的睫毛轻颤着说："实话就是，我没觉得你对我是认真的。"

无论是过去，还是现在，她都没有勇气认定陆让尘对她就是纯粹的喜欢，所以她才不断地否定，徘徊，犹豫。

她真的不喜欢那种不确定感。有时候宁可逃避，也不想被某些不切实际的妄想拴住。但很明显，她已经被拴住了，拴得死死的，就像现在。

似乎从她看似平静的眼波中读出什么，陆让尘嗓音低哑地笑："所以呢，就对我若即若离？"

"若即若离的不是你吗？"祝云雀抬起眼，眼眸清寂地看他。

陆让尘眯了眯眼，似乎不服气地笑了下："我怎么就对你若即若离了？你倒说来听听。"

祝云雀忽然就不知道该说什么了，她根本说不过他。于是她抿唇想走，可陆让尘用更强势的力度把她扣了回去。

脊背再一次撞在墙上，却一点儿不疼。

她拧着眉想挣脱，奈何他力道很大。就这么无声地对峙两秒，祝云雀板着一张脸看他："……有时候我真挺烦你的。"

逼这么紧就蹦出这么一句，陆让尘是真乐了。

他既欠扁又撩人地扯着嘴角，压着什么情绪似的凑近低语："烦也得给我受着，我就看上你了。"

祝云雀被他不要脸的话撩得登时面红耳赤，没忍住抬腿踢了他一脚。

陆让尘却半点脾气都没有，顺着她把话题兜回来："还没让你跟我解释今天是怎么回事呢，你倒好意思先发脾气。"

他这话半点儿毛病都没有，如果没有这档子事儿，今晚一起吃饭的应该是他们。

祝云雀又怎么会不懂，但她还是撇开目光，嘴硬得厉害："没怎么回事，就和朋友吃顿饭。"

瞧她那一脸犟劲儿陆让尘就来气，他带着几分醋意地轻哼："普通朋友？"

祝云雀不说话。

陆让尘略一点头："不说也行，我自己问。"

祝云雀猝不及防地一噎。

陆让尘说这话的态度完全是认真的，他甚至当着她的面拿出手机，直接找到许琳达的号码。

祝云雀神色一变，立马按住他的手。

温热柔软的掌心贴合着腕骨，一触即离，陆让尘懒懒地抬眼，似笑非笑地说："怎么？"

"就是普通朋友。"祝云雀也不想跟他绕弯子，甚至有点儿无奈地说，"单独找他是为了把话说明白。"

陆让尘想到赵奇嘉从餐馆出来时那一脸挫败的表情，看热闹不嫌事儿大地轻笑了声："如果是这样的话，那确实说得挺明白。"

祝云雀发现这人有时候真的很坏，但偏偏，她就喜欢。

转念一想，又想起和陆让尘一起站在烧烤店门口的那个衣着华丽的女生，她轻轻动了下唇瓣。

可还没等她问，陆让尘就先开了口，说出的每个字都仿佛在无形中牵引她："你呢，就没什么问题想问？"

心口无端一跳，抬眸的瞬间，她撞进陆让尘狭长锐气的眼。

挺平静的对视，蕴藏的情绪却波涛汹涌。

很多问题在脑中一闪而过，也不知道为什么，祝云雀只想问他那一个。沉默了两秒，像是下定决心般，她轻抿粉唇，眼神锐利地看着他："你未来会和那个女生结婚吗？"

似是没想到她会问这个问题，率先回应她的是突然的沉默，就连周遭的蝉鸣声都有意配合般渐渐减弱许多。

目光放轻几许，陆让尘情绪难辨浓淡："谁跟你说的？"

祝云雀看着他："你只需要回答我会还是不会。"

如果答案是会，或者犹豫，那么她立马打消所有念头。

然而下一秒，陆让尘就给了她一句相当干脆，干脆到几乎没有思考的"不会"。

那两个字像切断乱麻的刀瞬间落下。

祝云雀微微一哽，心口像被海水倒灌，她瞬间就被呛住，被风吹得泛红的眼眶也微妙地发起烫来。

偏偏陆让尘怕态度表达得不够坚定，耐心且温柔地看着她说："未来我只会和我喜欢的女生结婚。"

结婚两个字被他咬得很死，仿佛有股说不出来的倔强。

祝云雀听着指尖不自觉攥紧，还不知道说什么，陆让尘便俯身凑近，裹挟着强势而暧昧的压迫感。

呼吸间是他身上好闻的气息，祝云雀心律紊乱。有那么一瞬间，她以为陆让尘又要吻过来，然而陆让尘只将目光停到与她相平的高度，再拖腔拿调地一挑眉："这下可以放心了？"

夜色下，祝云雀忽然就红了脸，像是气急败坏，又好似近情情怯。

这次她没再给他"拉扯"的余地，推开他转身就进了饭馆后门。

陆让尘慢悠悠地直起身，不慌不忙地看着祝云雀略显仓皇的背影。他蓦地笑了声，抬腿便跟了上去。

这顿饭最终是陆让尘结的。他付钱那会儿，祝云雀就在座位上收拾东西，外加打包。

四个菜几乎没怎么动,她不喜欢浪费粮食,决定带回去,看看要不要和梁甜晚上一起当夜宵吃了。

　　不承想刚打包好,陆让尘就付完了钱。

　　祝云雀挺无奈的:"你是不是有钱没地方花就憋得慌。"

　　"怎么没地方?"陆让尘抬眼看她,话里有话似的,"这不花你身上了?"

　　服务员听到这话直乐,说:"美女,你男朋友可真不错,长得又帅对你又大方。"

　　祝云雀嘴唇抖了下,心说是挺大方的,她和别的男生吃饭都要上赶着结账。

　　说不上是无奈还是赧然,她垂眸否认说:"不是男朋友。"

　　那语气多少有些不自在,否认得也不怎么大声。

　　陆让尘意味深长地瞥她一眼,也说不上是什么表情,顺手接过打包袋,自然而然地拎着。

　　祝云雀懒得跟他抢,转身朝外走去。可没走两步,就听到后头的陆让尘散漫慵懒的一句笑腔:"闹脾气呢,这不得哄着。"

　　服务员还跟着附和:"哎呀,小情侣嘛,越闹越来劲。"

　　陆让尘闷出一嗓子浑笑,后面也不知低声说了句什么,祝云雀红着耳朵没听清。

　　餐馆距离京大有两条街,陆让尘那辆车就停在餐馆门口。

　　他追上来,从兜里掏出一串钥匙,车灯闪了闪。

　　祝云雀侧过头,发现陆让尘正偏头看她:"不认识了?"他指的是他的车。

　　祝云雀摇头:"认得。"

　　陆让尘抬了抬下巴:"那上车。"

　　祝云雀没有要过去的意思,清澈的眼睛直勾勾地看他:"你朋友怎么办?"

　　她语调很平,听不出具体是个什么情绪。

　　陆让尘像是终于想起还有这么个人,眉梢轻挑:"你说林稚?"

　　这还是祝云雀第一次听到这个名字。

没等她往下问，陆让尘道："见你之前我把她送回去了。"挺不在乎的语气。

打开车门，他把打包好的四个菜随意放在车后座，一点儿也不怕油渍沾到车上。

祝云雀欲言又止了瞬。陆让尘却全然不在意，手搭在车门上，低眸看她，耐心地弯着嘴角："还有什么想问的，可以车上问。"

说到这里，似乎也没什么可拒绝的，毕竟两条街走过去也要半小时，而且有些事，祝云雀的确应该知道，知道了才能想清楚自己到底应该前进还是后退。

默了默，她从善如流地走过去，想顺着后车座上车，结果陆让尘直接扯着她的胳膊把她拽了回去。个子高的人手也格外长，祝云雀的胳膊就这么被他轻而易举地攥在手掌里，她的半截身子也瞬间落入陆让尘怀中，像被他半拥着，距离近得他稍稍低头就能闻到她发丝上的香气。

陆让尘低眸看着她，被气笑："当我是网约车司机？"

祝云雀轻轻挣脱陆让尘的钳制，无可奈何地从另一头上了副驾驶。

等上了车，陆让尘才瞧见她嘴唇动了动，像咕哝着偷偷骂人的样子。

陆让尘瞧她一脸犟劲儿就更想招惹，就这么一手搭着方向盘，另一只手突如其来地握住祝云雀的手。

十月的北城天气渐冷，她的手远比刚刚那会儿凉。偏偏陆让尘低眸极其自然地捂住，掌心温热，宠溺地揉搓。

温度袭来的瞬间，祝云雀心跳仿佛漏掉一拍，肩膀也因紧绷而不经意耸起。

她偏头看向昏黄车灯下的陆让尘，他的眸光深邃而浓稠，像是带着与生俱来的蛊惑，就这么长驱直入地看着她。像是彼此压抑着的什么，在这一刻都不再包藏。

思绪无端飘忽起来，祝云雀轻轻吸气，强迫自己理智，说："……你还不是我男朋友。"

挺直白的一句话，可这会儿，陆让尘一点儿不在意。他"嗯"了声，神色少了平时的玩味和谑弄，眼梢轻挑："那就当提前体验。"

陆让尘有理有据地一笑："总得让你试试，才知道我的好坏。"

陆让尘这话说得很吸引人，以至于祝云雀在那瞬真的忍不住去想，他这人做别人男朋友，好起来能有多好，坏起来又会有多坏。然而真到那步，一切又似乎很难和她想象中一样，他们之间横亘了太多。或许只要一次吵架，他就不再是她理想中的样子。她也不会像自己判断中那样冷静，理智，举重若轻。到那时候，完了就是真完了。他们再也回不到朋友的位置。

她不知道自己能否承受得住，未来和陆让尘做最熟悉的陌生人。

可即便如此，还是无法克制自己心中浪潮般的悸动和喜欢。

被他握住的指尖微动，却没抽出来。祝云雀维持着最后的一点清醒，说："陆让尘，我希望你考虑清楚。"

陆让尘轻轻抬眉："考虑清楚什么？"

祝云雀抬眼看他，看似平静的眼波里蓄着波涛："考虑我们之间是否合适。"

说实话，挺扫兴的一句，正常人才不会在这种气氛下让喜欢的人打退堂鼓。可她就是这么做了。

陆让尘也确实没想到她会这样，定睛两秒，他觉得有些好笑："你这说辞是在拒绝相亲对象吗？"

祝云雀眼神倔强地看着他："我没开玩笑，陆让尘，我们并不了解彼此。"

"要多了解？"陆让尘偏头睨她，眸色很沉，"了解到知道你所有厌恶喜好，还是要事无巨细地知道你的所有，才可以在一起？"

"最起码我不懂你。"祝云雀语气有点急，却又在慢慢敞开心扉，"……你也不怎么懂我，不是吗？"

陆让尘是真被她这进可攻退可守的样子弄笑了。有时候他甚至都觉得，祝云雀根本就是个驾轻就熟的情场高手，看着跟白纸一样，却能把他拿捏得毫无办法。偏偏他又沉溺其中。

顿了两秒，他说："我是不懂你，不懂你为什么明明眼里都是我，但就是不肯朝我迈一步。"

"祝云雀，"他很郑重地念着她的名字，"你到底在怕什么？怕我不是真心？我有多造孽，才会让你有这么深的顾虑？"

祝云雀被他头疼的语气说得无语，从某种程度上来讲，陆让尘也的确看透了她。

就这么缄默着，她撇开视线，降下车窗。

夜色浓稠如墨，与之相称的，是流光溢彩的繁华街景。祝云雀张开五指，把手伸到外面去，停了几秒，忽然不紧不慢地开口："可是，陆让尘，我不想当风筝。"她转头，看向喜欢的少年，"我只想当风。"

陆让尘被她的话触动，抬眼定定地锁着她。那眼神没有不解，也没有轻蔑或不屑，就这么淡淡的、直直的，仿佛没有什么比她在眼前更值得挂心。

蓦地，他"嗯"了声，语气有种和当下融为一体的温柔："为什么？"

祝云雀抿唇，说："因为风往哪儿吹，风筝就得跟着走。"

很云里雾里的一句话，可不知道为什么，陆让尘就是听懂了。祝云雀不想成为他的附属，不想做被感情牵引掌控的那个。可实际上呢，被牵引掌控的那个人不一直都是他吗？

静默须臾，陆让尘了然般气笑。有时候不得不佩服祝云雀，就算是很复杂的事情，她两句话就能说清。不必撕破脸，也不会把话说得多么伤人难听，通透得让人头疼。

可是，陆让尘还是想问："那要当不成风呢？"

祝云雀第一次意味深长地看他，她说："那就什么都不当，只做自己。"

陆让尘哼笑："你觉得我能同意吗？"

祝云雀不说话。

陆让尘眯了眯眼，像是想不通什么干脆就不想了，语调有种近乎执拗的强势："反正风也好，风筝也罢，不管什么比喻，你都得用在我身上。"

好好的气氛就这么被他胡搅蛮缠地打乱了。

她微微无语地看他："你是土匪吗？这么霸道。"

陆让尘没什么好气儿地笑："到底我是土匪还是你是土匪？上来就要做风，使劲儿吹我，你就不能对我好点儿吗？"

……祝云雀已经开始后悔和他说这些了，她想把手抽回去。

陆让尘却摆明着不放她走，攥紧她的手，她扯了好几下都纹丝不动。

祝云雀神色微恼。

陆让尘眼角眉梢都透着痞坏，评价得很中肯："我看你挺倔是真的。不止倔，还霸道。人也不像看着那么温柔，有个性得很。是真难弄。"

他语气随意，明明是揭人短处的话，却半点儿听不出挑剔讽刺，只有昭然若揭的宠溺。

祝云雀抿着嘴角，说不上是什么心情，只咕哝了句"你知道就好"。

结果陆让尘漫不经心地扯唇，一个峰回路转，故意撩她似的："我还就喜欢倔的。"

祝云雀双颊烧了起来，她忽然就明白，陆让尘口中的"坏"是什么意思。

而他这种，反倒更让人招架不住。

更让她没想到的是，陆让尘似乎很在意她的态度。他挑眉另起话题说："所以呢，还有别的吗？一起说出来让我听听。"

祝云雀有点儿尴尬，她撇开视线，面无表情道："没什么可说的了。"

陆让尘闷出一嗓子笑，耐心十足地觑她："你不说也行，我替你说。"

祝云雀微微一怔。

陆让尘慵懒地靠坐在驾驶位上，另一只手搭着方向盘，目视前方的眉眼舒展，放松又踏实的样子。稍作思忖，他诚恳道："祝云雀，别看我这样，但我这人挺认真的，起码比你想象中认真。"

"我也不是轻易许诺的人，但我想让你知道——"短暂停顿了下，他转头，正正经经地看着祝云雀，低沉温柔的嗓音有种坚如磐石的笃定，"跟了我，我绝不让你后悔。"

第十章 得偿所愿

"所以呢?"

"都这样了,你们还没有在一起?"

"祝云雀,你也太冷静了!"

"是他有问题还是你有问题啊?"

晚上九点,只有两个人的宿舍被梁甜此起彼伏的高分贝充斥得仿佛跑过千军万马。

祝云雀好笑道:"梁甜,你是疯了?"

梁甜瞪着忽闪忽闪的大眼睛:"我看你才是疯了。你喜欢他那么久,他主动追你,你还拒绝,我真搞不懂你怎么想的。"

祝云雀被她说得呼吸一轻,没吭声。

桌上摆着从餐馆带回来的几个菜,还有一大袋陆让尘给她买的零食和水果,不要钱似的。

就在两人回到学校那会儿,陆让尘把她锁在车上,等买完东西才放她下来,后来又把她送到宿舍楼下才走。

把水果、零食分给梁甜,祝云雀低眸说:"我和他说了,让他再考虑一段时间。"

梁甜抱着那一大堆吃的,一语中的:"你那哪是让他考虑啊,摆明是考验他一段时间。"

"可我不想随便。"祝云雀想想说,"我就是想让他知道,我不是路上随便能抱回家的阿猫阿狗,和我在一起,要用真心。"说着,她眼神坚定,"所以我才要看清楚,他到底对我是一时起意,还是真的喜欢。"

这个世界上有趣的人太多,如果要做,她也要做让他刻骨铭心的那个,而不是随时可替代的过眼云烟。

"你可真够理智的,"梁甜吃着香蕉说,"这要是换别的女生,早就点头答应,然后回宿舍昭告天下了,也就你能这么沉得住气。不过,这阵子你俩不见面呗?"

祝云雀思绪空了下,说:"不知道。"

她也不知道陆让尘会怎么想,说不定一晚上过去,他还真想通了,觉得两人不合适。

如果是这样……祝云雀忽然有些不是滋味,还真没想好自己该怎么办。

另一边,陆让尘把祝云雀送回宿舍后便回了新租的公寓,没什么烟火气的两室一厅,装修都透着一股上班族的精英味儿。

陆让尘刚开灯,小胖猫就"喵喵喵"地跑过来蹭他的腿。他蹲着摸了会儿,给它换了猫粮和水,又接到林稚的电话。

林稚酒劲儿退了不少,舌头也捋直了,开口就问他跟祝云雀谈得怎么样。

陆让尘懒懒散散地陷坐在沙发里,没什么好气儿地笑:"你是不是跟她早就认识?"

林稚蒙了:"有病吧陆让尘,我都多久没见你了,我怎么认识她啊,我又没去过南城。"

陆让尘笑意不达眼底:"那她怎么一下就认出你,还问我会不会跟你结婚。"

林稚惊讶地"啊"了声:"她从哪儿知道的,这都清楚?"

陆让尘说:"清楚什么,谁要跟你结婚?"

林稚不乐意:"你还挺嫌弃我啊!"

陆让尘不耐烦:"快说实话。"

林稚吼他:"臭小子,给我放尊重点儿,好歹我跟芝桃一样大,辈分上是你姐,你怎么说话呢。"

她这人心直口快惯了,嘴上没把门的,说完自己就后悔了。

眼看陆让尘沉默,她轻咳两声,转移话题:"那什么,我真不认识她啊,你别冤枉我。"

她人疯,但从不撒谎。

陆让尘静默须臾,不咸不淡地说了句"行",打算等会儿再问问别人。

林稚还挺上心:"怎么,你俩没谈妥?"

或许是不知道跟谁说,又或许是实在憋得慌。过了两秒,陆让尘才"嗯"一声,简单把两人的谈话内容复述了一遍。

林稚要疯了:"天,这姑娘是狠人啊,连你都能拒绝?"

陆让尘呵笑:"我怎么了,我不是人?"

话里蕴含着云淡风轻的自嘲,又有那么点儿锐气被挫的劲儿。

林稚不理解:"你不是说她以前很在意你吗?"

陆让尘扯着嘴角轻笑:"那也得是她亲口告诉我才算啊。"

林稚是真挺无语的:"那你怎么不直接问她这事儿?"

陆让尘嗤笑一声:"她那性子,我要真问,就什么都不用谈了。"

林稚说:"为什么啊?"

陆让尘想了会儿,说:"她这人脸皮太薄,也太纯粹。"

林稚头疼地"啧"了声:"我怎么感觉不大妙啊。"

"能别咒我吗?"

"真的,不大妙。"林稚火上浇油,"我倒不是觉得你追不上人家,而是这姑娘拿捏你太轻松了。"

陆让尘视线不自觉地放空着。

林稚说:"要是你朋友给的信息没错,那就说明这姑娘理智得可怕,明明都默默喜欢你那么久了,还能一直憋着,即便你主动捅破窗户纸了,也要让你考虑清楚。那不就是在拉扯你吗,把你原来的六十分喜欢,拉扯到九十分。

"天哪,我要是有她这两下子,也不至于谈了二十八次恋爱啊!"

陆让尘被她气笑:"你说话能不能别那么难听?"

林稚酸他:"哟哟哟,人还没给你名分呢,就护上了。"

陆让尘笑："差不多得了啊。"
　　林稚点到为止："反正你小心点儿吧,别哪天栽她身上都不知道。"
　　陆让尘不在乎地扯唇："那就栽。"他说,"她高兴就栽。"
　　林稚简直想骂醒他,但转念一想,男女之间这点儿事,但凡上了头,就是骂也没用。
　　她只能叹气："那现在你打算怎么办,真互相冷静几天？"
　　陆让尘很果断："不可能。"
　　冷静不了,他这一晚上都很难冷静。
　　林稚说："那用不用我帮你点儿什么,比如跟她解释一下咱俩的关系？当当说客？"
　　陆让尘想到祝云雀说那句"你未来会和那个女生结婚吗"时红着的眼睛,认真且执拗。
　　他尾音轻扬："去可以,你别乱说话就成。我这未来女朋友,"他语气挺无奈,宠溺而不自知地笑,"太难哄。"

　　毫无悬念,祝云雀那天晚上几乎没什么睡意,眼睛一闭,脑子里就浮现出陆让尘那张脸、他说过的话,还有两人间那个生涩却火热的吻。
　　那是她的初吻,没想到,是和陆让尘。
　　真是挺奇怪的,明明一切发生得远超她的期待,可她就是惴惴不安,或者说,隐隐担心那些只是她一厢情愿的幻觉。
　　祝云雀忽然觉得自己挺没出息,明明想牵引陆让尘的是她,可暗地里,她依旧被陆让尘牢牢牵引。
　　好在这种既期待又担心的状态并没持续多久,她那乱七八糟的念头就被陆让尘突如其来地打断。
　　手机屏幕在漆黑的宿舍里倏然亮了几秒。
　　祝云雀心口微微一提,拿起手机就看到他发来的两条微信。
　　陆让尘：不早了,我准备休息。
　　陆让尘：你也早点睡,晚安。
　　简单的几句话,既报备了自己的"行踪",又刷了存在感。明明没有撩拨的字眼,但话里透着莫名的温柔,这种温柔远超界限的暧昧。

明明提出在一起的人是他，忐忑难眠的人却是她自己。

祝云雀心情复杂，更无奈的是，她又不知不觉地乐在其中。

两条消息被她撂在那儿，后来又在床上翻来覆去好久，她还是没坚持住，回了陆让尘一个"嗯"字。

第二天依旧要去图书馆打工，只不过是白班。

刚到水吧开始工作，祝云雀就看到一个男生进门后径直朝她走来，先把打包好的鸡肉三明治和酸奶放到吧台上，又把手里一束漂亮的淡粉色花束递给她。

两样东西包装精致，一看就很用心。

祝云雀神色微动，还没来得及反应，男生就说："你是祝云雀吧？陆让尘托我给你送的。"

他那名字可以称得上烂熟于心了，可在听到的瞬间，祝云雀还是绷不住心跳加快。

清晨的图书馆阳光澄澈而温暖。

祝云雀不由自主地看着那束生机盎然的鲜花，抿唇说："……他怎么不亲自来？"

"他啊，"杨涛笑容挺随和的，"他有事要办走了。我是他室友，帮忙送过来。"

祝云雀稍稍一怔："他住宿舍？"

杨涛："住啊，不过刚搬过来没几天，有时候也不在。"

祝云雀出了两秒神，又点头，说了句谢谢。

杨涛摆手，转身离开。

被早餐和鲜花弄得不知所措，祝云雀忽然想起，上次她问陆让尘怎么知道她在这儿兼职，他就没正面回应，而且他还不知道什么时候住了宿舍。

虽然都是小事，但祝云雀还是觉得自己被瞒了。可转念一想，她又没什么资格对他有情绪。她昨天没答应他，两人更不是那种关系，况且，即使这样，陆让尘也还是给了她惊喜。

可就算是这样，心里也还是有不能控制的矛盾感在作祟。

于是在陆让尘发来消息的时候，祝云雀故意拖了十来分钟才回。当然,那十几分钟已经是她的极限。

陆让尘说：那是杨涛,我舍友,也是朋友。

挺平淡的语气,像在给她介绍自己的朋友圈。

祝云雀回他：你住宿舍了？

陆让尘：嗯,前几天刚办的手续,家里人怕我太胡来。

人真的是很贪心的一种动物,没袒露真心还好,一旦袒露,就会催生出蓬勃的占有欲。就像祝云雀此刻已经想质问他——那你为什么不告诉我？你不是喜欢我吗？你应该告诉我的。

看,这就是她,不讲道理的时候像土匪。她根本不敢想如果谈了恋爱,她会对陆让尘有多强烈的掌控欲。

只是没想到,陆让尘接下来的一句,就把她滚到嘴边的话压了回去。

他说：开始挺抗拒的,但想着找你方便点儿,就住了。

这回答多少有点儿哄人。祝云雀心里酝酿几秒,把话头扯到另一个问题上：那你怎么知道我在这儿兼职。

这事儿她没告诉太多人,她实在想不通陆让尘是怎么知道的。

陆让尘这次没转移话题：你们班女班长告诉我的。

女班长……

祝云雀稍稍回忆一下,突然就记起前几天李月清说女班长被陆让尘要了微信的那档子事。

陆让尘也没遮掩：国庆之前我特意找她加的微信,想要你的课表。

开始女班长真以为陆让尘加她微信是对她有意思,结果当天晚上刚通过,陆让尘就跟她说,想让她帮忙弄一份祝云雀的课表,包括选修的,有偿。

满怀期待的心就这么凉了一大截,她肯定不乐意了。但陆让尘出的价实在不少,于是最终她几经周折给陆让尘弄到了一份。发过去的时候,还赠送了一条新消息,说祝云雀国庆要打工,就在学校图书馆。

陆让尘看到后,挺礼貌地回了句"谢谢,麻烦了"。

女班长心里也不是没数,就没再回答,当然也没往外说陆让尘加她微信到底为了什么,导致那天看到的人都误会了。

陆让尘说起这段经过没打字,发的语音。

图书馆太肃静，祝云雀特意找了个耳机，心"怦怦"跳，抑着嘴角，一时间竟不知该说他什么好。

她掌控欲强，可他对她的那股执着劲儿，论起来还真不一定谁比谁夸张。

思忖几秒，祝云雀只能说：陆让尘，以后不要在这方面乱花钱了。

这话看着就跟个小管家婆似的，偏偏某人还就吃这一套。

坐在副驾的陆让尘扯了扯嘴角，想发个语音过去逗逗她，但一想到邓哲就在边上，也就收敛了。

天津这边天气不错，连带着心情都跟着变好。陆让尘酝酿了会儿，给她回了条微信。

陆让尘：行，以后都听雀雀的。

祝云雀收到没几分钟，挺无语地回了他一个省略号，再没搭理他。

陆让尘哼笑了声。旁边开车的邓哲瞧着："怎么着，又给你拒了？"

陆让尘自己开车过来的，昨晚到清早只睡了不过四五个小时，鼻音都蕴含着股倦劲儿，他轻笑："你当我是你呢？"

邓哲一听这话，讪讪地"啧"了声："得，算我多嘴。"

眼看要下高架桥，邓哲又问："真直接去啊，不吃个饭什么的？"他抬腕看了眼表，"堵人会不会也太早了？"

陆让尘目视前方，眸色很淡，语气也冷："早点儿办完早点儿回去，我没工夫跟她耗那么长时间。"

邓哲无奈地叹气，又摇头："我是真不理解林知念，你说她也不缺男生追，漂亮又有钱，心思用在什么上面不好，天天就琢磨那些歪门邪道，你都走了还在背后说那些屁话。"

陆让尘懒懒地哼了声："都是她那爹给惯的。"

因为是早班，祝云雀当天下午不到两点就可以休息了。午饭是随便吃的，她打算下班后找地方好好吃个饭。

换下制服离开，祝云雀正和梁甜发微信问她要不要一起，冯艳莱的电话就打来了。

估计是最近生意不错，冯艳莱每次和她通话心情都很好，生活费给得也越来越大方。这边刚知道祝云雀准备和朋友出去吃饭,那边两千块钱就直接打到她账户里了。

看着弹出来的数字,祝云雀稍稍惊讶,说:"妈,太多了。"

冯艳莱笑:"多了还不好?难不成我小气吧啦地一次给你二百才开心?"

祝云雀平时开销不大,又是刚开学,除了吃喝基本上没什么地方花钱,但既然冯艳莱给了,她也就收下。

两人简单聊了会儿,冯艳莱又问她在学校这边还适应不,祝云雀说挺适应的,冯艳莱也不知怎么想的,忽然问起赵奇嘉。

冯艳莱说:"昨天他妈妈来我这儿买衣服,跟我说你把他拒绝了?"

祝云雀本来正往外走,听到这话停了下来。

冯艳莱似乎挺不理解:"你俩以前不是挺好的吗?你怎么直接让人没戏了?"

似乎赵奇嘉跟他妈妈那边儿透露很多,冯艳莱也听到了点儿风声:"他妈那意思说你有看上的了?"她语气带着几分试探,"别告诉我是陆让尘。"

祝云雀眉心突然就一跳。

冯艳莱态度有点儿不一样,僵滞两秒,她劝道:"妈妈倒不是想插手你恋爱,但是,雀雀,选人要选适合的。虽然陆让尘那孩子不错,但总归离得太远,难够。"

比起父亲是律师,母亲是老师的赵奇嘉,陆让尘这样的家庭确实太过遥远。

只是祝云雀想不通,明明冯艳莱以前不排斥两人接触,甚至还希望两人多接触,可为什么到了大学反倒是这种态度。

但她不是那种想不通就硬问的性格。山高皇帝远,她干什么,冯艳莱管不着,她也懒得听。

刚好有人从身后叫了她一声,是和她一起工作的那个学姐急匆匆跑来走廊,说有人找她。

祝云雀趁机掐断话头,说了句"妈,我还有事",就把电话挂了。

那学姐过来给她使眼色:"你什么情况啊,怎么又有人找你?"

"什么人？"

"一女的，长得特别漂亮，穿得还挺复古，大浓妆，跟网红似的。"

几个形容词组合在一起，祝云雀瞬间就能猜到是谁。

学姐眼神有点儿八卦，压低声音道："她不会是你哪个追求者的女朋友吧？"

祝云雀瞥她一眼。学姐识相地闭嘴，转身进去了。

似乎林稚跟里面的人说了什么，祝云雀再一抬眸，就跟站在水吧前的她对上视线。

林稚见到她似乎还挺高兴，扬着大红唇，冲她摆了摆手："你好啊，小美女。"

图书馆附近有个格调不错的小咖啡馆。祝云雀就带林稚去的那儿。

林稚学习不好，早年被送出国留学，到那边也是混着，像国内这样高水准的学校还是头一次来，觉得哪儿都新鲜。

反倒是祝云雀有些不适应，她性格内敛，况且面对的还是林稚。再加上和梁甜约定了时间，她没太多工夫，就单刀直入，问林稚找她有什么事。

"找你当然是为了陆让尘啊。"林稚喝了口咖啡说，"不然我为什么跑这儿来？"

视线不经意落到林稚的那手串上，祝云雀眉梢几不可察地紧了紧。稍稍提上一口气，她说："陆让尘跟我还没在一起，你不用——"

"正因为你俩没在一起我才要过来找你啊。"林稚是急性子，急得脸都凑近了，她挺纳闷儿地看着祝云雀，说，"为什么啊？你为什么不跟他在一起？是还有什么地方不满意？还是觉得他未来要和我结婚？"

林稚语速快得跟机关枪似的。祝云雀愣了好几秒，才反应过来这姑娘似乎不是来找碴的。她稍稍有些意外。

林稚说："我不管你从谁那儿听说的，反正结婚这事儿你甭担心，就算家里长辈有意，我俩也对彼此没心思。我把他当弟弟，他把我当姐姐，他妈是我干妈。

"而且这小子吧，犟得很，但凡认定什么，绝不会轻易放弃。

"不然你以为他来这所大学干什么，以他的分数，北城那么多好地方，为什么偏偏就选这儿呢？"

"当然吧，说完全为了你也太绝对，但百分之七十肯定是有的。

"而且他高中那会儿就很在意你，上大学了过来追你，这不是挺合情合理？"

听到这话，祝云雀心尖一麻，她不可置信地看着林稚，说："他高中的时候就在意我？"

林稚气得一笑："不然呢，我的猫扔他那儿，养了半年才不嫌弃，你看他那像是会突然喜欢一个人的性子？"

这信息来得比昨天陆让尘的告白还戳人，祝云雀心跳忽然变快，她似乎有些相信，但又不理解："是他亲口跟你说的吗？"

"那倒不至于亲口。"林稚说，"算是旁敲侧击，再加上我干妈无意间透露的吧。她原先是想让他出国的，但他非要留下来，把我干妈气坏了。

"噢，我干妈还跟我说过你呢，说你文气懂事，高中那会儿陆让尘就对你特别。

"也算是为你好吧，她怕陆让尘影响你学习，私下没少说陆让尘，总让他注意分寸，保持距离。这小子呢，看着桀骜不驯的，其实很在意我干妈的，毕竟我干妈身体一直不怎么好。

"芝桃那事儿伤她太深，她看到同龄的女孩子，总是免不了替人家操心。"

说到这里，林稚叹了口气，人也安静下来。

祝云雀指尖微僵，捉到重点，她问："你说的那个人是谁？"

闻言，林稚抬了抬眼："陆让尘没跟你说过吗？"

祝云雀抿唇摇头。

林稚又叹气，酝酿两秒，她说："陆芝桃是陆让尘的姐姐，比他大五岁，和我同龄。我俩从小一块儿玩，跟双生子似的，关系也特别好。

"不过芝桃没我这么野，她性子乖，又善良，一直被保护得很好。

"也因为被保护得太好，她十八岁那年让学校里一个人渣给骗了，后来得了抑郁症。

话到此处，空气也仿佛跟着凝固。

祝云雀像是忽然被什么堵住胸口，她双眸微微睁大，不可思议地看着林稚。

林稚低眸看着自己的手串，扯了下嘴角："那年她走之前，还去寺庙求了两条一模一样的手串，跟我说，以后要一起考电影学院，我当明星，她去给我当导演。结果呢，她就这么走了，扔下所有人走了。"

"她一走，垮了我干妈半条命。

"那年陆让尘才十三，对他来说，他姐姐唯一留下来的贴身物件儿，就是这条和我一样的手串。也就是从那时候开始，他一直戴着这手串，一戴就是六七年。"

这六七年里，除了洗澡，陆让尘几乎不会摘掉那条手串。就这么一刻不离地贴身戴着。久而久之，那手串也仿佛和他本人融为一体，成了他身上独一无二的标识。

祝云雀对那手串的最深记忆，就是来自65路公交车站相遇的那次。陆让尘似乎是碰了她一下，祝云雀睁眼恍惚的瞬间，便看到那条黑曜石手串一晃而过的虚影。

再后来，每次见到他，她都能瞥到那条手串。

有一次值日，她还听到隔壁班的女生闲聊，说想买一串陆让尘那样的，却怎么都找不到同款。

从那以后，祝云雀便对那条手串有了额外的关注和滤镜。果然没多久，她的想法就被证实了。

陆让尘的确对那物件儿很看重，甚至还让她帮忙保管一段时间。可就算这样，她也没勇气问陆让尘，这东西为什么对他那么特别。

还是林知念告诉的她，说那手串就是定情信物，陆让尘和别的女生一人一条。

这也是为什么，祝云雀在看到林稚的瞬间，凭她手腕上的东西便辨认出她是谁。

当然，她没想到，林稚会来找她面谈。这条手串的真正意义，也不是林知念说的那样。

短暂失神后，祝云雀听到自己鬼使神差地说了句"抱歉"。

林稚一听就乐了："有什么好抱歉的,这跟你又没关系,我就是没想到陆让尘从没跟你说过他姐姐的事儿。"

"可能在他心里,那件事依旧是一道坎。"

祝云雀抿了抿唇说："我只是觉得我很狭隘。"也很愚蠢。

很多事只想埋在心里,从不敢张口去问,听别人说两句就信以为真,甚至刚刚她还觉得林稚是来找她麻烦的。

林稚哪有她那么多想法,满不在乎地"嘻"了声,说："你啊,就是活得太麻烦,简单一点,想做什么就去做,想说什么就去说,又没什么好怕的。"

她冲祝云雀使了个眼色："你懂我的意思啊,大好青春别浪费,更何况我这弟弟心都拴你这儿了。"

后面这句语气是实打实的郑重,甚至还有几分为家人托付终身的意味儿。

祝云雀忽然就有种受宠若惊的仓皇感,心跳不经意地加快,她问:"是陆让尘让你来的?"

林稚已经有办完事儿要撤的架势了,她拿起气垫补妆:"没,我主动的,他也没拦,反正我是觉得,我亲口解释,你更能放心点儿。都是女人嘛,我懂的。"

祝云雀不禁耳根发热。

后头还有个局要赶,林稚就没在她这儿继续逗留,正事儿说完了就直奔校门口,她家司机等在那儿。

祝云雀本想送她,奈何和梁甜约定的时间快到了。林稚是个痛快人,挥手直接让她回去。

祝云雀也说不上来是什么心情,见到梁甜时,思绪还有点儿像飘在云端。

两人找了个商场里的餐厅吃饭。

天气突然由晴转阴,下午三四点的时候,人不多,菜上得也快。

祝云雀心不在焉地吃着,想给陆让尘发条微信,结果还没想好怎么开口,陆让尘的电话就先打了过来。

祝云雀心口提了提,嘴角抑着浅弧接了。

餐厅再安静，也还是有杂音，陆让尘低磁的嗓音听起来有点儿渺远，却比从前要亲昵几分："干吗呢？"

祝云雀拨弄着碗里的油渣土豆丝，说："在和梁甜吃饭。"跟着又问，"你呢，吃了没？"

陆让尘似乎是笑了下。然后就听见另一道熟悉的嗓音，开朗得过分："喂，祝云雀，听得出来我是谁不？"

祝云雀的第一想法是，邓哲这家伙怎么连口音都有一股子天津味，她忍不住笑说："邓哲，怎么是你？"

邓哲哈哈一笑，非常会搞气氛："你对象都来天津了，你说和他在一块儿的不是我还能有谁？"

"你对象"三个字被他的大嗓门直直喊出来，连对面的梁甜都能听到。她瞬间睁大眼，用口型问："你对象？"

祝云雀觉得神经都被这两人拽麻了，还没来得及说话，电话那头的陆让尘就笑骂了句"滚"，跟高中时听过的感觉很像。

桀骜不驯、吊儿郎当，可又微妙的有哪里不一样。大概，以前是朋友间的插科打诨，撇清关系；现在却是护着谁似的，语调都透着漫不经意的宠溺，恨不能再暧昧一些。

陆让尘直接把手机要了回去。不能再逗了，再逗他真怕祝云雀生气。毕竟她是好不容易才落在他肩膀上的小鸟，他连呼吸都要掂量掂量分寸。

于是陆让尘语气挺耐心的："在天津呢，和邓哲找了个地方吃饭。"

祝云雀微微抿唇，说："去那儿做什么？"

陆让尘调子懒懒的，故意藏着什么似的："来堵个人，谈点儿正事。"刚说完邓哲就奇怪地笑，也不知道在笑什么。

祝云雀也没在意，就"哦"了一声。

陆让尘却不怎么满意地轻笑一声："你对我是真没兴趣。"他慢悠悠道，"也不怕我在这头学坏，被谁拐跑了回不去。"

两句话轻飘飘地落在心上，有种阴阳怪气的劲儿。

祝云雀忽然就有种陆让尘在对她撒娇的错觉。耳尖微微发烫，祝云雀想了半天，才挤出一句："可你不用学就挺坏。"

陆让尘似乎对她这话挺有兴致，闷出一嗓子笑："我哪儿坏了，你

243

展开说说？"

明知故问的语气，越聊越不安生。祝云雀受不了他，说："我还有事，你没什么事，我先挂了。"

陆让尘倒没不乐意，他气息卷着笑，"嗯"了声："那等我晚上回去找你。"

明明挺正经的话，却硬被他说出一股暧昧的拉扯感。

也不知道谁昨天装模作样地说——"那我冷静几天，好好考虑考虑咱俩合不合适。"

他根本就没想考虑，一门心思只想进攻。

祝云雀屏息几秒，到底扛不住诱惑，轻声说："宿舍熄灯早。"

陆让尘说："那我早点儿回去。"

祝云雀心思被他这几句话蛊得飘忽起来，到底半推半就地答应了。

等挂断电话，她才反应过来，自己还没弄清楚陆让尘到底去天津干吗，想想又忍不住去搜，搜从天津回北城要多久。

结果一搜才发现，动车才三十三分钟，开车也才将近两个小时。

然而再快，也抵不住天气恶劣，祝云雀和梁甜逛完街，从商场出来，就遇到初秋的第一场雨。

雨势不小，雨滴砸得树叶满地，砸进领口微微的凉。

即便打上了车，回去也堵了一路。

等好不容易回到宿舍的时候，黄昏也来了，不过是那种朦胧灰白、没什么活气的黄昏，好像很快就要天黑。

两人淋了雨，梁甜狂打喷嚏，估计是感冒了。祝云雀就让她先洗澡，结果没想到轮到自己的时候，宿舍突然停电了。

那会儿天已经完全黑掉，这么一停电，宿舍直接漆黑一片。

祝云雀衣服才脱到一半，就听梁甜"啊"了一声："怎么停电了！"

祝云雀赶忙第一时间拿起手机，手机还有百分之十的电量，上面显示时间是六点半。

把衣服又一件件套上，她顶着泛潮的头发出去。梁甜刚好串完宿舍回来，苦着一张小圆脸："说是电路突然故障，要全校检修，也不知道什么时候能修好，不会一晚上都没电吧？"

祝云雀把手机插上充电宝，语气挺淡然的："有可能。"

毕竟是国庆期间，很大一部分学生都不在学校。

况且已经天黑了，再过几个小时，也到了熄灯时间，外面的雨没停的意思，也不知道检修队多长时间才能把事儿办完。

梁甜也明白这个道理，但还是不甘心："总不能咱们一晚上都这样吧，不然咱们去校外？"

祝云雀朝外头扬了扬下巴："你听这雨。"

"哗哗"的，窗户紧闭都那么大噪声。

梁甜彻底烦了："我还说看恐怖小说呢，这气氛我怎么敢看。"

她可不是坐得住的性子，直接从凳子上弹起来，说："我去别的宿舍看看。"

梁甜在别的宿舍还有几个关系不错的朋友，祝云雀估摸着她去找她们了。好在还有个备用的照明灯，打开也够照个亮，但她一个人在宿舍，终究有点儿孤单。

空落落地在座位上枯坐了一会儿，她拿起手机，忽然就想打给陆让尘，想知道他这会儿在干吗，有没有回来。

仔细一想，她才发现，这么久以来，她似乎还没主动给他打过电话。也忘了听谁说的，说陆让尘的电话和联系方式其实特别难弄，高中的时候难弄，到了大学更难。即便号码拿到手，陆让尘也不接。

可她呢，不知道走了什么运，就那么轻而易举地加了他的微信。后来……还被陆让尘一次次偏袒、喜欢。

祝云雀也不知道陆让尘怎么想的，就是觉得，他其实远比自己想象中冲动，也勇敢。

相反，她一点儿都不勇敢。她必须要等确定的爱意喂到嘴边，才愿意凑过去闻一闻。

在别人眼里，那是清醒、冷静，可她知道，自己是怂。她怕自己的一腔热情得不到回应。

但现在不一样了，她忽然就不想再怂下去，不想藏着自己的喜欢，不想藏着自己的真心。

她只是没有打开那个开关，真正的自己没有释放出来。就像林稚说的，简单一点，想做什么就去做，想说什么就去说。

像是打定主意，祝云雀轻吸一口气，指尖轻轻一碰，电话就拨了出去。

"嘟嘟"响了两声，接通了。

也不知道在哪儿，背景有"哗哗"的水声，陆让尘的嗓音特别真切，似乎是笑了下，唇齿碾磨出三个字："怎么了？"

祝云雀心口提了提，说："你到哪儿了？"

似乎没想到她会说出这种话，陆让尘寂然一瞬，切断那边的水声，语气低沉中透着关切："怎么？"

祝云雀抿唇说："学校停电了，宿舍里只有我一个。"

陆让尘顿了两秒："害怕？"

祝云雀也听不出他什么意思，就是突然有点没底，又有点烦，想想就说："你过不来就算了。"

陆让尘打断她，有几分好笑："谁说过不来的，怎么忽然就生气？"

祝云雀不吭声。

陆让尘语气哄着她似的："我刚回来，被淋透了，回家冲个澡，你电话就来了。"

祝云雀还不说话。

陆让尘说："我现在去接你。"

祝云雀却说："你白天到底干吗去了？"

那语气有醋意和质问，是她从没有过的说话方式。

陆让尘似乎是在穿衣服，微微摩擦的声响隐约传来，过了几秒才听到他笑。那声音贴在耳畔，他耐人寻味地道："祝云雀，你不对劲啊。"

祝云雀双颊倏地烫起来，也说不清脑子里哪根线短路了，她直接把电话掐断。等梁甜回来，那股燥热才平息。

梁甜兴冲冲地跟她说，三教那边的天台可热闹了，好多人都在。大家点了蜡烛，还搬了桌椅、帐篷过去，凑一块儿吃零食侃大山，叫她一起过去。

祝云雀这才想起来，三教有个半露天的天台，那边平时就没人管，很多学生都爱去。

祝云雀："现在雨不大吗？"

梁甜说:"就还行,反正咱们出去多穿点儿,再拿个伞,在宿舍待着也没意思。"

她这人行动力强,说着就开始穿衣服。

祝云雀脑子乱哄哄的,也不知道陆让尘到底什么时候过来,就干脆跟她一起走了。

好在三教离宿舍楼不远,这会儿大雨也变成牛毛般的绵绵小雨,两人拎着一兜子零食撑着伞就过去了。

到那边才发现梁甜说得没错,确实人不少,男的女的都有,还都是大一的,挺眼熟。

大家三五成群地坐在一起,每个位置前都点了蜡烛。夜风一吹,烛火摇曳,还挺有氛围。

祝云雀除了梁甜谁都不认识,梁甜却认识好几伙人,最终她挑了个好位置带祝云雀过去。

一个小圆桌,两男一女,加上她们俩,总共五个人。

祝云雀刚坐下就看手机。手机其实在兜里振一路了,她一直憋着没看,也不知道在怄什么气。

这会儿拿出来,倒是没让她失望。三个未接电话,几条微信,无一例外都来自陆让尘。

心头拧着的那股劲儿渐渐松了许多,祝云雀点开微信。

陆让尘:现在就去接你,不过可能有点儿堵。

陆让尘:你吃晚饭了吗?

陆让尘:……脾气真臭。

陆让尘:等会儿就过去治你。

看到最后一句,祝云雀嘴角没绷住翘了翘,烛火下那张秀气的脸也多了些许生动。

她给陆让尘拍了张天台的照片发过去。

祝云雀:宿舍太黑,梁甜拉我来三教天台了。

或许是在开车,陆让尘好一会儿才回她:知道了。

也算是正经沟通上了,祝云雀心里的石头落定几分,自然有了心情和梁甜他们几个说话聊天。

两个男生都挺健谈的，其中一个男生和另一个女生是一对儿。

剩下的那个男生，用梁甜的悄悄话来讲，有点儿孔雀开屏的味道。刚刚祝云雀只顾着看手机的时候，他就一直偷瞄祝云雀。这会儿祝云雀加入话题了，他更是起劲。他怕烧着祝云雀，还特意把蜡烛挪远了点，话题也一个劲儿朝英语系上靠。

祝云雀其实挺怕这样的男生，话太密，人也太热情，搞得人很有压力，所以说了没一会儿，她就不再加入话题，只听着。

可那男生偏偏看不出好歹，见她不说话，以为她心情不好，就特意把椅子挪得近一点儿，单独和她说话。比如老家是哪里的，哪年生的，高考多少分，跟查户口似的。

祝云雀开始还礼貌地答两句，到后来就有些不耐烦了。

男生却丝毫没个眼力见儿，直接拿出手机，笑说："哎，咱俩加个微信吧。我老家也是南城那边的，过年咱俩可以一起买票回去。"

很老土的话术，祝云雀自打军训开始就不止听一个男生用这套找她要微信。嘴上说自己是南城的，其实家都偏到广东那边了。

祝云雀真懒得应付，想说手机没电不方便。

可话还没说出来，头顶就倏地落下一道挺不爽的男声，有点哑，又有点冲："你家上次不还是内蒙古的吗，怎么这次又是南城了？"

低沉的嗓音突如其来地落在耳边。

祝云雀心弦一乱。

她一抬眼，就见陆让尘插兜站在自己身边，一头短发微湿着，气场看起来更锋利，也更桀骜不驯。

那男生跟陆让尘一个系的，他一眼就认出陆让尘，愣愣地道："陆让尘？"

听到这名字，另外三人也看过来。特别是梁甜，她睁大眼睛，桌下的手一个劲儿推搡祝云雀。

陆让尘眼神轻蔑，连话都懒得搭，偏头看向祝云雀："就这样的你还能聊这么半天。"

男生一下急了："你这话什么意思啊？"

旁边的男生立马拦他一下，两个女生却只知道眼睛放光地盯着陆让尘看。即便这会儿光线暗昧,也还是遮掩不住陆让尘那张优越的俊脸。

可他那双漆黑深邃的眼却只盯着祝云雀。

心跳无声加快,祝云雀拿起外套,跟几人说:"我先走了,零食你们分了吧。"

那零食还是陆让尘给买的,又贵又多,她没怎么吃,全摆这桌上了。

陆让尘淡瞥了眼,几不可察地扯了下嘴角,转身走了。他一双长腿慵懒恣意地迈着步,看着却像来了脾气,也不知道要干吗去。

祝云雀侧眸看他背影一眼。梁甜拉拉她的衣袖,小声说:"他好像生气了。"

这话说得刚刚那个男生脸色一讪,这才反应过来陆让尘跟祝云雀关系不一般。

祝云雀指尖蜷了蜷,也说不上什么滋味,"嗯"了声:"我去看看。"

话说完,她就起身跟上去。

刚走到消防通道门口,就看到一道颀长身影散漫地靠在那儿。

没有蜡烛,这里光线很暗。修长的指尖懒懒地拨弄着打火机,"啪嗒啪嗒",一会儿明,一会儿暗。瞧见她过来,陆让尘眯了眯眼,眸色迷离而危险。

两人就这么四目相对,祝云雀走上前。

陆让尘太高了,即便根本就没站直,她也要仰头看他。

打火机的火光映在祝云雀脸上。蓦地,她轻声说:"这儿不能玩火。"

陆让尘跟没听到似的,就这么垂着眼皮,情绪不辨地看着她。

祝云雀干脆抽走他手中的打火机,却不想下一秒,她就被陆让尘扯着一个翻身,直接被抵在墙边。

那速度快得她根本反应不过来,心跳也像坐了过山车,变得奇快,快得仿佛要窒息。

偏偏陆让尘在昏暗的光影中欺身过来,他掐着她的腰,目光把她锁得死死的,又痞又浑地扯了下唇:"不让玩火让干什么,接吻?"

空气里浮动着潮湿的气息,和他身上的乌木沉香一同暗涌沉醉。

明明是沉醇清冽的气味,可在这夜里却变得富有攻击性和魅惑感。

祝云雀只觉呼吸都乱了,像是中了毒,手脚发软,她甚至没力气将他往外推。

陆让尘就是吃准了她动不了，也不会动，就这么俯身过来。

烛火摇曳，笑声朗朗，所有人都在安顿这个没电的雨夜，只有他和她藏匿在静谧无人的角落，暧昧缱绻。

额头和她相抵，指腹在她脸上轻轻摩挲着。

陆让尘喉结滚了滚，声音很低，像在克制，带着一点颤和欲，他说："祝云雀，要不要和我试试？"炙热的哑音落在耳畔，"在这儿接一次吻？"

说这话时，陆让尘呼吸很沉，声音却很轻，轻得像怕惊扰一场美梦，又像明目张胆地勾引。

没人能抗拒得了这样的陆让尘，祝云雀无处可逃了。她不受控制地闭了闭眼，下颌微仰的瞬间，陆让尘扣住她的后脑勺，发凉的唇已经没有预兆地碾来。

他把她搂在怀里，嗓音发哑："你现在是我的了。"

祝云雀没吭声，就这么靠着他胸膛，呼吸着他身上的气息，无声勾了下唇，也算是个回应。

远处忽然有几个人结伴朝这边走来，祝云雀听到动静，挣扎着从他怀里出来。陆让尘低眸饶有兴味地觑她，来了句："怕什么，又不是不正当男女关系。"

她看向陆让尘，说："现在要去哪儿？"

说完她就后悔了，因为陆让尘看向她的眼神透着坏。

他故意戏谑她："你说去哪儿就去哪儿，我带了身份证。"

这人真是坏起来没个边儿，她不想理他，转身拉开门出去。陆让尘倒不急，勾着嘴角，插兜迈开长腿在她身后跟着。

祝云雀在没光线的地方视力不是很好，步子走得很犹豫，她走两步还赶不上他一步，后来陆让尘干脆牵起她的手。

他掌心温热干燥，是独有的男性触感，让人踏实、安心。

祝云雀心里的小鼓忍不住敲了下，抿唇在手机照亮的光线下看他。人还是从前那个，可又比从前看起来更招人喜欢。

陆让尘轻哼，眸里蕴含着嗔意："就这么肇？害怕也不知道牵男朋友的手是吧？"

男朋友三个字，像突然被喂到嘴里的糖，突如其来的甜意让祝云雀不禁翘了下嘴角，又想起之前做好的心理准备。沉默了两秒，她学着陆让尘的样子反击："第一次谈恋爱，不会。"

陆让尘喉头一滚，就这么安静两秒，他闷出一嗓子低笑，在空荡荡的楼道里震颤："哪儿不会了？我看你比谁都会。"

从教学楼出去的时候，外头的雨小了很多，但学校电路依旧没有修好的趋势，这一晚肯定是回不了宿舍的。

陆让尘的车就停在校门外，祝云雀没别的选择，只能乖乖跟他回去。

到了车上，车门一关，暖风打开，浑身上下都舒服了。

也不知道从哪儿抽出来的新毛巾，陆让尘直接扣她头发上揉了揉。

擦完头发，她眨着亮晶晶的眼睛看陆让尘，微表情很灵动。这会儿倒是不伪装了，眼睛里都是喜欢，藏都不藏。

陆让尘被她看乐，说："看什么呢？"

祝云雀："看你呢。"

陆让尘"哦"了声："我有什么好看的？"

祝云雀表情很认真，抬手轻点了下他的鼻子，随即又朝下挪，落到他喉结处，轻轻一摸。

陆让尘喉结一滚。

祝云雀却还是那副单纯得没边儿的表情，很诚心地道："你这两个地方，都特别好看。"

陆让尘直接扣住她的后脑勺亲了过去，没轻没重的，下巴即便剃干净胡子也还是扎得慌。

祝云雀被扎得忍不住躲，往外推他，语气特别软，求饶似的："陆让尘，痒，别闹了。"

陆让尘从没见过她这样，他轻扬眉梢，修长的手指在她双颊恶劣地捏了捏："撒娇呢？"

祝云雀嘴角微绷，眼神可爱地看他。

陆让尘看她那眼神看着像要吃人似的，哑着嗓子轻笑："以前怎么

251

不见你对我这样?"

祝云雀抿了抿唇说:"以前你也不是我对象。"

陆让尘轻哼:"你这谈恋爱还有开关是吧。"

祝云雀:"我谈恋爱还很变态。"

那小表情正儿八经的,一下就把陆让尘逗乐。他眯起眼看她:"怎么个变态,说来听听?"

祝云雀低眸揪着他外套上的绳子,给他系了个蝴蝶结。陆让尘看看蝴蝶结,看看她,嘴角翘起来就没放下来过。

两人沉默须臾,祝云雀抬眼看他,盘问犯人似的:"你还没说呢,今天去邓哲那儿干吗了。"

弄了半天,还在想这事儿。陆让尘忍不住笑她的执着。

祝云雀嘴唇动了动,表情像是想骂人,但忍住了。陆让尘笑得肩膀直抖。

祝云雀白他一眼,用拳头使劲儿砸他一下。

那力度在陆让尘那儿就跟挠痒痒似的,他反过来直接攥住她的手,腔调带笑说:"去堵漂亮妹妹了,还把漂亮妹妹吓哭了。"

陆让尘说完也不管祝云雀什么反应,好整以暇地拿出手机,点开微信里的语音,跟着祝云雀就听到了一个熟悉的声音。

的确是带着哭腔的,是林知念的声音。

林知念好像哭得很凶:"你们至于这样吗?我不过是说了几句胡话,又没对祝云雀做什么,你们太可怕了还堵到学校来,我道歉还不行吗?

"那手链……那手链确实是我胡言乱语,就、就在那次家庭聚会,你那个姐姐,我见过一次,我看到你们俩手上都有,后来遇到祝云雀,就跟她说了。

"项链的事,确实是乌龙,我看着好看就买了,谁知道你买来送她。我那会儿生气,我就跟她说是你送我的。

"我就是想气她啊,但是也没耽误你们俩在一起,不是吗?

"还有,之前你决定回北城的那事,我听我爸说的。我当时很伤心嘛,又正好在厕所遇到她,我就故意说给她听,让她觉得是你告诉我的。

"别的就没有了,真没了,我跟她都不联系,我还能使什么坏。

252

"陆让尘，我求你和邓哲放过我吧！我知道我过去品行不大好，但是……但是我真的很喜欢这个对象，你就当这事儿过去了行不行？"

"陆让尘，拜托了，放过我吧，我祝你俩百年好合还不行吗？"

语音到这里戛然而止，车内空气短暂地安静了一瞬。

祝云雀眸光轻闪，神色微僵地看着陆让尘，像是一时间不知该说些什么。

陆让尘却吊儿郎当地勾唇，说："这答案满意吗？"

去堵林知念这事决定得挺突然的。

昨晚，陆让尘一时兴起找了许琳达，聊天中提到祝云雀。

许琳达："你不是有对象了吗？怎么还惦记我家雀雀啊？"

她的态度相当义愤填膺，还有一丝防备。

陆让尘气笑："我什么时候有对象的？而且就算有对象，也得是祝云雀。"

许琳达气得不行，陆让尘为追祝云雀使劲，结果祝云雀没跟她透露过一点儿信息。

陆让尘见怪不怪地笑："她那性格，和你不一样。"

许琳达情绪外放，但祝云雀不一样，什么事都喜欢憋心里，让人永远看不透。

许琳达既高兴又不乐意，说："行啊陆让尘，你还指不指望我帮你了？"

陆让尘始终一副云淡风轻的样子，想着她要什么，他花钱给买就是。

结果许琳达根本不接茬，虽然有点儿生祝云雀的气，但她还是说："我才不要你那些好处，我就想问你，你对雀雀到底是不是认真的？"

陆让尘无奈地叹气："你哪儿看出来我对她不认真？"

许琳达一下子想到了林知念，就把那些事倒豆子似的说出来。

陆让尘听着听着就明白了，明白当初祝云雀在知道他要走后，为什么会有那么不正常的反应。

于是，许琳达也明白了一切都是误会，没再多说什么，只嘱咐陆让尘跟祝云雀好好解释。等两人正式在一起了，告诉她一声就行。

陆让尘听完就笑，说："那肯定。"

电话就这么挂断，陆让尘过了会儿又给邓哲打了个电话。再然后，他就去天津堵林知念，打算让林知念把这些事好好交代清楚。

一开始林知念确实是不乐意的，她兴冲冲地接了陆让尘的电话，结果发现陆让尘要来找她的碴，她第一时间就把电话给挂了。她简直心虚得要命。

奈何陆让尘这人太不好惹，再加上一个邓哲，两人没多久就抓住她的小辫子，最后没辙了，才在微信里服软。

陆让尘其实要的就是她那几句话，他根本懒得见她。

事实证明，那几句话还真挺有用的。祝云雀听完后，神色明显松动了。原先的气焰低下去，她嘴唇动了动，好半天才酝酿出一句："你为什么不直接跟我说？"

陆让尘哼笑："我直接跟你说，你能信？"他凑近，眸色渐深，语气宠溺，"就你这性子。"

她睫毛颤了颤，抿唇故意道："陆让尘，你最好别太喜欢我了。"说完这话，双颊竟有些发烫，她从没这么自恋过。

偏偏陆让尘轻笑一声："完了，我已经上头了。"

祝云雀眼睁睁看他凑上来，轻轻吻在她唇上。

温软的触感，既真实又梦幻。

陆让尘低眸，视线锁着她，嗓音滚烫而赤诚："说好了，你做风，我做你的风筝。"

晚上的雨，不知停歇地下了一路。

陆让尘一直牵着祝云雀的手，直到把她带回自己住的地方。

公寓次卧没收拾，只有主卧能睡。陆让尘就把房间让给祝云雀，他去沙发将就一下。

祝云雀洗完澡出来，时间已经不早了，瞧见陆让尘落在她身上的暧昧眼神，连忙转身进了主卧，紧紧关上房门。

这还是第一次，祝云雀到异性的住处过夜。躺在床上胡思乱想着，在桌上充电的手机忽然响了两声，祝云雀拿起来一看，发现有两通未接电话，还有几条微信消息。

254

梁甜：你今晚不回来了吗？

许琳达：怎么样？你俩谈成了没？

祝云雀先回复梁甜，告诉梁甜她今晚不回去了，明天才回去。

梁甜秒回：你俩进度也太快了！要注意保护好自己哦，祝云雀。

祝云雀轻抿下唇，回复她：保护方式就是我把他隔离在门外了。

梁甜：哈哈哈哈，你也太狠了吧！

梁甜：总之你俩开心甜蜜就行！我不打扰你俩啦。

祝云雀不禁笑了，又确定梁甜今晚和别的女生一起住才安心。

和她聊完后，祝云雀去找许琳达。

怕许琳达生气，祝云雀编辑了好长一段跟许琳达解释，没想到许琳达早就看开了。

许琳达：唉，谁让我和你天下第一好呢，算了，原谅你了。

许琳达：不过你俩现在到底啥情况啊，到底是谈了还是没谈？可急死我了。

祝云雀眼底浮起蜜色，唇角不由自主地勾起来。

她说：在一起了。

这话发过去的下一秒。

许琳达就发了一长串"啊啊啊啊啊"，振得手机直响。

许琳达：这感觉真的跟嫁女儿一样，呜呜呜呜，我们的小云雀如愿以偿了！

情绪这东西是会传染的，许琳达这么一激动，搞得祝云雀心情也不知不觉雀跃起来。

祝云雀把头埋在枕头里，深深呼出一口气，再吸气的时候，鼻腔里都是属于陆尘的味道，就好像，她整个人都陷在他怀里。

思及此，祝云雀忍不住朝门口看去，屋内屋外都很安静，也不知道那家伙在干什么。

这会儿手机又响了一声，祝云雀拿起来看——

陆让尘：躲我干吗？

心里的小鼓擂了下，祝云雀抿唇打字：和许琳达聊天，现在准备睡了。

陆让尘：嗯。

隔了几秒。

陆让尘：还以为能再抱你一下的。

祝云雀是真想不到陆让尘谈起恋爱来是这样的，黏人又霸道。

耳尖烫得厉害，她克制着，毫不留情地拒绝：不行。

消息刚发过去，就听门外传来一声隐约的低笑。

祝云雀：快睡觉。

陆让尘：行，明天早点儿起来亲你。

祝云雀不想理他了，就这么把手机扔到一边，深吸气，盖上被子关了灯，却怎么都睡不着。一整晚，祝云雀都不太安生，新环境她有些不适应，偏偏四周都是陆让尘的味道，让她不自觉清醒。

也不知道过了多久才睡着，等到第二天睡醒起来，已经过了十点，屋里静悄悄的。

不知道什么时候打开的加湿器，在卧室里安静地运作着，有股淡淡的香。床头柜上放着她的手机，还有一个方形的黑色首饰盒，以及一张便签条。

祝云雀揉着脖颈，眉梢轻蹙地拿起来，然后就看到上面陆让尘潇洒恣意的字迹——

　　早餐在客厅，凉了就热一下。
　　盒子里的东西是给你的。
　　家里有事，我先回去一趟。你在这边乖乖的，我尽快回来找你。

写完这几行，他又补充一句——

　　亲到了。

看到这里，祝云雀心口无端一跳。指腹轻轻摩挲着上面的三个字，她想到半梦半醒间那个旖旎的梦……梦里，陆让尘俯首亲过来，温软的唇瓣轻轻碾磨着，她抬起手，钩住他的脖子。

面色不禁泛红，祝云雀抬手摸了下自己的唇，竟真觉得，上面还残留着他用力的触感和温热的体温。

陆让尘是起早走的。电话来得突然，他刚从浴室出来，就接到住家阿姨的电话，说程丽茹和陆鼎忠又吵了架。程丽茹气得一宿没睡，第二天起来就是哭，还说梦到芝桃了，要去墓园看她。

阿姨知道程丽茹的老毛病，很怕她病情再反复，就赶忙给陆让尘打了电话。

机票是临时买的，很急，所以陆让尘只能在走之前把东西放在床头柜上。

上了车，好久不见的司机和他寒暄。陆让尘瞥了两眼手机，说不上是因为程丽茹的状况，还是因为某人没回消息，明显心不在焉。

两人漫不经心地聊了两句。陆让尘问："他俩为什么吵架？"

后视镜里，司机表情僵了僵，尴尬道："没人跟你说吗？"

陆让尘面无表情地盯着后视镜，冷霜薄雾的一双眼，在光影下更显锋利。

说实话，司机也挺为难的，但碍于陆让尘的压迫感，他只能实话实说。程丽茹最近老疑神疑鬼，觉得陆鼎忠在外头有人，就想大半夜偷看他手机，却被发现了。

两人因为这事儿吵得很凶，陆鼎忠觉得自己的尊严和隐私被冒犯，一气之下干脆回了学校附近的那套房子住。

大约是觉得尴尬，司机说完就笑着为陆鼎忠开脱："你说这怎么可能呢，陆先生可是教授，怎么会胡来？再说夫妻嘛，都这样，我跟我老婆也吵，吵完没几天就好了。"

后头他又劝了几句，陆让尘却始终没接话，就这么望着车窗外流动的街景，不知道在想什么。

第十一章·
满分男友

祝云雀是在陆让尘那儿吃完早餐才回的学校。临走前,她还特意帮那只胖乎乎的橘猫清理了一下猫砂。

大雨过后,北城气温偏低。庆幸的是,学校的电路已经检修完毕,祝云雀下午还要去图书馆打工,于是回了趟宿舍换衣服。

宿舍里,梁甜躺在床上追剧。听到祝云雀的声音,她直接一个鲤鱼打挺坐起来,惊讶道:"呀,你怎么回来了?"

祝云雀唇边笑意浅淡:"我怎么就不能回来?"

梁甜眨巴眼:"可你不是和陆让尘在谈恋爱吗?"

祝云雀抱着衣服进了卫生间,关门后说:"谈恋爱又不是一直黏在一起。"

梁甜讪讪道:"行吧,也是佩服你的定力。"

祝云雀系扣子的手顿了下,浅勾着嘴角没接话。

衣服换好出去的时候,梁甜也躺腻了,下来吃零食。她看到祝云雀在书桌前低眸看着什么,凑过去下巴垫在她肩膀上,盯着她手上的黑盒子:"这是什么呀?"

"玉观音。"祝云雀打开给她看,不大的小方盒里,躺着一枚剔透莹润的半透玉观音,雕刻精致考究,水头也格外好。

梁甜虽不懂玉,但也能看出这玩意值钱,又"呀"了一声:"这谁送你的？感觉好贵啊。"

祝云雀说："是陆让尘给我的。"

梁甜愣了愣，"扑哧"一笑："他这人怎么这么直男啊，哪有人送女朋友这个东西的。"

祝云雀没吭声，就这么看了几秒，摇头说："不知道。"

这块玉到底也没戴上，就这么被她锁在抽屉里，她也不知道拿它怎么办。

临近开学，图书馆里人变多起来。祝云雀忙活了好半天，才想起来看手机，消息倒是有几条，但都不是陆让尘的。好像和他无关的事情，都变得没什么吸引力。

原来这就是谈恋爱的滋味，似乎比从前的暗恋还要磨人。

祝云雀也说不清自己怎么想的，舒了口气，把手机放到抽屉里，不再看。后面还是因为代班学姐被振烦了，直接帮她把手机拿出来，说："快接吧。"

祝云雀心口一"咯噔"，接过来看到陆让尘三个字挂在屏幕上。祝云雀唇角几不可察地翘了下，又很快恢复寻常模样，扭头跟学姐说："我出去接个电话。"

学姐眼神暧昧："可快去吧，这电话振了好半天了，再不接你男朋友都快急死了。"

祝云雀抿抿唇，任心里的小鹿乱撞，快步走到走廊外的一处僻静地儿按下接听键。

陆让尘的嗓音顺着电流落在耳边："在干什么呢？"

祝云雀望着图书馆外的风景，说："在图书馆打工呢。"

陆让尘哼笑："跟我装。"

祝云雀："……我装什么了？"

"还能装什么，"陆让尘挺欠扁的，"当然是装不在意。"

几句话就把她的心事都吐露了出来。祝云雀抿住唇，当即不说话了。

静默两秒，陆让尘声音放缓，透着几分哑意，沉柔得渗到人心坎儿里，他说："还跟我较劲呢？"

那语气里，很难说没有认栽的哄意。祝云雀心神微荡，好一会儿才吭声说:"没有。"

陆让尘笑笑:"你就犟。"他也不跟祝云雀掰扯,直白得毫不遮掩,"反正我想你了。"

她声音很轻:"想我不知道发消息。"

陆让尘就等她这句话,他闷着嗓子笑:"就想看你早上醒来知不知道找我……结果还真不知道。"

祝云雀听出他语气里若有似无的醋意,忍不住道:"你怎么跟小孩似的?"

陆让尘轻笑着不搭腔,反过来问她:"那你呢,有没有想我?"

她浅勾了下嘴角,故意气他说:"没有。"

陆让尘笑出声,也听不出信没信,他转移话题:"吊坠戴了没?"

祝云雀说没有。陆让尘问她:"为什么不戴?"

祝云雀顿了下,声音很轻:"想等男朋友回来亲自给戴。"

"这主意不错。"陆让尘愿者上钩,嘴角勾起心知肚明的弧度,"本男朋友争取早点儿回来。"

祝云雀较真:"那是多久?"

陆让尘这会儿倚在诊室门口,听着里头传来若有似无的说话声。沉默了片刻,他哄着她似的:"等两天,等我妈情况稳定。"

祝云雀没想到他回去这事儿会跟程丽茹有关,又想到林稚之前说的那些情况,有几分后知后觉地感到内疚。默了默,她说:"既然是阿姨有状况,那就别急了,在家多陪陪她才是正事。"

她那语气正儿八经的,陆让尘不用深想就能猜到她这刻的表情,肯定乖得要命。

他忽然就觉得恋爱这东西挺神奇的。它能轻而易举地把一个人变得不像自己,更能让人沉沦得悄无声息,无法自救。

陆让尘兀自笑了下,说:"你这样,我都想让她早点儿见你了。"

祝云雀抿着唇,突然就不知道如何回应,干脆学着陆让尘之前的样子转移话题,她说:"为什么送我玉观音?"

"寺庙求的,保平安。"陆让尘道,"不喜欢?"

祝云雀稍稍讶然:"什么时候的事?"

陆让尘云淡风轻:"那天去堵完林知念,跟着邓哲去了趟寺庙。"

邓哲的父亲认识那边的工作人员,知道他朋友要去求开过光的吊坠,特意留了块极好的,也挺没办法,当时顶好的,能拿得出手的,就剩这块玉观音。

话到这里,他慢条斯理地说:"我想体验一下你当初送我无事牌时的心情。"

无事牌三个字彻底把祝云雀弄得哑口无言,好半天才挤出一句话:"……你都知道了。"

陆让尘"嗯"了声:"很早就知道。"

"什么时候?"

"你送过来没多久。"

"……怎么知道的?"

"那无事牌的包装和冯阿姨寄给我妈的礼物一致。"

祝云雀闭了闭眼,突然对自己很无语,千算万算,她居然忘了包装这件事。

陆让尘笑:"后来去柜台重新编绳子,看你那表情,就更确定了。"

祝云雀讷讷:"你剪掉的编织绳是我自己做的。"

这下换陆让尘沉默了,他"啧"了声:"你当时怎么不阻止?"

祝云雀嘴唇动了动,还没等解释,身后学姐拎着一包纸巾出来,着急忙慌地叫她,说自己要去厕所,让她回去看一下吧台。

祝云雀回过神,下意识地应了声,转瞬听见陆让尘打趣:"怎么,女朋友又要开始兼职?"

祝云雀好像还不是很能适应这个称呼,但也应了:"嗯,我要回去了,你好好陪阿姨。"

陆让尘语气居然挺乖:"行,记得回我消息。"

弯了弯唇,祝云雀说了句:"你也是。"

事实证明,陆让尘这人看起来桀骜不驯,但在恋爱方面,还真挺听女朋友的话。

国庆剩下的那几天,两人一直保持着密切的联系。从早到晚,像上瘾一般,断断续续地聊天,陆让尘会和她分享他在那边的见闻,祝云雀也会给他拍自己做了什么样的咖啡，看到什么样的天空。

到了晚上，陆让尘会给她打视频电话。可因为梁甜在，祝云雀又是第一次谈恋爱，并不怎么能放得开。有时候发现陆让尘准备说些情话，她甚至会立刻把视频挂掉。

陆让尘是真拿她没办法，但也不得不承认，他很享受这种被她无时无刻不牵引的滋味。

就这么几天过去。假期结束，学校开始照常上课，祝云雀却突然通过电话从冯艳莱那里得知，家里的老太太突发脑梗住院了。

冯艳莱对这个婆婆从来都不满意，但也不至于刻薄，只是叹气，说这一家老小，日子也挺难，还说叶添最近又在学校打架，祝平安都没什么钱给他擦屁股，很可能导致退学。

祝云雀闻言沉默下来。就在冯艳莱要说起别的话题时，她突然道："妈，不然你帮帮叶添吧，他还小，不能不上学。"

冯艳莱有点儿意外，但也没直接拒绝。她坦言道："我不知道他那边具体什么情况，你爸也没跟我开这个口，那个邓佳丽，估计也不太想找我帮忙。"

祝云雀抿唇说："那我当面跟叶添说。"

"你当面？"

祝云雀"嗯"了声："我这两天的课少，不大重要，可以请假回去。"

冯艳莱是真挺诧异，毕竟祝云雀国庆七天都没回去，这时候居然想回去。

祝云雀声音有点儿紧绷，说："叶添和我关系很好，我把他当亲弟弟，我不能不管他，他也听我的。"

冯艳莱想想也没法说什么，只能说行。

就这样，祝云雀当晚便订了第二天回南城的机票，第二天中午就到了南城。

冯艳莱亲自开车接的她，路上，祝云雀总低眸摆弄手机，也不知道在跟谁聊天。

冯艳莱瞥她一眼，说："你这是恋爱了还是怎么？回来就拿着个手机不放，也不知道和妈妈好好聊聊天。"

祝云雀把手机收起来，看车窗外的风景，说："是叶添。"

冯艳莱"嗯"了声："还是先准备一下看你奶奶吧，不管怎么说，那都是你爸的妈，礼数上不能太丢人。至于叶添，你私下跟他约吧。"

祝云雀点头说"好"，跟着转头看冯艳莱，很诚恳地道："谢谢妈妈。"

冯艳莱有点儿讽刺地笑："这也是你妈我这几年日子过得好了，要是日子过得不好，我哪有闲钱管他。"

这是实话，冯艳莱这几年日子确实很不错，所以祝云雀求她出点儿钱给叶添平事儿，她没怎么犹豫就答应了。

但其实祝云雀也不知道冯艳莱这几年为什么生意这么红火，甚至店面还开到了大学附近。那边学生多，消费能力特别强，她选的款式也好看，生意自然就好。

聊到这里，冯艳莱说："等看完你奶奶，回头我带你去店里选几件衣服过几天带走，天冷了，别没衣服穿。"

祝云雀回过神，点头说好。

机场到市区差不多一个小时车程。为了见老太太，刚进市区，冯艳莱就直奔商圈，去给老太太买东西。

探望病人说来说去，也不过是那几样东西。冯艳莱才懒得给那么刻薄的老太太买那么讲究的，直接带着祝云雀去了超市，打算买些水果、牛奶，以及过得去的老年人营养品。

挺大的一个超市，很多东西都是进口的，逛着逛着就眼花缭乱。祝云雀对这些不是很懂，就只能拿些水果装进推车。

正想着再拿点零食，突然就听到前方的冯艳莱惊讶地"哎呀"一声，跟着就笑开了，说："丽茹姐，好巧啊，你怎么在这儿——"

听到这个名字，祝云雀脚步一顿，再一抬眸，就看到前方那两道身影。

程丽茹无论何时都保持着优雅美丽，脸上的笑容也不似冯艳莱那般张扬，怎么看都温柔得体。

身后推着购物车的陆让尘就更不必说，肩宽腿长，身形挺拔。疏冷桀骜的一张俊脸，眉眼深邃，好看到几乎没有死角。

大概是没想到会在这儿碰到祝云雀，陆让尘在跟冯艳莱打完招呼后，长眸瞬间眯起。

视线交融的一刹那,祝云雀僵在原地没动。

冯艳莱硬拉着她上前,跟程丽茹和陆让尘打招呼,笑说:"你看之前我还羡慕你呢,现在好了,我女儿也回来陪我了。"

程丽茹也笑:"那可太好了,你自己一个人待着也是真没意思。要我说啊,人岁数大了,还是要多跟儿女在一起,这样才开心。"

说话间,她看向陆让尘,正想说什么,却发现自己儿子正直勾勾盯着人家闺女看。不知道是不是错觉,他那眼神特冷,冷中又带着点不爽,像要把人吃了。

程丽茹以为这两人之前有什么矛盾,轻轻推了他一下:"怎么不说话,老同学不认识了?"

听到这个称呼,陆让尘微微一哽,侧眸看了程丽茹一眼,突然就气笑了。

程丽茹和冯艳莱不明所以地看他。陆让尘干脆把目光挪到祝云雀那张巴掌大的鹅蛋脸上,居高临下的、气势逼人的。

就是这张脸,灵动又无辜,这几天在梦里没少折磨他。可她呢,就这么悄无声息地回来了,连声都不跟他吭一下。

思及此,陆让尘哼笑一声,没什么好气儿地道:"确实是太久没见。"他一瞬不瞬地盯着她,咬牙切齿又似笑非笑道,"都快认不出来了呢。"

作为省会城市,南城其实一点儿不小,像这样的进口超市不少,可两人就是没有理由地碰到了。

偏巧在这之前,陆让尘刚给祝云雀发过消息,问她中午吃饭了没。就是那会儿,冯艳莱问祝云雀是不是谈恋爱了。祝云雀怕她问个没完,就干脆没回。

本想等忙完再跟陆让尘说自己回南城的事,也算给他一个惊喜,却不想阴错阳差的,两人提前遇到了,还是在双方家长都在的情况下。这么一来,场面莫名尴尬,就好像她故意瞒着陆让尘什么似的。

祝云雀顿感无措,奈何陆让尘目光始终炙烤着她,不让她安生。无奈之下,她只能故作平静地说:"好久不见,我是祝云雀。"

很有分寸感的话,也不知道是对谁说的。说完还不忘扭头看向程丽茹,温温软软地说了声:"程阿姨好。"

话音刚落，空气中荡起一抹若有似无的哂笑。

祝云雀指尖蜷了蜷，抬眸便看到陆让尘玩味地凝视着她。

程丽茹好久没见她，但对她记忆颇深，赶忙笑容温和地应了两声，又对冯艳莱夸赞道："这孩子怎么越长越漂亮了，我记得高中那会儿还很青涩，现在要不是和你在一起遇上，我都不一定能认出她是谁。"

冯艳莱还是乐意听人夸自家女儿的，笑着把祝云雀拉到身边说："我带她做了近视矫正手术，以前度数不低呢。"又不忘夸一夸陆让尘，"不过你家阿让才是真出挑呢，每次见都那么帅，这上了大学，得迷倒不少女生吧。"

这话倒不是恭维，就连祝云雀也觉得陆让尘气场更强了。这会儿只是轻描淡写地瞥她一眼，就足以让她兵荒马乱。

说完冯艳莱更是看向祝云雀寻求赞同地说："你俩在一个学校，他多惹眼你肯定是知道的。"

程丽茹只知道祝云雀在北城上大学，但不知道她念的是京大。听到这话，她稍稍有些惊讶："雀雀也在京大？"

冯艳莱说："是啊，在京大读英语。"

程丽茹像是明白了什么，目光在祝云雀身上意味深长地流连。正欲开口说什么，祝云雀却说："文学院和经济学院离得挺远的，我也不是很清楚。"

乖软的嗓音，轻描淡写的语气，简简单单便把两人的关系"撇清"。

程丽茹笑笑说："这样啊。"

冯艳莱试探的神色也随之收敛，似乎松了口气。祝云雀表情依旧乖糯糯的，装得特别像那么回事。

陆让尘却淡淡抬眼，不动声色地觑了她一眼，看不出什么情绪地忽然开口："妈，你们先聊，我出去接个电话。"

三人目光落在他身上。

程丽茹问："什么电话啊，非要出去打？"

"学校网球队的经理人，非找我说点儿事。"陆让尘语调散漫，"超市太吵了。"

撂下这话，他若有似无地瞥了祝云雀一眼，之后才朝冯艳莱微微颔首转身走了。

祝云雀的视线不由自主地朝他高大的身影望去,直到那耀眼的身影消失不见,她才收回目光。

结果不过几秒,手机就响了。

祝云雀低眸一看,居然是陆让尘的消息:出来。

这会儿她正推着手推车,跟在两个女人身后,听两人闲话家常。沉默了片刻,她站定,叫住冯艳莱说:"妈,我想去个厕所。"

祝云雀一出来就看见等在门口的陆让尘。他似乎没完全撒谎,这会儿还真打着电话。

修长白皙的手捏着手机,目光本是微垂着,却在祝云雀出来的瞬间轻轻一抬,纹丝不动地落在她身上。

祝云雀默默垂眼,转身朝另一边人少的方向走去。

就这么七拐八拐,来到走廊深处,身后忽然一股力道攥住她的手臂,再一转身,那力道已然把她禁锢在墙边,陆让尘贴身站在她面前。

几天没见,他似乎清瘦了些,那双狭长深邃的眸却依旧时时刻刻勾着人。

祝云雀呼吸紊乱,不得不仰头老老实实地望着他。

陆让尘却是似笑非笑的,他眼神直勾勾地烙在她脸上,垂着眼眸,捏起她的下巴,惩罚似的,力道加深。

祝云雀两腮的软肉被他捏起,显得有点儿少见的可爱。她刚说出一个"陆"字,陆让尘这浑蛋就欺负人似的,突然吻了过来。

那吻不似前几次那样温柔缱绻,似乎有几分"泄愤"的成分,吻得很凶。

祝云雀被吮得舌尖发麻,推搡了他好几下。

陆让尘终于舍得放过她,从她嘴唇亲到耳尖,呼吸着她身上好闻的栀子香,呢喃低语:"这两天我一直梦到你。"

祝云雀呼吸渐渐平稳,心脏却仍剧烈跳动。

陆让尘鼻尖蹭了蹭她的,嗓音低哑:"怎么突然回来了?"

祝云雀知道他这是气消了,语气也跟着放软,她说:"回来看我奶奶，还有弟弟。"顿了下，她抬眸定定地看着陆让尘，"也看你。"

祝云雀眼眸里水汽轻荡，又乖又纯的模样，盅得人根本猜不透她的话是真是假。但是真是假，陆让尘也不在乎，她站在自己面前比什么都强。

帮她理了理耳边碎发，陆让尘说："要留几天？"

祝云雀说："办完事就可以走了。"她问他，"你多久走？"

陆让尘视线落在她身上就移不开，轻笑了声："你多久办完事我多久走。"

祝云雀微微抿唇，笑了。其实她笑起来特别好看，眼睛亮晶晶的，牙齿很小很白，有点儿像兔子。

陆让尘喉结滚了滚，又想亲她了。奈何手机这会儿响了起来，是程丽茹。陆让尘拿程丽茹没办法，想想也只能接了，他一只手拿着手机，另一只手却牢牢搂着祝云雀。

祝云雀也不挣扎，乖乖趴他肩膀上，听着母子俩说话。

程丽茹对他可不像对祝云雀那般温柔，几乎是没什么好气的，问他什么电话要打这么久，还说东西都买完了，赶紧回来。

陆让尘说了句"行"，也不解释为什么在外头逗留那么久。

这边电话刚挂断，祝云雀手机也响了，是冯艳莱，估计也是催她回去。

祝云雀低眸看了两秒，没接。

陆让尘笑："怎么不接？"

祝云雀看他："我是说出来上厕所的，谁上厕所的时候随手就能接？"

陆让尘眯了眯眼，闷出一嗓子笑。

手机又响了几声，祝云雀抬手捂住陆让尘的唇，确保他不会乱出声，这才按下接听键。

祝云雀的手温温软软的，透着一丝凉意，还有护手霜的馨香。

陆让尘宠溺而不自知地看着她，眼眸里蕴含着淡淡的笑意。

冯艳莱问她看到陆让尘了吗，祝云雀和陆让尘对视一眼，说没有。

冯艳莱："那你快点回来，东西买完了，咱们得早点去医院。"

祝云雀乖乖说了句"好"。

电话挂断，祝云雀肩膀微松，说："得回去了。"

说完她转身要走，陆让尘却突然把她拉回去。

祝云雀问："怎么？"

陆让尘挑眉："不敢让阿姨知道？"

祝云雀别开视线，说："她应该不太想我和你在一起。"

陆让尘眸光顿了瞬，像是想说什么，但又觉得不是时候，把话咽回去，点点头。

祝云雀忍不住看他，那眼神多少是有几分不舍的，也难得她表达得这么明显。

陆让尘唇角一勾，笑了，抬手捏了捏她的脸，凑过去亲了下她的鼻尖："怎么就这么招人喜欢？"

祝云雀心里那头小鹿又开始乱撞，闷闷道："油腔滑调。"

他不在乎地轻笑，哄着她似的低语："你先走，晚上我想办法去接你。"

很多时候，祝云雀都觉得自己在做梦，做一场不切实际的美梦。像她这样的，一个从小到大都算不得运气好的人，就在十九岁这年如愿以偿了。他对她的喜欢远比她想象与渴求的还多。这个事实常常让祝云雀有种受宠若惊的恍惚感。

从超市推车出去的时候，程丽茹问祝云雀："你看到陆让尘了吗？"

祝云雀说没有。程丽茹只能又给陆让尘打电话。

趁着这个空当，冯艳莱跟程丽茹打了声招呼准备离开，说自己这边还有事，就先不聊了，过阵子找她一起吃饭。

程丽茹点头，两人寒暄两句说了再见。

祝云雀跟着冯艳莱左拐出了超市，来到地下停车场，冯艳莱正儿八经地问祝云雀："你刚刚真没跟陆让尘在一块儿？"

祝云雀低眸回着叶添的消息，听到这话，指尖一顿，她故作镇定地说："没有。"

冯艳莱定睛看她两眼，拉开车门上车："没有就行。"

祝云雀指尖蜷了下，抬眸看冯艳莱，眼睛里忽然就有股劲儿："为什么不行？"

冯艳莱无语地瞥她："你什么意思？"

"好奇。"

冯艳莱语气不怎么好："别告诉我你俩有事儿。"

祝云雀依旧面色平静地否认："没有。"

静默须臾，冯艳莱压着口气，说："我还是那句话，雀雀，他们那样的人家和陆让尘这孩子，都不适合你。妈妈不是想干涉你恋爱的事，只是怕你以后受伤。"

祝云雀嘴唇动了动，想说你怎么就知道我以后一定会受伤呢，可跃跃欲试好久，话都没能从她嘴里蹦出来。

她的确不清楚冯艳莱在担心什么，但也不在乎，她只是很不喜欢被冯艳莱不看好。

或许也察觉到气氛有些不对劲，后来几次聊天，都是冯艳莱主动挑起话题，祝云雀心不在焉地应着，就这么一路开到老太太在的第一人民医院。

祝平安这几天有趟列车要跑，陪床的是邓佳丽。

生了病，老太太不像以往那么刁钻，在床上老实眯着不吭声。

冯艳莱之前得知，那些日子里邓佳丽对祝云雀其实还算不错，所以这两年，两人面子上也算过得去。

邓佳丽知道冯艳莱这次是来给她送钱的，很意外，快哭了。

冯艳莱最见不得别人煽情："你也别谢我，谢谢雀雀吧，是她让我帮你儿子的。"

邓佳丽红着眼睛看祝云雀。

祝云雀那会儿正低眸看手机，陆让尘刚给她发的消息，说要带程丽茹去吃饭，是一家很好吃的日料，下次也要带她去。

为了防止冯艳莱察觉到猫腻，她特意给陆让尘改了个备注。改什么呢？她想了想，最终选了个英文单词——"dream（梦想）"。

最后一个字母刚敲完，邓佳丽就语带哭腔地对她道："你说你这孩子也真是的，一点儿都不跟人记仇，总是这么懂事。"

没有哪个母亲不爱听别人夸自己孩子的，冯艳莱心里都跟着舒坦："这孩子从小到大就心软，我老怕她吃亏。"

也不知道是不是多想，祝云雀总觉得她这话在点谁。当然她也懒得细想，冲邓佳丽淡淡道："阿姨不用放在心上，我也是为了叶添。"

叶添不能不上学，这是祝云雀对邓佳丽的最低要求。

一提到叶添，邓佳丽就上火得要命，她叹了口气说："这孩子本性不坏，就是脾气压不住事儿，还过分讲义气。"

这次打架也不是调皮捣蛋，而是见不得学校里一群混混总欺负他同学，上去帮了忙，结果才出的事儿。被打坏的那个混混家里有钱有势，揪着这件事不放，必须要赔钱道歉，不然就等着退学进少管所。

祝平安怎么可能有那个人脉，想来想去也只有赔钱认栽的份儿。奈何老太太这阵子还住院，他这几天也是心焦得不行。

母女俩刚从医院出来，祝平安的电话就打了过来，很不好意思收冯艳莱那三万块钱。

他们俩之间的事，祝云雀从来懒得听。到最后也只听冯艳莱善心大发地来了句："谁让你是雀雀的父亲呢。"

祝云雀默默听着，突然就觉得，冯艳莱其实也挺有人情味的，最起码她有钱的时候，是真的挺大方。

都快下午三点了，冯艳莱带祝云雀去补了顿午饭。刚巧就是陆让尘带程丽茹去的那家日料店，冯艳莱随便点了几道菜，价格就超过一千块。

祝云雀挺意外的，印象中冯艳莱带她在外面吃过的最贵的一次，还是每人三百九十八元的海鲜自助。那次吃完冯艳莱念叨好久，说不好吃不合算，下次不去了。

吃饭的时候，祝云雀忍不住问冯艳莱最近生意是不是真的很好，毕竟都舍得带她吃这贵的餐厅。

冯艳莱倒也没遮掩："生意不错是真的，不然你妈也没钱做那个慈善。但这餐厅呢，是朋友给的充值卡，不然我才舍不得花这么多钱吃一顿饭。"

祝云雀想，那朋友，说不定就是生意上的伙伴吧，不过也许是什么追求者也不一定。

冯艳莱最近精神很好，看起来有些春风得意。她还算年轻，其实再找一个也不算事儿，自己也不介意有个继父。

祝云雀边吃边心不在焉地想着，想着想着，又想到陆让尘。像是惦念着惊喜，祝云雀总忍不住想他今晚会带她干什么，她又要怎么跟冯艳莱撒谎解释。

她好像从来没这样过，魂不守舍的，都不知道自己该干什么了。

回到家，她把自己关到房间里，心猿意马地收拾杂物，然后就到找一个尘封已久的铁盒子。盒子打开，里面放着几样东西：一个日记本、一条装在首饰盒里的项链，还有那个吃饭抽奖得来的小熊钥匙链。小熊钥匙链很早之前丢过一次，后来好不容易找到，也已经被踩坏了。

祝云雀无声地看了几眼，手机就在这会儿振了振。在看到消息的瞬间，她眼神轻轻亮起来。

dream：在干什么？

不得不说，恋爱真是一种奇妙的体验，喜欢的人哪怕发来一句废话，心情都会不由自主地欢喜起来。

祝云雀给盒子里的东西拍了张照片，回复道：在家整理东西。

南城的秋天日照要短些，这会儿卧室没开灯，光线有些暗。祝云雀怀揣着静默的期待，等着陆让尘回信。

陆让尘倒没让她失望，很快便说：这两样东西怎么好像都跟我有关？

他说的是那个首饰盒，还有小熊挂件。

祝云雀唇角微弯，说：和你有关才放起来。

dream：那首饰盒里是不是那条项链？

他说的是和林知念撞款的那条。

祝云雀：是。

忽然又想起过去，她说：其实你当初给我这条项链的时候，我是很惊喜很开心的。

dream：是吗？

dream：既然开心为什么从头到尾都不联系我？

原来那天他并不知道自己联系过他吗？

祝云雀心下有几分茫然，她说：我联系过你，当晚给你打过电话，但是，是个女人接的。

这话颇有几分秋后算账的意思，陆让尘当即发来一串省略号。

他解释说：我那时候应该是换手机号了，没人告诉过你吗？

祝云雀微微一哽，老实说：没有。

dream：我在群里提过。

祝云雀心虚地咬着唇肉，说：那个小群我很早就退了。

陆让尘又发来一串省略号，跟着说：祝云雀，以后少这么气我成吗？

真是隔着手机屏幕，都能感受到他这会儿有多无奈，祝云雀嘴角不禁溢出一丝浅笑。

她说：好，我以后尽量。

这句话终于让陆让尘满意了，他换了个话题说：这项链不喜欢就不戴，反正现在有新的。

新的自然就是那枚玉观音。

祝云雀回来的时候，将它一起带了过来。

顿了两秒，陆让尘又说：挂件你别扔了，我那个还留在家里，等会儿找找看，拴车钥匙上。

祝云雀：我以为你早就弄丢了。

dream：没，那是你给我的第一样东西。

祝云雀居然分不清这是他的真心话，还是哄人的甜言蜜语，想了想，忍不住拆他台，说：既然这么重要，你还不随身带？

陆让尘秒回她：你过来找我，我带给你看。

这话不是玩笑。

他又说：不是要男朋友亲自给你戴项链吗？出来。

如果不是等会儿要见叶添，祝云雀真就想出去找他。但没办法，她跟叶添约好了，晚饭要见一面。

祝云雀还算不上糊涂的"恋爱脑"，她冷静几分道：不是说等晚上才来接我？

陆让尘回得挺坦然：可是等不及了，想现在就见你。

心跳忽而变得不那么听话了，因为他。这一刻的感受也因而有种少有的深刻，深刻到即便后来很多年过去，祝云雀仍旧会想起这个静谧的下午，陆让尘的这句话。

简单，直接，又让她悸动。

他好像从来不会对她遮掩什么，恨就是恨，爱就是爱，不舍的时候是真不舍，放弃了也真不回头看。

祝云雀到底拒绝了陆让尘的"诱惑"，出门见了叶添。

叶添连着几天都住在他爸那儿。他爸是个酒鬼，没钱，爱赌，还打老婆，邓佳丽就是这么跑的。可叶添不怕他，反正也是找个地方待着，在哪儿差别都不大。

但这么麻木地过着总不是个办法，也就只有祝云雀劝一劝，叶添才能听话。

两人约在叶添最爱吃的那家面馆，祝云雀给他点了好几样他爱吃的东西。

两姐弟平常话不多，很多想法有时候只要一个眼神，双方就能领会。就像这会儿，叶添麻木地吃着面，腮帮子鼓鼓的，眼眶却红得厉害。

祝云雀就这么静静地看着他，那眼神比面对冯艳莱的时候还要坦诚几分。她说："等事情处理好了，你乖乖回去上学，别再让爸妈操心，他们也不容易。

"你要是心里不舒服，就考个大学，三本也行，来北城，我在那儿，凡事有个照应。

"我没什么能帮你的，最大的能力也就到这儿了。叶添，我不想说你什么，但我希望你对自己的人生负责。"

其实这些话，大人们也没少跟他说，但叶添只能听进去祝云雀的话。

她平平常常地说着，叶添眼泪就"啪嗒啪嗒"往下掉，一点儿也没之前逞强装男子汉的幼稚模样。

默默吃了会儿，叶添泪眼蒙眬地看祝云雀，说："那钱我以后会还给你妈的。"

祝云雀笑了下，说："行啊。"

叶添抿着唇不再吭声，好一会儿才问："你在北城过得好吗？"

祝云雀说："挺好的，还谈恋爱了。"

她语气云淡风轻的，像闲话家常般。

这话面对除了叶添外任何一个人,她都不可能说出来,只有叶添,叶添是她绝对的信任。

叶添愣了愣:"我认识吗?"

祝云雀摇头。

叶添顿了下,又问:"那他对你好吗?"

祝云雀轻笑:"你觉得呢?"

祝云雀不常笑,她多数时候都是冷冷清清的,那股淡漠劲儿会让人觉得她这个人好像没什么在意的。可这刻的她不同。叶添默默看着,忽然就觉得,她的底色变了。不再是淡淡的蓝灰色,而是温柔的暖色。

叶添放心了:"他对你好就行。"

祝云雀唇角弧度弯了弯,正要说什么,目光却倏然落到他身后。

真没料到陆让尘能过来,祝云雀眸色微顿。

叶添瞧她一眼,顺着她的目光回头看,然后就看到一特别打眼的男生,黑外套、白卫衣,很高,很有气质,甚至坐到他身边的时候,那股沉凛的乌木沉香,也透着一股高昂的气味。

叶添捏着筷子的手收紧。

陆让尘在两人中间坐下,那松弛自如的姿态,在气场上就压人好几头,偏偏还要笑不笑地看着叶添。

叶添愣住了,又看祝云雀。

祝云雀看着陆让尘:"你怎么过来了?"

陆让尘打量叶添两眼,侧眸看向祝云雀:"你看几点了?"

祝云雀不用看都知道肯定超过六点了,当时两人约定的见面时间就是六点。

陆让尘那会儿拿她没办法,就说让祝云雀先去见叶添,见完他再去接她,又顺便要了两人的见面地址。结果他就这么等不及,直接开车过来了。

祝云雀面上不动声色,可心里还是高兴的。她不想表现得太明显,就平静地跟叶添介绍,说:"这是我男朋友,陆让尘。"

不知是不是错觉,"男朋友"这三个字,竟透着几分少女的赧然青涩。

陆让尘意味深长地看了她一眼,似乎被这称呼取悦,嘴角淡勾,冲叶添伸出手，欠扁地挑眉："叫我姐夫就行。"

祝云雀直接在桌子底下踢了一脚他的鞋尖。陆让尘却纹丝不动，跟个没事儿人似的扯着嘴角。

叶添打量着祝云雀的神色，把那口面条硬咽下去，才表情尴尬地伸手和陆让尘握了握："叶添。"

不得不说，陆让尘那一下挺使劲的，祝云雀看到叶添皱了下眉，也不知道他非要跟一个小屁孩较什么劲。

祝云雀默默无语，后来结了账从店里出去，都没给陆让尘好脸色。陆让尘却始终扯着嘴角，从见到她开始，弧度就没落下来过。

临分别，祝云雀把叶添单独叫到一处说话，陆让尘就靠在车边懒懒散散地等着。

祝云雀跟叶添说："我跟陆让尘走这事你别跟别人说，如果有人问，你就说我跟你在一块儿呢。"

叶添被捏得挺不高兴的，皱着眉横了眼街对面的陆让尘："他是好人吗？"他又正眼看祝云雀，挺无语的，"我是真没想到你这么聪明的脑袋，居然是个'颜控'。"

祝云雀都要被他弄笑了，她毫不客气地敲了下叶添的脑袋，说："喜欢长得好看的有什么错？"

叶添憋着口气似的，绷着脸："你就不怕他一口气谈十个？"

祝云雀淡瞥陆让尘一眼，语气笃定："他敢吗？"

叶添一时之间竟不知道说什么了。

祝云雀转眼从兜里掏出个信封来，挺常见的黄色信封，里面却装得厚厚的。她递给叶添说："拿着，陆让尘给你的。"

这下叶添是真愣住了。他接过来，拆开一看，发现里面是厚厚的一沓钱，全部是一百的，那数目没有三十张也有二十张。

祝云雀轻抬了下下巴："他说是见面礼，来的时候现取的。"

话音落下，叶添登时像吃了个鸡蛋似的被噎住，不可置信地远远看向陆让尘。发现陆让尘煞有介事地朝他们俩的方向看，那深邃锋利的目光有点儿危险。

叶添哽得一句话说不出来。

祝云雀看着这两人有来有回的眼神，不禁笑了下，说："这回还觉得他人坏吗？"

那个信封里，一共装了三千块钱，都是刚取出来的崭新人民币。

当下这个境况，叶添能重新回去上学就不错了，没人会去考虑他接下来要怎么生活。

陆让尘给的这笔钱无疑是雪中送炭。

之前祝云雀跟他提过叶添的境况，陆让尘没什么能帮得上的，就只能给钱了。

当时，祝云雀捏着厚厚的信封，一瞬不瞬地看向陆让尘，眨眼轻声道："你对我会不会太好了点？"

陆让尘是真忍不住乐："这就对你好了？那也未免太好满足了。"

这话说中了她的心思，自从重逢的那一刻开始，每一分每一秒，又何尝不是一种老天的恩赐。

陆让尘可能永远也体会不了她的心情，那种被看见、被回应，再被热烈喜欢的悸动。

似是看出她眸子里的情愫，陆让尘趁着叶添还没从卫生间出来，俯身在她唇上轻轻一吻，蜻蜓点水般的触感，爱意却如有实质。

低沉的音色缠绵得像雾，他笑："祝云雀，这不叫对你好，这叫爱屋及乌。"

大约被偏爱的人，总能有更多嚣张的底气。祝云雀把红包给叶添时理直气壮，即便叶添开始想拒绝，也被她说服了。

人生在世，吃饱穿暖最重要。对于他们这种成长环境的人来说，在强大之前，总要想办法让自己安身立命。至于别的，什么自尊、清高、骄傲，这类看似很贵，实际却不值钱的特质，应该毫不犹豫地抛到身后去。

到底是一起长大的姐弟，叶添踌躇几秒，也算明白了祝云雀的用心。

祝云雀临走前也嘱咐他，让他有需要给她打电话就行，遇到什么情况千万不要自己硬抗。

叶添不如她幸运，她可以抓住冯艳莱爬出去，但叶添不行，他没有攀爬的支撑。

车窗外夜色朦胧而漆黑。

这是祝云雀与陆让尘在南城度过的第一个浪漫又私密的夜——以他女朋友的身份。

陆让尘那晚开车带她去了音乐餐吧，就是当初许琳达带她去的那家，不过比起两年前，老板已经换成另外一个。

陆让尘和那人不熟，也不再会去帮着站台唱歌，只是单纯把李铁和周槿约出来，见一见祝云雀。

比起两年前，祝云雀蜕变很多，出门前也特意打扮过。长发温温婉婉地披着，薄薄的刘海看起来又乖又清纯，五官也比从前舒展漂亮，有股少见的轻灵劲儿。

李铁是个场面人，一见面就热情地上前热场子，还主动跟祝云雀打招呼。

周槿也不错，一头利落的短发，打扮得很酷，人也开朗大方。

四人在订好的位子坐下。

舞台上一个微胖的男歌手开始唱歌，唱的《苏州河》。

陆让尘点的酒水食物上得很快，没一会儿就摆满一整张桌子。四人中，最能喝的是周槿，其次是李铁。陆让尘要开车，所以滴酒未沾。

陆让尘怕祝云雀被另外两人灌酒，一开始就给她点的度数很低的带着奶味像甜品一样的鸡尾酒，就算喝掉一整杯陆让尘也不用担心。他紧挨着她坐，怕她坐不稳，一只胳膊干脆挂在她椅背上。

周槿酸得要命，打趣道："陆让尘，我是真没想到啊，你谈起恋爱来居然是这样的。"

李铁逮着机会揶揄她："你以为他跟你那对象似的呢，大男子主义还满脑子都是工作。"

周槿刚分手不久，还没怎么恢复精气神，气得直接在桌子底下踹了李铁一脚。

李铁也不生气，哈哈一顿乐，乐完了又给周槿叫酒喝。

陆让尘也跟着起身想去吧台点单，走之前还问祝云雀想吃什么。

祝云雀一杯鸡尾酒下肚，也不知道是不是有点上头，她托着腮歪着

277

头说:"想吃蛋糕呢。"

他说"行",又揉了揉她的后脑勺:"那你乖乖等着。"

丢下这话,陆让尘利落地走了。

祝云雀喝着另一杯鸡尾酒,听着舞台上的歌。

没一会儿李铁回来,端着新鲜的零食水果,和周槿两人自然而然地跟祝云雀搭话。

大约是聊熟了聊开了,李铁笑着跟祝云雀说:"哎,前些天陆让尘还挺烦呢,怎么这么快你俩就在一起了。"

周槿也来劲:"怎么在一起的,跟我俩说说?"

指望陆让尘说是不大可能了,那家伙三棍子打不出一个屁,两人只能把希望寄托在祝云雀身上。

事实证明,祝云雀没让他俩失望。她很少喝酒,所以即便只喝了一点酒,也还是会上头。这会儿她撑着脸颊,眸色微醺又认真地说:"也没怎么特别……就他说他喜欢我,在追我。"

周槿直接瞪大眼睛:"直球啊,然后呢?"

李铁插话道:"然后就在一起了呗,你也不看两人在一起这速度。"

祝云雀抿唇笑了,双颊透着绯红,有股少女劲儿十足的娇羞。

李铁说:"不是我为兄弟说好话啊,他能直接跟你说喜欢你,在追你,那对你得相当上头了。"

周槿也附和:"可不吗,说实话我还以为你主动追他的。"

祝云雀弯唇笑着不说话。

周槿趁机给她递了杯酒,说:"喝这个,反正等会儿阿让就回来了。"

祝云雀低眸瞧了眼,接过来,说谢谢。

就是在这会儿,陆让尘拎着个蛋糕回来了。不算大的六寸奶油蛋糕朝桌上一摆,下一秒,就直接把祝云雀手里的那杯长岛冰茶拿走。

祝云雀嘴唇还没碰到杯子呢,被他这么一拿,愣住了。她喝了酒,眼神都跟平常不一样了,没了那股冷淡和捉摸不透的清醒劲儿,这会儿迷迷糊糊的,看着就好骗好摆弄。

陆让尘居高临下地瞥她一眼,乐了:"怎么我不在一会儿,你就什么都敢喝。"说着,又看周槿,眼神压着薄戾,"你给她的?"

周槿当即闭上嘴,朝旁边的李铁使了个眼神,说:"这杯是他点的。"

李铁喊了声:"这不是你让我点的吗!"

周槿直接起身,说"我去上厕所",然后灰溜溜地跑了。

李铁也不傻,见周槿都溜了,也赶忙找借口说自己出去打个电话。

陆让尘看着两人的背影气笑了,磨了磨后槽牙,跟着扯开椅子坐下,偏头睨着祝云雀。

祝云雀老实巴交地看他。也是这会儿,陆让尘才发现,其实她这张脸近距离看更好看,皮肤又白又细腻,五官秀秀气气的,很耐看,眼神也是直勾勾的,又纯得要命,像在人心上燃起一把火。很勾人,勾得人想把她拉到没人的地方疯狂吻她。但又怕吓哭她。

喉结滚了滚,陆让尘忍着那股燥劲儿,用下巴指了指桌上那杯没动的长岛冰茶:"知道这是什么,就敢乱喝。"

祝云雀的视线跟着他落到那杯看起来有点儿像可乐的鸡尾酒上,嘴唇绷紧。

陆让尘干脆把那杯酒倒李铁的杯子里,轻呵了声:"长岛冰茶都敢喝。"

祝云雀微微蹙眉,还是不太懂。她说:"长岛冰茶怎么了?"

陆让尘挑着眉看祝云雀,定睛看了两秒,直接抬腿把她椅子朝自己的方向一钩。

祝云雀身子骨轻,几乎瞬间就被他钩了过去。

陆让尘这会儿离她更近,他单手撑着祝云雀的椅背,那姿势像是把她半搂在怀里,就这么眸光深邃地看着她,眼神温度逐渐攀升至灼热。

四目相对了几秒,陆让尘垂眸,在她唇上亲了下。

祝云雀下意识地闭了下眼,他的唇软软的、甜甜的。再睁眼时,陆让尘目光像在隐忍着什么。

他喉结动了动,磁性的嗓音低哑而蛊惑,他很坏地挑了下眉:"喝了你今晚就得归我。"

后来关于这个夜晚,祝云雀总能一而再,再而三地想起,陆让尘在喧嚣躁动的酒吧里,俯身凑来的隐秘一吻。

光线暧昧,迷离不清。只有他清浅的气息和声线,真实又撩人。

279

祝云雀说不清自己是真醉了，还是借着一点酒意壮胆发疯，她攀着陆让尘的肩膀，吻了回去，也不管旁边有没有人。

这次是陆让尘闭了眼，他喜欢她主动，喜欢到为之心颤。然而那吻却很浅，他还来不及更进一步，祝云雀就狡猾地退离了。

浅尝辄止的一点甜，祝云雀仰起头，说："陆让尘，我想听你唱歌了。"

声音糯糯，吐字间气息清甜好闻，是个男人都无法抵抗的诱惑。陆让尘当然也不，他低着眸瞧她，目光很深很沉，嗓音磁得像黑胶唱片。

他说："行啊，想听什么？"

祝云雀说："想听《你不知道的事》。"

就那首陆让尘很久以前就给她唱过，只给她唱过的歌，她还想听。

于是等李铁和周槿回来的时候，陆让尘已经上了台。

酒吧老板不是熟人，但驻唱的乐队可和他熟得不行，见他要上来，还挺高兴，就这么给陆让尘让了位置。

他抱着把吉他坐在麦克风前。

颀长的身姿和一骑绝尘的样貌，光线一洒，台下就躁动起来。

这样的闹腾持续到他开腔，他慢条斯理地笑，说："下面这首歌，献给我的女朋友。"

话音落下，舒缓的前奏响起，场内渐渐安静下来。

也不知道是谁安排的打光，一束光线如月色清辉般独独落在祝云雀身上。

旁边的周槿都不可思议地捂住嘴巴："陆让尘这小子怎么这么会搞浪漫啊！"

一声惊呼，几乎把所有人的目光都吸引过来，或探究，或好奇，或艳羡，都落在祝云雀身上。

祝云雀却已经分不清是酒意让她迷离，还是此刻站在台上的陆让尘。

只知道陆让尘目光情有独钟地落在她身上，随着前奏结束，他终于开嗓轻唱——

蝴蝶眨几次眼睛，才学会飞行

夜空洒满了星星，但几颗会落地
我飞行，但你坠落之际
很靠近，还听见呼吸
对不起，我却没捉紧你
…………

祝云雀与他绵长地对视着，像是忽然陷入难以自拔的旋涡，悸动难挨。

后来很多年后，祝云雀在社交软件上刷到一条微博，那条微博说：你一旦被人好好爱过，你这辈子就完了，就定型了。你太知道真的爱你的人会怎么对你了，所以对于质量不高的爱，你一眼就能看出来。

就是那个时候，祝云雀想到了陆让尘，想到他对她宠溺的每个瞬间，想到他看她时，每个甘愿沉沦的眼神。

就是那一刻，她突然明白——这辈子，除了他，她再也不会有那种心动的感觉。

致云雀

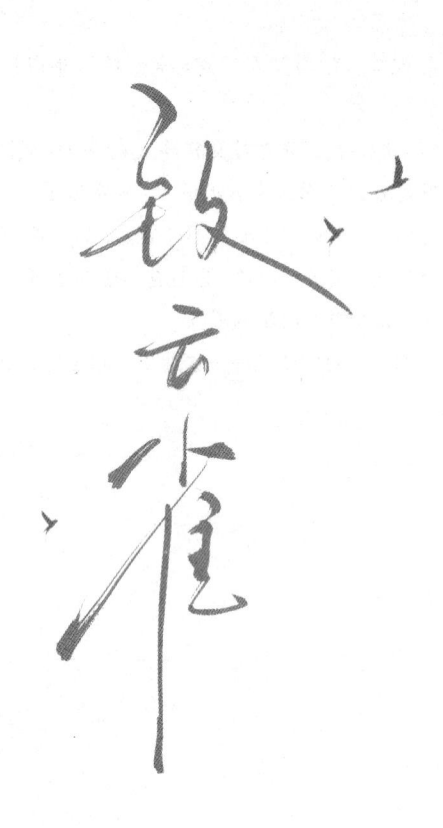